天堂向左

尹学芸 著

图书在版编目（CIP）数据

天堂向左 / 尹学芸著 . —厦门：鹭江出版社，2018.12
ISBN 978-7-5459-1526-6

Ⅰ．①天… Ⅱ．①尹… Ⅲ．①中篇小说—小说集—中国—当代 Ⅳ．① I247.5

中国版本图书馆 CIP 数据核字（2018）第 224206 号

TIANTANG XIANG ZUO
天堂向左
尹学芸　著

出版发行：鹭江出版社	
地　　址：厦门市湖明路 22 号	邮政编码：361004
印　　刷：三河市兴博印务有限公司	
地　　址：河北省廊坊市三河市杨庄镇大窝头村西	邮政编码：065200

开　　本：787mm×1092mm　1/32
插　　页：4
印　　张：10.25
字　　数：164 千字
版　　次：2018 年 12 月第 1 版　2018 年 12 月第 1 次印刷
书　　号：ISBN 978-7-5459-1526-6
定　　价：48.00 元

如发现印装质量问题，请寄承印厂调换。

自序

这四部小说不是写于同一时代,它们之间相隔不止十年。可是,你能看出哪部小说写于十年前吗?

之所以把它们放进同一本集子里,是觉得它们有相近的精神气质。千叶对老聂(《天堂向左》)、顾嫂对谢五常(《与你有关或无关》)、刘柏顺对宋义(《身后事》),朱老对老大(《天仙官》),你会觉得无论时代怎样变,人心始终装在一个盒子里,变的永远是能变的。千叶的心里装着天堂,顾嫂的心里则装着陈年过往,很难说谁比谁更不幸。刘柏顺的执着跟朱老的执着不在一个层面上,可也不好说谁比谁的结局更可悲。放在一起看,几个主人公各有执念,各有各的局限,可也各有各的天地方圆。如果稍稍改变一下生活轨迹,可能就是别样人生。可惜生活没有假设,小说也没有。

  作家完成一件艺术作品，是能打上自己人生烙印的。天大地大，和你相关的人和事就是那么多。你的所得所获就是那么多。你对事物的认知就是那么多。你的经验或积累就是那么多。你如果想获得一个大宇宙，就需要有凿墙破壁的功夫，不但要打破内心设置的壁垒，还要打破视野和思维上的阻隔，获得超越生活本身的艺术经验和生活经验，让触觉深入生活的肌理，审慎或捕捉——可即使这样，文字里已然浸润着你的气息和魂魄，我们所能做的，就是尽可能让文字走得长久，就像十年前写的故事，现在读起来也毫无违和感一样。

  小说就是写人与人之间的关系。让架构更趋合理，让人物穿过故事的帷幔生动而立体，让人掩卷而思或心有戚戚，阅读的感受莫不如此。世间最难厘清的是情感，而情感是没有属性的。几部作品的主人公都不单纯。唯其不单纯，他们呈现的世界才值得书写、解读和玩味。

  对于作家来说，悲剧的人生才更有意义。

  这四部小说的场域都来自埙城。也由此而知，这座城市在我心里已经存在很久。在我写有关城市题材的一刹那，这座北方小城的名字就在我的心中驻足。那还是1989年，我的一部小说被改编成电视剧，背景音乐就是用"埙"这种乐器演奏的，从此那种呜咽声就在灵魂里挥之不去，最终成了生命的一部分。有位评论家告诉我，他专门百度过"埙城"这座城市，原来纯属虚构。我想说的是，每一个作家心里都有类似"埙城"这样一个地方，你的血液是她河里流动的水，你的生命是她土里生长的植物——也许你就是石头上的苔藓，可这有什么要紧呢？她叫什么不重要，重要的是她曾像母亲一样滋养你、改变你，让你无论走多远，也不会忘记来时的路；让你日益接近、成为理想中的你自己。

没有比这份情感更深厚的了。

感谢《北京文学》的杨晓升主编，为这本选集定了基调。写推荐语的都是看过小说的朋友。著名评论家王春林教授，《中华文学选刊》主编徐晨亮先生，《小说月报》主编徐福伟先生。在此也一并感谢。

每一部小说都很好看，真的。

2018 年 10 月 13 日

目录

001_天堂向左

075_天仙宫

145_身后事

218_与你有关或无关

313_后记

天堂向左

1

千叶第一次到我家来,买了一束花。我问这花多少钱,她说两百八十元。我说,我买花都不舍得花这么多钱。我说的是真的,前段情人节,知道不会有人给自己送花,我跑花店买了两枝紫玫瑰。其实我喜欢绿玫,但因为多了几块钱,我放弃了。紫玫有点小,品种一般般吧。但放上几枝银柳和满天星,也热热闹闹。给自己买花已经是进步了,要放过去,根本舍不得。

这都是我的心里话,当然不会在有限的时间里都说出来。千叶脸上一暗,我就知道我话说冒了。果然,千叶一拨棱脑袋,面带讥诮说:"你别以为我们穷,连束花都买不起。"我用剪刀剪花根,把花插到了花瓶里,姹紫嫣红一大簇。我说:"我是这个意思吗?"

千叶还买花,证明千叶还是我印象中的文艺女青年,这种感觉相当不错,瞬间让我觉得虽然二十几年没见面,我们相隔并不远。她给我打电话时,先问我有没有听出她是谁。我耐着性子说,我从没听过你在电话里的声音,怎么会知道?我是有这本事的,对声音的分辨能力特别强,所以一般人瞒不了我。只要我听过,就不会忘。她说她是千叶,我"哦"了一声。我问,你怎么知道我的电话?

千叶是跟老聂打听来的。及至见了面,我对千叶说,我从没跟老聂有过联系。只是有一次开会,我俩坐前后排。说起过去的几个同事,老聂说,什么时候我们去看看那谁那谁那谁那谁。这一连串的名字中,没有千叶。我没以为意。于是我们留了电话。这是几年前的事了,几年中,老聂从没联系过我,当然,我也没联系过他。说去看那谁那谁的话,根本都是无心之语。过去,我会把这些话放在心里,一心一意等待。现在不了。我跟老聂一样,就像刮西北风,说过就拉倒。

留下的电话就这样派上了用场。

我在手机里翻到了老聂的电话。如果不是千叶来，聂新根的名字估计就是条深水鱼，永远也翻不到上面来，我甚至不记得我有他的联系方式。我说，中午一起坐坐吧，千叶来一次不容易，我做东。老聂说，我没空，副县长过来调研，我走不脱。否则我就请千叶了，让你作陪。

若是过去，我就信副县长去老聂的单位了。当然，也许副县长真的去老聂的单位了。老聂在一个行政管理部门任职，人不多，是一把手。所以如果真有领导驾到，他真出不来。我说，既然你没空，我就拉千叶去家里了。

老聂简单"哦"了声，就把电话挂了。

砂锅里丢了冬笋和腊鸭，咕嘟咕嘟小火炖着，我和千叶坐在沙发上拉家常。千叶不是美女，当然，我也不是。两个不是美女的人时隔二十几年坐到一大簇花下，这感觉真是怪怪的。

我不问千叶为啥来埙城。她到了埙城才找我，显见得不是为我来的。那么她就是来找老聂，老聂没空？看来她一直跟老聂有来往。可如果她提前知道老聂没空，为什么要选择今天来？

这些疑问在心里存了下，我没问出口。千叶是个鬼魅的人。很多年前她就鬼魅。那个时候我们在一家单位做临时工，有我的地方一定有她，有她的地方却不一定有我。有一次去南大出版社校对一部书稿，千叶明明跟我住在一栋楼里，我却不知道她在哪个房间。我一个一个敲门，最终也没有找到她。

我跟老聂打听时，老聂说："你找千叶，你缺心眼啊！"

你老了。她先说。

我摩挲了一下头发，说，都老了。

我觉得，我还是比千叶说话委婉，像许多年前一样。

严先生呢？千叶问。

我说他值班，要值一天一宿。

没想到你们还真成了。千叶边喝水边朝我挤眼。那一瞬间，我觉得千叶还是二十几年前的千叶，除了皱纹和白发，她什么也没有变。

她那时就看不上严先生。严先生是同事刘大姐介绍的，见第一面，我觉得他的长相像我表兄，我的表兄威风凛凛，是海军。他还有一双俊逸的手，目光温和。我是属于细节定乾坤的人，所以别无多虑。千叶却说他学历低，家底薄，还是罗圈腿。她每天都在我耳边嘀咕，让我的耳朵起茧子。说真的，我和严先生能走到一起千叶有一多半的功劳，因为我总要表示对她的言行不以为意。也就是说，她如果向左，那我就一定向右。可千叶是这样的人，从不把别人的不以为意以为意。所以，她越看不上严先生，我就越跟严先生交往。我越交往，她越看不上严先生。婚礼是单位给操办的，我买了些糖，给大家唱了曲电视剧《渴望》的主题歌，这婚就算结了。千叶没参加我的婚礼，她跟老聂去拉萨了。当时我们都知道千叶去西藏行走，她一直在为此准备，却不知道有老聂随行。有一天傍晚，我们都在会议室里看报纸，老聂打来了电话，询问单位近况。因为一部书稿完成，单位要有人员变动。刘大姐刚好坐在电话旁，顺手拿起了听筒。"你是谁？聂新根啊！这么多天不见，你死哪儿去了……人员近期调整，你又不是不知道，大家都在单位等消息。组织上给了一个转正名额，云丫和千叶之间只能转一个人，主任说要她们俩抓阄……三天之内办齐所有的手续，关键时刻千叶联系不上，你说急人不急人……"

老聂慌了，这才说他跟千叶在一起，刚从布达拉宫出来。刘大姐没好气地说，人家千叶去西藏是为了梦想，你为了什么？老聂说他为了做梦。

刘大姐嘲讽说，那你就继续做春秋大梦吧！

我们都听出了刘大姐这话的弦外之音。老聂自诩与主任关系好，表面低调，骨子里却猖狂。不猖狂哪里会在这个节骨眼上去什么西藏。我们彼此看一眼，谁都没说什么。

千叶从拉萨回来，好一通闹，骂单位的人都是骗子，合起伙来骗她。这幕场景我没有看见，是听刘大姐说的。其实刘大姐也没有看见，是听看见的人说的。我第一个去新单位报到，拿了介绍信，一溜烟就跑了。人员被分流完了，千叶无处可去，只能卷起铺盖回家。

很多时候，人生就是这么残酷。所谓差之毫厘，谬以千里。后来我经常想，假如真的形成抓阄的局面，千叶肯定是胜利者，她总有办法让自己立于不败之地。可命运之手不知怎么一捣鼓，方向和际遇都变了。做几年小工一直心有惴惴，到了新单位，一下就是农民翻身当家做主的感觉了。

一盆冬笋腊鸭汤端上桌，千叶看了一眼，说油太大。我默默烧了一壶水端上桌，先自己稀释了一碗。我是在给千叶做表率，既然油大，就有油大的吃法。两个炒菜都素，千叶说一个油没烧熟，一个炒得太过。我承认，千叶说得有道理。我炒菜的时候，千叶总在我身后转，我有些心猿意马，平时手顺的活计，也做得磕磕绊绊。我说，看来你饭菜做得不错，这么有道道。我平时在单位吃食堂，偶尔做一次，的确手生。千叶敏感地问，我来是不是给你添麻烦了？我反问，你说呢？千叶说，我不知道，所以问你啊。我说，你添麻烦了，很麻烦。千叶笑了下，说，我就是来添麻烦的，不给你添给谁添？

"如果当初去西藏的是你而不是我，你的一切就都是我的。"端着杯子坐到沙发上，千叶环视着房间。她果然旧话重提。不提就不是千叶了。

"不包括严先生。"我说，"你看不上。"

"当年你说陪我走西藏，后来又不去了。我傻乎乎的，一个人走了。"

"还有老聂啊，你哪里是一个人。"

"老聂给我买了火车票。"

"他如果给我买，我也去。"

我说的是实话。当年我们工资七十多块钱，还没有老聂的零头多。老聂经常带我们出去玩，给我们买好吃的。老聂明显更喜欢千叶，他总说我太保守，在饭桌上都不敢端酒杯。

"你跟千叶学学，都是新时期的青年，你就像个老古董。"老聂的刻薄让我脸红,但我不怪他,我确实像他说的那样。

从西藏回来,人都分流完了。老聂一直想去公安局,结果名额被别人撬走了。唯一一个下乡的名额落在了老聂的头上,这是人家挑剩下的。大家都不愿意下乡,下乡艰苦。后来我听刘大姐说,老聂走时闷闷不乐,把门帘扯去擦屁股了。

"你那时对我是什么印象?"千叶问。

"抢尖拔上,鬼机灵。"我跟她说话从来不客气。

"你是蔫人出豹子。"不等我问,千叶马上回击。

我给她的杯子倒水,问她此话怎么讲。千叶说:"这话不是我说的,是老聂说的。去拉萨的火车上,闲得无聊,我们一个一个议论单位的人。提到你,老聂说:'千叶你别小看王云丫,她以后会是个人物。'"

"我是人物吗?"我问。

"跟我比,你是。"千叶答。

"我跟谁都不比,我是我自己。"

"你就喜欢说冠冕堂皇的话。"千叶看着我,"难怪你能当干部。"

"老聂呢?"

"他跟你一样。"

我们这群人,千叶混到了底层,顶数我和老聂混得好。这是刘大姐几年前在菜市场跟我说的话。我问,你咋知道千叶混到了底层?刘大姐说,她一个农民,嫁了个农民,还能混哪儿去?

我嘴里说不至于。千叶是个聪明人,啥时都不会落潮。但心里赞同刘大姐的话。吃公家饭的人都高人一等,这是我们这个社会的福利。

我问刘大姐,咋知道千叶嫁了个农民?我们自打分手,就再没了彼此的消息。刘大姐说,她跟千叶的婆家沾亲带故,有时年节走亲戚时能碰上。

"她还是像年轻的时候那样,喜欢不务正业。"菜市场人来人往,并不适合交谈。刘大姐转身的时候一龇小虎牙,说了这句话。我那天去买了两刀豆腐,硬邦邦的那种,自己做香干。严先生在门外的廊下吸烟,等我。我问他有没有看见刘大姐,他说没看见。

我说:"刘大姐说千叶喜欢不务正业。"

严先生说:"一个人有一个人的活法。"

2

千叶脱了鞋,把脚收到了沙发上,放平两条腿,我便从长沙发上移驾,坐到了小沙发上。那里放了一个自动按摩椅,我把肩胛和颈椎的位置找好,任它按摩。千叶眼里有了羡慕,说我这样的生活就像地主婆,后面有看不见的四只手,相当于一边站一个小姑娘。我说,你不知道我的颈椎多痛苦。千叶说她的腰也不好,有一次躺了十九天,连窝都动不了。我问她最后怎么好的。千叶说,熬呗,庄稼人,除了熬还有啥法。

这样示弱的话,我很少听千叶说出口,所以特别不适应。千叶的穿着依然是时尚型,打底裤、黑毛裙,上面是带假领的毛线衫。外罩脱掉了,是一件收腰的长款风衣。我因为腿不好,夏天都不敢穿裙子,衣服也多是休闲款,与千叶比,真是又传统又老土。我洗了盘草莓放到茶几上,千叶说:"种草莓的都不吃草莓,你怎么还吃这种水果?"

"好吧。"我说。

"你从没想过对不起我吧?"千叶说。

我站起身,把草莓放回冰箱里。我见不得它受冷落,红艳艳的惹人怜爱。关冰箱门之前,我丢了一颗在嘴里,咕囔说,愿闻其详,我怎么对不起你了?

我过得不好。千叶手肘支在沙发扶手上,转着眼珠看我,说她跟苏连祥没感情。不是也生了女儿吗?我问。她的女儿跟我女儿一般大,这些信息路上她就告诉了我。千叶说,他们的感情出问题,就是从生了女儿开始的。那时国家讲究一对夫妻一个孩,千叶响应国家号召,自行做了结扎手术。打那儿开始,苏连祥就总威胁她,要找个地方生儿子,直闹到离婚的地步。那年女儿五岁,拿了根小绳学上吊。绳子结到驴槽边的钉子上,千叶打草回来,正好看见了。千叶问她为什么要上吊,女儿说,以后又没爹又没妈,不如死了算了。打那时起,他们再不敢提离婚的事了。

"你会去打草?"我真是有太多的疑问。

"我不打谁打?家里养着大驴呢。"千叶说。

"一个女孩就去做结扎,全县大概就你一个。难怪苏连祥对你有意见。"我故意说得轻描淡写。我没见过这个人,千叶一提起他,我就在描绘影像。先说这个名字就不行,太普通,不像千叶的名字,透着许多想法。当年我就问过她,这样洋气的名字谁起的?她说是自己改的,上初中的时候。

她原名叫朱玉娟，后又改过朱亚红。派出所的一个哥对她好，任她把名字改来改去。

"结扎这样的大事你居然自己做主，男人没有想法才怪。"

"不结扎怎么办？我容易怀孕啊！"

千叶告诉我，女人常用的方法对她都不起作用。避孕药不行，上环也不行。有一年她坐了三次小月子，人差点就交代了。大喇叭一喊育龄妇女到大队检查她就心惊肉跳。检查床就是老光棍睡觉用的，一股汗馊味。那些人边说笑边用器械插下体，检查你的子宫。计生小分队里也有男人，就在窗外晃来晃去。一个破布帘上都是洞，外面的烟味儿直往屋里钻。你说你没怀孕也要查，你说你有例假也不行，得脱了裤子给人看，检查你有没有新鲜的血。每年春一季秋一季，查两回。人哪有尊严可言啊，躺在那里，就如同剥了皮的狗。

我打了个寒战。倾过身子，离她近了些，又关了电动按摩椅。那轻微的旋转摩擦声也让我觉出了噪，我有些想听千叶说话了。那些年的喧嚣我也记得。孩子小，寄养在父母那里。小弟妹在用笤帚扫院子，大喇叭一通狂吼，小弟妹就浑身发抖。她结婚早，才二十出头。

大喇叭里重复发出很不堪的威胁，牵牛、灌粮食、扒房。都是最终结果。你躲出去不行，跑得了和尚跑不了庙，躲得过初一躲不过十五。满街都在追剿大肚子，一经发现，手脚都给捆上，四脚朝天往车上抬。有一次，把人拉到医院才发现那只是个小姑娘，才上五年级。只是胖得走了形。医生手术刀都准备好了，上手一摸，那肚子是空的！

耳朵听着那些村干部的气势汹汹，多少次庆幸自己不是村里的媳妇啊！

我探过身去，情不自禁摸了摸千叶的手。

千叶继续说："在村里经常觉得活得不耐烦，早晨天亮得早，晚上日落得晚。啥叫度日如年？这就是。苏连祥说我在城里做了几年小工做出毛病了。咋能没有毛病呢？那时我们多幸福啊，在宾馆办公，有专门食堂。春天去郊游，夏天去游泳。还有许多文娱活动，跳舞、朗诵诗歌、演讲、看摄影或书法展览、参加读书会。我经常想，我离开了这些，王云丫却没有离开。假如我当年不去西藏，她的那种生活就可能属于我，我的这种生活就可能属于她。你别看我过得不好，你如果嫁到村里，不一定比我过得好。我没有跟你抓阄，是拱手相让了这种生活。否则真不一定谁笑到最后。"

我看着她,心里隐隐钝痛。我当然不这样想。我为什么要那样想呢?难道这不是命运的抉择吗?我相信,这就是命运在关键时刻选择了我。

她说的那种生活其实我也没有走近。也就是说,我没有拥有那种生活。跳舞、朗诵诗歌、演讲、看摄影或书法展览、参加读书会,这样热闹的场景我都不喜欢。我年轻的时候就不是活泼的人,除了看书没有多余的爱好。所以千叶是女文青,我不是。她当年有许多朋友,办公室的电话很多都是找她的。

她一跳一跳跑去接电话,后面的人就彼此递眼色。又有人送花了,又有人请吃饭或请看电影了。千叶的嘴里都是这个总那个董,听起来都是了不起的人物。所以刘大姐给我介绍男朋友却没人给她介绍。大家都觉得,千叶不用别人介绍男朋友。

"你如果不去西藏就好了。"我多少生出了些愧疚,时过境迁,我可以站在千叶的角度考虑问题了。我是有"抢"了她的生活之嫌。"你干啥要在那个节骨眼去西藏呢?还和老聂一起去?"我想说,男男女女,这不是找是非吗?机关本来是非就多。但关键时刻,我咽下了后半句。

主任姓崔,是山东人。有很浓的潍坊口音。我们都说他的口音像风筝一样，可以随时飞起来。他也是喜欢千叶的人，经常开一些很出格的玩笑。那些玩笑经常让我脸红，千叶却没事人一样，听得大大咧咧。那晚听说老聂和千叶一起去了西藏，他简直暴跳如雷。我从没看见他那么激动过，黑红的脸膛变得青紫，像被人盗挖了心肝一样。两只眼睛瞪得铃铛大，在会议室里"哐哐"地走，带出一溜风。他说老聂太无法无天了。人要交流了，眼里就没有领导了。这要不是念及交情，开除他都不在话下。

老聂是小学教师，是崔主任当才子从学校挖来的。谁都知道崔主任对他第一好，出门都要带在身边。

"背叛你的都是你对他最好的人，天底下再没有比他更没良心的！"主任骂得咬牙切齿。

我们埋头看报纸，其实谁也没有看下去。会议室里很紧张，连翻动书页的声响都没有。主任平时是个谨慎的人，这个时节有点像破罐破摔了。

转天一上班，崔主任就把我喊了去。他是望六十的老人了，头发花白、稀疏，却被啫喱水定型在脑后，形成了背头，像一排弯曲的小钢丝。门牙像两块陈旧的门扇，中间明显磨出了缝隙。脸上有肉的地方是眼睑，让下眼皮显得重重叠叠。可他的眼神像鹰隼，我从不敢与他对视，这又与千叶不同。千叶在他面前就像只云雀,可以又唱又跳。

"王云丫,我如果给你办成大事你怎么谢我?"他说得很严肃。

"您说怎么谢就怎么谢。"我忐忑的样子估计像个傻瓜。我从没奢望他给我办什么事,还别说大事。此刻脑细胞却活跃了一下,我硬着头皮问:"什么大事?"

"你还是缺少情怀。"千叶抱着膝盖摇了摇,这样总结我。

我不知道她指的是什么,我抹了下桌子上的水渍。"你说得对。"我附和。

我和千叶下乡,遇到了一只受伤的小麻雀。千叶把麻雀放进车筐,带了回来。每天去花园捉虫给它当点心,养了好些日子。有一天打开后窗,麻雀自己飞走了。千叶从此就变得神神道道。她总说麻雀有一天会飞回来,来看她。我说麻雀不会记得这件事,它来的时候还很小,羽毛还没长全。走的时候已经是一只大鸟了。即使是一只大鸟,除了捉虫它也没有别的本事。从本质上说,麻雀是一种蠢鸟。

"你没有情怀。"千叶当年就这样说我。

我给自己倒了杯茶,酒红色的滇红,喝起来爽心爽口。

这是朋友从云南寄来的，嘱咐我这是好茶，千万别送人。千叶却不喜欢，她每次喝茶都如同喝中药，脸上一副苦相。我说，你还是不相信命运。千叶说，我咋不相信？我说，你还对过去的事情耿耿于怀。其实，我的生活没有什么好。在一个无职无权的部门干一份可干可不干的工作，经常遭领导训斥。我们的领导是个变态狂，经常挖坑给人跳。也可以这样说，我的生活是你放弃的。

千叶耸了耸鼻子，一副莫可名状的样子。她继续按照自己的思路说。

严先生，她说，是一个务实的人吧？我记得那个时候，他给你买小背心，买一打。三块五一件。我们背后都笑话他，哪有给女朋友买这个的？也就是王云丫好糊弄，买啥都是好的。当时我跟聂新根说，他若是我的男朋友，哪儿远我给他扔哪儿去。用小背心打发人，还要脸不要？

我插话说，那是严先生第一次给我买礼物。之所以买那么多，是我要求的。背心是处理的韩国产品，平时并不容易遇到。高弹、柔软、耐磨、色泽纯正。他单位的女士觉得好，每人都买了很多件。那些背心我确实穿了好几年，也确实穿得很有感觉。因为后来再想买，已经买不到了。

千叶说，你知道苏连祥是个什么人吗？好交际，喜欢说大话。大事干不好,小事看不上,还不愿意付辛苦……我插话说,他也是文艺青年吧?千叶说,还真让你说着了。有一段时间,他迷恋唱歌,买双喇叭的录音机,唱张帝的歌曲。你知道张帝是谁吧?就是那个公鸭嗓的……我开始不想支持他,可他走火入魔,不支持不行。后来我想,万一唱出来了呢?他买行头、买盒带、买麦克风,还到附近的学校拜师学艺,每天早晨去河边练声,村里人都管他叫神经。连着参加县里的好几次选拔赛,他成绩都不错。可成绩不错有啥用?上县电视台,一分钱也没有。有人请他唱堂会他还放不下身段,十块钱一首歌,他说他不卖唱。

酱紫。我说得有口无心。我不知道她这段话是什么意思。

千叶说,唱歌活不了人,干啥呢?人家都去城市打工,他一说打工就头疼。人家都盖了大房,我们还是那三间,是老人七十年代盖的。大墙垛,不是明窗,天不黑屋里先黑。年轻的时候还有这样那样的想法,现在不想了,想不动了。他过他的我过我的,我们基本井水不犯河水,已经很多年了。

我想开句玩笑,我特想开句玩笑——那个,那个事怎么办?当然,我不会说出口。我觉得,我们没有谈私密的氛围。

一个唱歌的人。我想,跟千叶是匹配的。但我不喜欢,如果一个男人嘴里总唱歌,我会觉得喧嚣。我真是不喜欢喧嚣的人。

千叶把自己放平了,身体像面条一样软。她说,我最近特别爱累,说这些话,就觉得特别累。我看了下时钟,一点半了。我说,是午休的时间了,睡个觉就好了。千叶说,好。

3

卧室在最里间。我邀千叶上床,千叶拒绝了。她说就在沙发上躺一会儿,十分钟,躺十分钟就好。我回到卧室,把房门掩上,把睡衣换了,我想好好休息下。我真是挺累的。跟千叶聊天挺累的。给千叶做饭挺累的。刚接到她的电话时,我就觉得累。这些年她都没找过我。依她的性格,她肯定经常到埙城来。她到埙城来却不找我,这说明她不想找我。现在来找我,难道是来跟我算旧账的?我哂笑了下,真是觉得莫名其妙,能算出什么呢?

还有那一大束花,插在墙角的花瓶里。煞是好看,可就是觉得好看得可疑,像是包裹着一团不可告人的秘密。

困得哈欠连天,又流鼻涕又淌眼泪,我却睡不着。拿了本杂志,却看不下去。我隐隐有些亢奋。千叶让我亢奋,为什么呢?我自己很难解释。千叶说了那么多话,其实没什么中心议题,基本就算女人之间的闲话。这样的闲话谁都能说上一箩筐。你以为我没有?我只是不说而已。

或者,不想对千叶说。

我睁大眼睛看屋顶,脑子里乱七八糟。

当年我比千叶早几天抽调到这个临时单位。千叶来的时候我们正在开会,敲开门,千叶的脸在门口晃了下,说:"哪位是崔主任?"崔主任放下手里的讲稿,马上出去了。会议没有进行下去。我们在会议室里等了半天,崔主任也没有回来。于是大家看书的看书,看报纸的看报纸。快到下班时间了,聂新根跑过去问了下,崔主任说,今天的会不开了。

我和千叶同岁。千叶却像个城市姑娘。长裙,短发,小圆眼镜,头发挑一绺明黄。后来熟悉了才知道,她也是村里出来的,家在大洼深处,在一家复印社打工,偶然认识了崔主任，被招了过来。我们一起吃饭，一起开会，一起下乡，一起到外省市跑资料，我从不知道她的眼镜只是装饰，她的两只眼睛离得近，据说是利用眼镜调节一下距离。我那时还是个不懂装饰的人。渴了喝水，冷了穿衣。世界在我面前就是实用主义。千叶显然跟我不一样。她很快就跟每个人都混熟了，比我还熟。酒桌上喝酒，联欢的时候又唱歌又朗诵，这样的女孩大家都喜欢。连我都喜欢。

我自己都不喜欢我自己，茶壶煮饺子——太闷。

千叶的生活比我丰富得多，我连嫉妒都还没学会。每天下班以后我都抱着一本砖头厚的书坐在楼梯口，那里对着夕阳，有一束温暖的光。那些书都是我从图书馆借来的。我借书有一个标准，不管内容如何，都要符合砖头厚的特点。不够砖头厚，我根本不借；不够砖头厚，我看着都没意思。

千叶是我生活以外的另一个世界。比如去西藏，她说去就敢去。说起这个话题时办公室的人都在，刘大姐也信誓旦旦，说一辈子没去过西藏是人生的一大遗憾。说是一回事，做又是一回事。那部书稿历时三年多，很快进入了扫尾阶段，十几个人，各怀心事。千叶宣布要去行走时，甚至都没引起响动。崔主任面临退休，单位是一种树倒猢狲散的颓势,每个人都让未卜的未来弄得忧心忡忡。所以,千叶就像一道明亮的光,在她心里,似乎没有什么事值得担心。

只是没想到西藏之行就像个陷阱。她紧赶慢赶跑回来,我已经去新单位报到了。

只是……如果真的形成抓阄的局面,胜者就一定是她吗?

刚好十分钟,千叶就像猫一样钻了进来。她眼睛有点惺忪,看来是睡过了。这种觉叫狗眨眼。小孩子睡的时间短,大人便会说,就睡这狗眨眼?千叶问我能不能在床头靠一会儿,我没忍心拒绝。我往一旁躲了躲,千叶上来了。千叶说,刚才我们说到哪儿了?

哦,说到了我特别累。我总是特别累。身体累,心也累。刚结婚的时候,公婆和我们住对屋。你能想象吗?他们从不刷牙。吃饭时他们就坐我对面,黄板牙一闪一闪的,让我受不了。我给他们买牙膏牙刷,监督他们刷牙。婆婆牙龈出血,赖我的牙刷有毛病。他们总跟我吵。开始是一个对一个,后来是一家人对我一个。煤气罐摆在那儿,不用。到处捡柴烧大锅。天黑透了也不亮灯,夏天剩饭馊了臭了也不舍得倒掉。更可笑的是，他们总偷偷到我屋里找零钱，他们觉得我不会过日子，钱在我手里他们不放心。我老公，就是那个苏连祥，你没见过。见过你就知道了，真是一表人才。我说话你别不爱听，如果从外表看，真是比你家严先生强不是一星半点——当然现在不行了。一个人在村里，赚不来钱，就不受尊敬。庄稼人显老，又不讲吃又不讲穿。年轻的时候还可以唱唱歌，半大老头子再唱，人家就说你疯癫了。多亏那年老聂给他找了个事做。老聂来乡里当乡长，我舍下脸去找了他。我说，文化站缺人不？能不能赏他口公家饭？

我一直趴着，侧着脸。千叶说的这些我熟，都是从村里出来的，面对的问题都差不多。观念、差异，城市乡村都一样。我悠悠晃着两条腿，千叶说的这些却显得不真实。我是说，都不像发生在她身上。当年的千叶……我无法想象穿着黑毛裙的千叶蹲在灶坑旁烧火，灶灰扑扑地飞。吃饭时对面坐着黄板牙的公婆。她怎么会嫁给那样的人家——且慢，千叶说的是过去，现在境遇应该改善了，瞧，千叶穿得多时尚，比我时尚多了。老聂居然帮了千叶那样大的忙，他让苏连祥吃了公家饭！

我一下坐了起来。我想到了千叶和老聂的西藏之行，苏连祥知道吗？

千叶翻了个身，把后背对准了我。我拍了一下她的屁股，问，苏连祥当了文化站站长？如果干到现在，应该享受正科级待遇。

千叶说，文化站不缺人。老聂把他安排到了信用社，当信贷员，算合同工。那是我们家顺风顺水的几年。闺女刚上初中，成绩特别好。我去了乡里的毛纺厂，做技术工。我不是吹，那些个活计我眼到手到，一看就会。厂里的师傅都说，全厂几百人，数我心灵手巧。那年月毛纺厂效益好，厂长是从天津聘请的，拿年薪。师傅也是从大城市来的，一个月两千多。连乡里的干部都参与分红，发二胺、发苹果、发服装。可你知道工人拿多少吗？一个月七八十块钱，年底连奖金都没有。

有一次，工厂给日本赶一批高档毛活，工人加班加点连轴转，规定的时间运不到港口，要交成品一倍价钱的罚款。战前搞动员，大家一边吃饭一边听厂长训话。车间门口挂横幅，质检员都成了监督员，乡政府也派人来督战，工人去厕所都一溜小跑。深夜，我们端着大碗蹲在院子里吃面条，干部们在会客室里喝酒。厂长喝得哇哇吐，臭味熏得我们都吃不下饭。这批活赶完了，很多人都病倒了。

可第二批活又来了，休一天假要扣三天的工资，有个女工小产，休三天假一个月就白干了。他们真不把工人当人啊，我实在忍不住了，揭竿而起。

我看着千叶。我突然发现我有点喜欢她了。

千叶说，厂子四个车间，每个车间七八十人。我写了一份罢工宣言，号召姐妹们为自己争取权益。这些权益包括每个月要有四天假，加班要有加班费，工酬要与普通干部同等水平，厂子要为工人上保险。我请人写成大字，贴在车间门口。我确实做了最坏的打算：工人们都不理解我，人家该干啥干啥；厂方把我开除，我从此成为无业游民。这些我都想到了。我不怕。我天生就是天不怕地不怕的人，宁可人负我，我不负别人。只是有一点我没想到，这一天早晨，有个女工看了宣言抱着我哇哇痛哭。她在厂里干了三年了，腰都累弯了。一个人哭，所有的人都哭。偌大个院子都让哭声填满了，响声如雷。我问大家，宣言中写的要求合不合理？大家说合理！我问，大家愿不愿意跟我站在一边？大家说愿意！我很激动，那样多哭着的脸，抹净了眼泪变得群情激昂。我一挥手，众人都跟在我身后，找厂长谈判，大家一窝蜂往厂长办公室里拥。厂长吓坏了，说工资都是由乡里定的，他做不了主。我们浩浩荡荡去乡政府，三四百人的队伍，把街筒子都挤满了。厂子离乡政府有三里地，到了那里才发现，大门紧闭，门口站着警察，荷枪实弹。许多人一看见警察腿就软了，扭头就往回走。苏连祥从信用社里跑出来，一把揪住我，说我丢人现眼。我与他搏斗，就像跟敌对势力搏斗一样。

我们干了半天仗，在地上来回滚，滚了一身土。他的脸被我抓破了，我的上衣袖子被他扯掉了。警察看着我们吃吃地笑，大概谁都没看过夫妻这样打架。仗打完了，大门敞开了，警察撤了。我一回头，大门口就只剩下了我们俩。

苏连祥说，你干的好事！

我说，我没干坏事。

苏连祥骂我傻，说天底下就没有像我这么傻的人。我说，你不傻？谁在大庭广众之下打老婆？我们过去感情就不怎么好，那件事又成了一个导火索，那之后他很长时间不回家。他不回家我也不找他。后来听说他跟一个开小卖店的好上了。有人把话传到我耳里，我心说，他爱跟谁好跟谁好，只要不让我碰上就行。

我捏了千叶一把。我不知道想表达什么。

"那是哪年？"我问。千叶支起了身子，说那年公婆已经去世了，家里新添了一辆幸福牌摩托车。应该是二〇〇三年。

"后来呢?"我问。

千叶说:"哪有后来?没有后来。工人陆陆续续回厂上工。老聂找到我,说我不该挑头闹事。我说这怎么是闹事呢,这是争取权益啊。他说争取权益应该走正规渠道,这样耽误生产,损失谁赔?"

我想了想,千叶是对的,老聂也是对的,他是一乡之长,乡长有签字权。财政都靠企业支撑着,他没有理由支持千叶。

换了我我也不支持。

但这不影响我此刻用崇敬的目光看千叶,一个人一生总要做件了不起的事,我觉得,千叶已经做过了。

千叶也有些得意,说当年全厂的人都听我一声号令,那场面你都想象不出来。

我想象得出来。我在电视和电影里都看过这种镜头,那是革命者,举义旗是为了推翻三座大山。可惜现在不是那种气候了,千叶注定是悲剧。我说,那个厂,现在什么样?

千叶说,早黄了,不黄才怪。工人开始偷东西,线、机器零件、整件的毛衣、玻璃纽扣,揣袄袖里,塞裤裆里,方法五花八门，厂方防不胜防。更别说消极怠工、蓄意破坏了。有一次没按预定时间交货，被罚了不少钱。工人也像走马灯一样来来去去，四个车间变成了三个，后来又变成两个、一个。厂子冷清得就跟小作坊差不多。当然，那时我早已不在那里干了。我被厂里开除了。我去周边的好几个厂子求职，结果哪里都不要我。腌制厂、蜡烛厂、缝制厂、工艺品厂，哪里都不要我。我就知道，我名声在外了。

"你为什么不来城市？你更适合到城市来。"想起千叶长裙飘飘的样子我就惋惜。

"孩子呢？家呢？又不是单身一个人，哪能说来就来。"

我说："当初你怎么肯嫁到乡下？"

千叶说："我哪里有你那么好的命，天上就能掉馅饼。"

我说："你后悔去西藏吗？"

千叶果断摇了摇头。说做过很多后悔的事，唯有去西藏，不后悔。

我长吁一口气。转念想，不知道去西藏对她意味着什么。

我的电话响了，我起身去接电话。千叶去了洗手间，她在洗手间待了足够长的时间，我在院子里把电话讲完，她还没出来。

"老聂请我们出去喝茶,他可越来越能贫嘴了。"

千叶说:"他终于有空了?"

4

我这才知道千叶一直在等老聂,她应该找老聂有事。开车出来我对千叶说,我把你送到茶楼下就走。千叶说,不行,你得陪我。我看了千叶一眼,说,你见老聂还用我陪?千叶说,我一个人见他会紧张。我"噗"地笑了,这话说得怪有趣。千叶说,我没跟你说笑话,我真的有点紧张。我看车窗外,这话我能认真吗?认真我就是傻子。车子停在茶楼下,老聂在楼下候着。我原本不想下车,老聂把车门拉开了。老聂说:"有一家西餐厅牛排做得好,本想让你们去开开洋荤,偏不巧,县长临时跑去了。我们喝会儿茶,晚上再去那里吃。"千叶在车里捣鼓,半天也没下来,老聂点着了一支烟,眯起眼睛说:"王云丫,你不吃饭啊。"

我说:"千叶比我还瘦。"

老聂喊:"朱千叶,你还有完没完?"

千叶下来了,低着头,沾身上的线毛,总怀疑衣服没有穿齐整，这里抻抻那里拽拽。老聂其实没看她，可千叶分明是紧张的，让我好生奇怪。荧光一闪，我发现她涂了唇膏。我暗自笑了下，觉得她还是有些鬼魅，像年轻的时候一样。我问，你们多久没见面了？老聂说，你们多久我多久。我说，尽瞎说。老聂说，你问千叶。千叶对老聂说，是很久了，上次我到埙城来想见您，结果您没空。

  我看了老聂一眼，起了一身鸡皮疙瘩。做梦也想不到千叶跟老聂说话要用敬语。做同事时可不是这样，他们可一起走过西藏啊！我记得很清楚，有一天，千叶踏雪回来穿着兔子皮的外套，老聂问，你没遇见猎人？千叶把两只冻得通红的手倏然伸进他的衣领里，老聂跳了起来……是老聂出问题了还是千叶出问题了？他们固然没生活在一个频道上，可这不该是理由啊！老聂率先往楼上走，倒背着手。千叶想让我先走，我把她推了上去。我故意说，都是老相识了，千叶你干吗客气？千叶说，你们都是当领导的人，看见你们我气短。我心说，在我家也没见你客气。

  茶是老聂带来的。他说他只喝白芙蓉。"云丫你也尝尝，这是极品。"水斟满了，千叶显而易见的惶惑。我说，我这段爱喝小青柑，喜欢茶汤的颜色。老聂说，小青柑好是好，就是味道有些锈。我说，白芙蓉味道好，我哪里去淘换极品？

"回头我送你一饼。"

都是话赶话随口说的，说的无心，听的无意，却也让千叶眼花缭乱。谁说话她看谁，脑袋像转轴一样动。真是奇了怪了，在我家沙发上她怎么那么恣意？还挑我的饭菜咸了淡了、荤了素了。真是卤水点豆腐啊。每次端起杯子她只是稍稍一抿，唇都未见得怎样湿。她的坐姿也很有意思，拔着腰板，扭着两条腿，上下身却不在一条直线上，真是比年轻的时候还有范儿。这也让我觉得别扭。老聂是外人吗？老聂不是外人啊。尤其千叶与老聂的渊源更深，两人曾经多么亲密啊。我忽然想起老聂曾经是千叶的地方官，千叶曾经上门求过他。看来是拿人家手短了。老聂明显有些轻慢她，说话从不看她的脸。我逐渐如坐针毡，真正觉出自己的多余来。我想，他们这个样子可能是因为我在场。我才是外人，有我在，他们放不开。或者，他们有话需要我避一避。我又想起了千叶年轻时的鬼魅，她真的像一只得道的狐狸。虽说现在不许说成精，可千叶骨子里就带着仙气儿。电话适时地响了，我摸出电话时顺手拿起包，却被老聂一把摁住了。老聂说，你去哪儿？我说我有事。老聂说，有事也不许走。电话持续响，老聂抢过我的包放到了自己的身后,我只得朝千叶招了下手,拿了电话一磴一磴下楼梯。这个电话真正有意思,一首韩国歌曲一直唱到尽头。

不是什么重要的电话。当然,打电话的人重要,是我老娘,问我这周回不回家,有只大公鸡摔断了腿,准备杀了吃肉。我说,大公鸡有翅膀还能摔断腿,它是神鸡啊?老娘说,它从棚子上往下跳,让铅丝套住了,鸡头朝下,别了半天。我说,先养一段吧,看能不能把腿养好。老娘说,养好了干啥?不也得杀了吃肉?我说,别自己吃,卖了吧。老娘说,卖了让别人吃,我不舍得。我说,那就等过年再说。老娘说,过年东西多,就不想吃鸡肉了。横竖我是救不活它了,我说,我这周不回去,您该杀就杀了吧。老娘说,你不回来我杀它干啥?

茶楼下面有两棵大杨树。我一直绕着这两棵树走。走"8"字,或走圆圈。许多吊死鬼落下来,被我踩在了脚下,一地绿汪汪的,其实是杨树花……老娘一再说别费电话费了,挂了吧,挂了吧。我坚持找话题。好在有关村里的话题很多,三婶子二大娘,东街坊西街坊,真是三天三夜也说不完,我们就这样东拉西扯了不知多久,老娘反而忘了电话费的事。车轱辘话从头说,问我这周回不回去,我说不回去。老娘说，回来吧，大公鸡把腿摔断了……

我赶忙打住。一口气说这么久，老娘估计都晕了。

我回到楼上，才发现只有千叶一个人，呆呆的，两只眼睛失神地看着角落，石像一般。那些个神采和灵气，似乎都被谁劫持了。我很奇怪，老聂呢？千叶说，他单位有事，你下去不久他就走了。哎呀，我说，我就在门口，怎么没看见他？心里却在想，他一定能看见我，却不打招呼。这个老聂！千叶抿了抿头发，不易察觉地叹了口气。我给她的杯子添水，被她挡了。千叶说，也许我不该来见他。我说，你的事，说了吗？我断定千叶有事，才会一再约他。千叶眼里突然含了泪，骨碌一下，那些泪珠跳出了眼眶，顺着鼻翼朝下翻滚，至唇边，形成了一道小溪。千叶说，我想说，可他不愿意听。千叶虚弱的样子让我有点不忍，我心里骂了一句，挨千刀的老聂，还说晚上请牛排，真是个吹牛不上税的。我有点后悔，在下面耽搁的时间长了，否则也许能帮帮千叶，让她不致如此尴尬。我无奈地说，我以为你有些话不愿意当着我的面说。千叶说，我是不想当着你的面说。咳咳，我假意咳嗽。世界上再没有比我蠢的人了，我领会错了。"那你干啥还让我陪你？"我没好气，有种上当了的感觉。千叶咕嘟一下嘴，突兀地笑了下，说我刚一提"贷款"两个字,他就逃之夭夭了。

我愣住了。

千叶说,你别害怕,我不是来借钱的。

我心里说,难怪老聂跑路,这是敏感词啊。

千叶说,我原本不想告诉你。可是云丫,我总得告诉个人。否则我这么多年的血汗不是白流了?

我喊服务员添水,茶已经凉了。

屋里黑着灯。严先生揿亮电灯时吓了一跳。"我以为家里没人呢,你怎么摸黑待着?"我伸了个懒腰。把一条腿架到沙发背上。严先生说:"没做饭?"他去厨房转了一圈,回来了。"中午来客了?"中午饭菜做得不合口味,我和千叶都没怎么吃,其实是没心绪吃。严先生追问谁来了,我说,你想不到,朱千叶。

严先生说:"可是很多年没见她了。"

我说,你想知道她说了些什么吗?

"我来见老聂,是人生的一个目标。"千叶用纸巾抹了抹嘴,很用力,那些唇膏的颜色已经很浅了,她又反复擦了擦。粗鲁地擦,好不爱惜。她的唇膏不是为我抹的,所以这个时候已经没用了,我这样理解。"这个计划很早之前就有,当我还清十八万元贷款那天,我就想来找他,可他没空,他总是没空。这次来,我事先发了短信,只写了一句话:这辈子不见你一面,死不瞑目!"

我很吃惊,心想你这是语不惊人死不休啊。可这样说话会把他吓着,男人都不经吓,何况老聂是当领导的,心里如果再有挂碍,千叶就死定了。我对千叶说:"他是聂主任,不是早先那个聂新根了。"

千叶有些颓废,说:"我当然知道。可我就想开个玩笑,提醒他我要告诉他一些重要的事,他一直没回短信,我就想,我觉得重要的事可能对他来说一点都不重要。"

"见了面人就矮了。"千叶说,"其实我也不喜欢那样。"

我知道那样是哪样。"不说了。"我说。

千叶感激地看着我。

我在你家说过的,我曾经找过他,求他给苏连祥个饭碗。苏连祥爱唱歌,寻思能去文化站就好了,可文化站不缺人,苏连祥就去了信用社当信贷员,说好了,算合同工。

苏连祥对工作很满意。工资没有人家正式工多,但比那些在外自己打食吃的农民工已经好太多了。干净,体面,不累,适合他。第一年我们就买了幸福牌摩托车,他上下班骑。每天他一进村,我就能听到他的摩托车声。村里也有几家有摩托车,但跟我们家的响声不一样。

苏连祥每天回家都喜气洋洋。他跟邻居说,千叶认识乡里的聂乡长,聂乡长也管着信用社,所以这个月又发奖金了。邻居问我,朱千叶,你是咋认识乡长的?让我们也认识一下啊!

苏连祥不是多有心计的人。有一天邻居问他,你媳妇跟聂乡长有啥关系,人家肯帮那么大的忙?苏连祥大概愣了一下,问我。我说能有啥关系,过去的同事关系呗。

苏连祥说,邻居大概不这样想。

我一下子火了,我说,我想陪人家睡觉,人家看得上农村妇女吗!

第二年,出了点麻烦事。苏连祥值夜班时信用社进了盗贼,偷走了保险柜里的十八万块钱。这天一同值班的有单位的司机,还有信用社主任。可这个晚上主任去喝酒了,只有苏连祥一个人。早晨一起来,苏连祥发现防盗窗被整个撬开了,保险柜四敞大开。他吓坏了,赶紧给主任打电话问主任怎么办。苏连祥说,派出所就在前院,咱赶紧报警吧!主任变颜变色说,你是不是想进监狱?想进监狱早说话!苏连祥当时就哭了。问主任咋办,主任说,先别慌,我想想办法。

苏连祥把我接来时,主任的办法已经想好了。是主任让苏连祥去接我的,他看苏连祥只会筛糠,连句话都说不出来。主任说,我不跟你说话,我跟朱千叶说话。路上我坐苏连祥的摩托车,他一个劲地抖。他抖摩托车就抖,我也跟着抖。我心说,这好日子才刚看出点眉目,就遇到了污糟事。这就是穷人的命,我们的命就是这样。主任对我说,这件事一旦让警方知道,案件也不一定破得了,两边的人都得吃挂落儿。我问,两边的人都是谁?主任拍了拍自己的胸脯,又往前院指了指。我就知道他说的是聂乡长。主任说,聂乡长给你们安排一份工作是好意,如果因为这件事毁了前程,你们就是千古罪人。我说,能毁?主任说,最次也得免职。我一寻思,就把想法坚定了。我说,主任,娄子是苏连祥捅的,我们不能连累聂乡长,也不能连累您,就是出房子卖地,我赔。主任"啪"地一拍桌子,说,聂乡长果然没看错你,他说朱千叶是女中豪杰。留得青山在,不愁没柴烧。弟妹,你有这态度,聂乡长也会感到安慰!

主任详细跟我说了办法。因为是周六,大家都不来上班,可以把事情做得天衣无缝。找工匠复原防盗窗,找锁匠恢复保险柜,他家里有三万块钱,先拿出来堵亏空。我说,这钱算我借您的，我以后准还。我问余下的钱怎么办。主任说，以弟妹的名义借贷款，就说搞家庭养殖。回头让会计做账目，利息就按中央精神说的，支援三农，按最低利率。

主任说，这件事情到此为止，天知地知。一旦走漏风声，我们就都完了。

后来我跟老聂说了贷款的事，老聂一声没吭。我觉得我还是给他找麻烦了，他心里是怪我的。

5

严先生瞪着眼睛说："千叶难道是糊涂人，怎么能这样做事情？"

我说："你先别急着发表意见，听我把话说完。"

这样处理我们不是没疑虑，苏连祥有，我也有。不连累别人只是一个方面，还有另一个方面，苏连祥不愿意失去这份工作。所以，除了把责任扛起来，哪有更好的办法？当然，我还有私心，不愿意让聂新根为此看轻了我们。人穷但不能志短。我们紧紧张张过了一年。你知道这一年我是怎么过的吗？我养鸡养鹅养兔子，种花生种芝麻种棉花，啥来钱干啥。做饭连油都尽量少搁，大半年连个肉星儿都没有。闺女说，妈，我走路都打晃了，我都忘了肉是啥滋味了。我真是豁出去了。去洼里淘沙子，别人装一车我装两车。夏天去粮库晒场，跟男人一起扛起麻包走独木桥，这样可以多挣出一个人的工钱。大家都说我财迷转向了，干啥都像豁出身家性命似的。可我家年复一年不盖新房不添衣服，邻居都奇怪，不知道我们挣钱干啥使。苏连祥每个月留三十块钱生活费，烟戒了，酒戒了。这一年下来，我们连同过去的积蓄打扫打扫，刚好把主任的三万块还上了。主任是说不要，我说，钱先在您这里存着，啥时该用啥时用。听说信用社有转正名额，到时您想着苏连祥就行。主任说，还用说嘛，单位这几个合同工，顶数苏连祥表现好。

转年，事情就出岔子了。有一天晚上，苏连祥回来饭也没吃，躺炕上不起来。我问咋了。苏连祥说，单位清理临时工，他被辞退了。我急了，说，你不是合同工吗？苏连祥说，说是合同工，可一直也没订合同。咋没订合同呢？我问。苏连祥说，我咋知道，就是没人给我订合同。憋了半天，我说，先吃饭，明天我问问是咋回事。苏连祥说，还问啥，聂乡长调走了。我激灵一下，问，啥时调走的？

苏连祥说，有俩星期了。

我去找了主任。主任过去对我一直挺客气，再见面，却像不认识一样，别着脸跟我说话。我问主任，为啥开除苏连祥？主任说，上面有政策，临时工一律清退。我说，苏连祥是合同工啊。主任伸手跟我要合同，说，空口无凭，你手里要是有合同，明天就来上班。我说，主任，你行行好，我们还得用工资还贷款呢。主任说，你们的贷款跟我有啥关系？我当时就哭了，苏连祥有份工资，这日子就有指望。我说，主任你咋还骗我们，你不说要给苏连祥转正吗？

主任说，我要是有那么大的本事，就给全县人民都转正。朱千叶，我不是聂乡长，你就别给我戴高帽了。

我千方百计打听聂新根，原来他调到了农业局，当局长。农业局在新华大街西段，门口有棵梧桐树。我找着了门，却没敢进去。我在外面的花岗岩台阶上坐了半天，看看自己的样子，蓬头垢面，就像个叫花子。一双旧皮鞋在家里用抹布擦了半天，可还是不洁净。这里地势高，我能看到外面的行人。天气热了，女人都穿裙子了。我也是喜欢穿裙子的人，却连穿裙子的资格都没有。你连穿裙子的资格都没有，有什么脸来找聂新根？他要是不管你，岂不是自取其辱？我衡量来衡量去，决定不找他了，回家。我刚站起身，就看见聂新根从外面回来了。旁边跟着一个女人，穿条大摆幅裙子，高跟鞋叮当作响，边走边跟聂新根说着什么。聂新根说，规划先做出来，报给政府，批不批是他们的事，报不报是我们的事，凡事要主动，别自己找不自在。女人不住地点头，说，我明白了，聂局。他们从我身边走了过去，谁也没有看我一眼。我靠在了旁边的墙上，知道女人跟聂新根不一定有关系，可还是忍不住想，他身边都是这么漂亮的女人，哪会正眼看我。

回来时，我好歹赶上了最后一班车。我想，我不见聂新根是对的。我不能再跟他张嘴了。他调走了，原来的地方也不一定买他的账，我又何苦给他出难题？苏连祥一个大男人，凭什么非要我管？我回到家天都快黑了。下车步行一公里走到村头，离老远就看见有个人在桥上转来转去，走近了一看，是苏连祥。我说，你不在家里做饭，跑这里来干啥？我进城散心，没告诉他去干什么。可苏连祥说，你找到聂新根了吗？我能回信用社了吧？我勃然大怒，说，你是个老爷们儿，没有信用社莫非就没了活路？天底下怎么会有你这样的废物，要扯别人的衣裳襟过日子！苏连祥一路没有跟我说话，进屋就把桌子掀翻了，上面的盘碗都摔在了地上，碗碴子亮得刺眼。他说，我没有信用社是不能活,我就要扯着他的衣裳襟过日子。当初你为啥让我去信用社?你以为我不知道你跟聂新根那点污糟事?我说,我跟他有啥污糟事?苏连祥勾着脑袋不说话了。我上去捶他、挠他,让他说清楚。他用力往外一推,我一下摔倒了。后脑勺在锅台的三角棱上磕了一下,我感觉那里流血了,不疼,只是觉得有些凉,有些麻,有些湿。我疲乏地躺了半天,想就这样流死算了。生活这样没意思,还活着干啥?

你知道我当时想到了什么?我想到了你,我真的想到了我在埧城时,做一份体面的工作。参加朗诵会和读书会,看各种展览,春天踏青夏天游泳,恍若隔世啊!我当年如果不去西藏,也会像王云丫一样有份稳定的工作,生活优越,受人尊敬。我一直没有跟你联系,但我一直在留意你的信息。有时会在电视新闻里看见你,我会对人说,瞧,我认识这个人,她在县里当领导,当年我们在一个办公室办公。听的人嘴角一撇,脸上都是嘲笑。他们不是不相信我说的话,是觉得我混到这个地步了心还不死。他们背过脸去故意说,苏连祥的媳妇心气高,就是命不好,纯粹是小姐的身子丫鬟命。要是不嫁给苏连祥,说不定能把日子过天上去。也有人鄙夷说,不嫁给苏连祥,她嫁给谁?谁要她?

严先生一直看着我,几次想打断我的话,我都用手势制止了。我累了,喝了口水,问:"你想说什么?"

严先生说:"千叶不该那样处理盗窃案,让她一个人承担所有的债务不公平。"

我说:"你不觉得千叶对形势有了误判?她也在选择利益最大化,只不过押错了宝。"

严先生没有说话。

我说:"她真是可怜。"

严先生随手摁遥控器,说:"也未见得。说不定人家觉得你可怜。"

我奇怪地看了他一眼,问:"你这话是什么意思?"

严先生说:"你看,你没亲手种过一粒种子,没直接创造过一分钱的财富。上班除了喝茶就是看报纸,按时下流行的观点,这种人生苍白且没有意义。"

我说:"累死累活就有人生意义了?如果不认识你,我还当你是文艺青年。"

"对了,"严先生说,"她跟老聂是咋回事?按说,这件事老聂应该能够摆平,除非他不想帮她。"

我说:"十八万啊,即使是现在,也不是小数字。"

严先生说:"十八万不是问题,是那个主任耍了滑头,他怕丢乌纱帽。"

我说:"麻秆打狼——两头害怕,千叶怕苏连祥丢工作。"

严先生说:"她还说了什么?"

苏连祥居然沉沦下去了,经常去小卖店买散装白酒。只要他不跟我要钱,我也不管他。我知道他手里也没多少钱,早晚有一天他会买不起酒。等他不喝酒了,哪怕去建筑工地做小工呢,也能挣一两千。这年闺女读高二,成绩越来越稀松平常。到年底,她自己找个人嫁。那人比她大八岁,我管不了,也不想管了。每个月都要还本金和利息,我都要让贷款逼疯了。你们挣工资的人,拿一千两千不当什么。我们土里刨食的人,一千两千都得豁出命去赚。一分钱也不会白上你的口袋里来。有一天,我去小卖店买卫生巾,门关着,里面静悄悄的。我很奇怪,做生意哪有关门的道理。我推开门,走了进去。里面也没人。可货架子后面分明有动静。我还以为是猫在啃方便面,绕过去一看,原来后面有一张钢丝床,有两个人在忙活。

男人背对着我,女人闭着眼,他们都没有发现我。空间狭小幽暗,我一眼就看见了男人屁股上的痣,像黄豆那么大，是褐色的。他耸动的时候那颗黄豆跳来跳去，就像抖动的默片胶片。我呆呆地看着他们，什么感觉也没有，就像看两只狗。真的，就像看两只狗。那颗黄豆我年轻时经常摸，就像他摸我的乳头。我想，我可能从来都没爱过这个男人，摸他也像摸陌生人。就因为从不爱他，我才想豁出命去为他做些什么，这种心理我就是在这一刻想清楚了。不爱他，不恨他，却想帮助他。他们终于完事了。草纸就放在旁边的小柜子上，是撕好的。一看就是提前做了准备。既是有准备，就不是第一次。男人抓了草纸擦，女人斜着身子起床，一片肚腹松软地堆积着改变了方向，像一摊沙。他们射到里面了。我想。我甚至看见了那一股浑浊的液体在干涸的河床上奔涌。女人这才看见我，身上一哆嗦，我说，我买包卫生巾。说完，我往外走。男人一回头，我想起了女人比我大十多岁，我回头问了句："你绝经了吗？"

严先生原本斜倚在沙发上，突然坐了起来。

这天晚上，我破例给苏连祥炒了两个鸡蛋，把酒给他倒满了，就像对待一个功臣。鸡蛋只炒俩，多一个也不会，我不吃。我边炒边想，这两个蛋，也可以是男人的，都没什么特别。小时候看到珠子大小的鸡蛋时，大人们就说，这是公鸡的。公鸡也下蛋，公鸡也流血，除了煮到锅里，它们跟母鸡没什么不同。苏连祥逛到很晚才回来，酒气熏天。我问他在哪儿喝的，跟谁喝的。他说，就在小卖店，跟老板娘喝的。他是有些羞愧的，那是种虚张声势的羞愧，还多少有点趾高气扬。一边羞愧，一边趾高气扬。我安静地看着他，我说，挺好的，没用你花钱吧？他挥着手说，没用。我说，她应该倒找你钱，她那么老。他在桌边坐下了，用手指敲打桌子。我听出来了，那是四分之二节拍。再早，我会为他的节拍着迷，他唱歌的时候，总会掌握得恰到好处。我问，你们就的啥菜？他说，开了青鱼罐头和午餐肉，还开了一袋花生米。我说，没有素菜？他说，还有一袋桔梗。我点头，还行，她没有亏待你，比咱家伙食好。他说，你咋不吃饭？

　　我盛了一碗粥，这一天我没干重活，有一碗粥就够了。肚子丝丝拉拉得疼，下面一团一团往外涌。我知道那是血块，就像小产一样。白天他们的行为刺激了我，我内心也很躁动。我不生他们的气，我生自己的气。他说，你吃炒鸡蛋。我说，我不吃，给你留着，明天早晨吃。他说，你为啥不吃？我说我舍不得。其实我想说我嫌恶，我突然不喜欢鸡蛋的那股腥气，非常硌硬。可我说我舍不得。我假装温柔说，这段时间咱家伙食不行，你需要营养。他神情一暗，站起身，去了屋里。我猜，他这是对我说话不满意，我很少这样和颜悦色说假话。这种说话方式比刀子都锋利，能割掉整张面皮。我分外仔细地收拾了碗筷，也进了屋里。我们都没开灯，也没开电视。就像两具僵尸一样卧着，中间隔着一个人。屋子像一座空间巨大的坟墓，一点声音也没有。他的呼吸越来越平稳均匀，我甚至看见有粉红色的梦像虫子一样往他的脑子里钻，落在蜘蛛网一样的脑组织上，细小的腿在那里蹬扯。我翻了个身，面对他。我说，你想听我跟老聂的事吗？

月色突然移了过来，打在他的半边脸上。他激灵了一下，没动。可呼吸突然急促了，我就知道他想听。

严先生烧了一壶水。把剩茶倒进了专用的茶渣盆里，这些茶渣要去给葡萄做肥料。他说，你又忘了洗茶吧？你总是忘记洗茶。我说，小青柑封闭得那么严，哪里有污染？他说，你以为茶是自己长进去的？

6

  我和老聂,聂新根,怎么说呢,有点像一见钟情。当然这么说不准确,他有老婆有孩子。即便他是独身,我们之间仍有天然的壁垒,农业和非农业,我心里非常清楚,是一道无法逾越的鸿沟。但我们从一见面就彼此有好感,是确定的。这个好感其实也与主任有关。主任对我有好感,因为我是他招进来的。主任也对老聂有好感。所以我和老聂之间有好感,似乎是顺理成章的。他是从学校借调过来的,是语文老师。为了不当孩子王,托门路来到这里。门口那块埙城历史学会的牌子,就是老聂写的,他是个多才多艺的人。我不拒绝谁喜欢我,老聂、主任,或其他人,我喜欢别人喜欢我,我天生性子活泼,喜欢热闹,热爱一切文化、文艺活动。走在人群里,我能暂时忘掉身份。而不像另一个跟我身份一样的王云丫,是个比木头还闷的人。我经常看见她在楼梯口捧本砖头厚的书看。她是真看,旁边无论走过谁,她都不抬眉眼。

  有一天,老聂去参加同学聚会,回来对我说,几个同学都很羡慕他。城里有房,夫妻两个都在城里。可谁知道我的苦衷呢?老聂说,他之所以跟这个女人结婚就是看中了她是独生女,家在城市中心有所平房,她本人在城市的棉纺厂上班,是个初中毕业生。其实两人一点感情也没有。而他的那几个同学,两地分居的一定能团聚,城里没房的迟早会解决,没怀孕的迟早会生出孩子。关键是,人家都有感情。他结婚以后才意识到,他选择没感情的婚姻才是最大的悲剧,他管自己叫二逼。

他不愿意面对她,没事就在办公室耗着。休假都很少待在家里。女儿三岁了,跟他一点儿也不亲。从生出来就被姥姥揣在棉裤腰里,那时冬天还没暖气,姥姥说,棉裤腰里比被子暖和。他们几乎没有性生活,他老婆有一句口头禅,孩子都有了,还忙活那个干啥?

一个男人相信你,什么都对你说,是一种奇怪的感觉。让你觉得生活充盈,甚至隐隐觉得在这个单位有了倚仗。其实主任对我也好,但好的方式不一样。我看得清主任,却看不清老聂。比如,喝多了酒主任会在酒桌上这样说,千叶的脸红扑扑的,像个大苹果。而私下里,主任会这样问,千叶,你还是处女吗?我说,我当然是处女,主任怎么想起问这个?主任说,我老婆跟我结婚的时候也是处女。我咯咯地乐,说,您结婚时还是旧社会吧,是不是要在新娘身子底下铺块白布?

我之所以想去西藏,是因为有一天在办公室里突发奇想。我其实是说给老聂听的,看他有什么反应。去西藏只是一个理由,除了满足想法,还想衡量一个人的态度——看他牵不牵挂我。单位那一段时间无所事事,大家都没正经上班。我知道只有一个转正名额,但不担心落到别人头上。主任不止一次答应过我,他说他喜欢我,当我是女儿。"我没有女儿,过年你可要给我买酒喝。"主任说。我笑嘻嘻地应着,像女儿一样给他捶背。在我眼里,主任他是干木柴一样的老人了。主任还喜欢聂新根,说聂新根就像儿子。"新根要是没有结婚,我就撮合你俩,这样我就称心如意了。"主任的眉毛很长,笑着的样子就像只老猫。我说,我可配不上他,人家是正式的国家干部。主任说,这都不是问题,你也会成为正式的国家干部。说这话时我站在他的背后,他倒骑在椅子上,他的腰背总是酸痛,让我使劲捶。他说,千叶你离我近点,再近点。他突然伸出两只手朝后搂,把我背了起来。我笑得不行,他说,傻丫头,小点声。就在这个时候,老聂突然进来了。

我没什么。真的,我没什么。主任有些尴尬,他放下了我，说，我跟千叶闹着玩呢。老聂什么也没说，打一晃，又出去了，脸色很不好看。主任说，这个聂新根可真是，倒像你是他老婆。就是他老婆，我背一背又怎么了？主任又问我去西藏的准备工作做得怎么样了，衣服、鞋子、药品、防晒霜，都准备好了吗？他还想给我五百块钱，我没要。

我把这些原原本本告诉了老聂，他审我像审贼一样。问主任的手放在了哪里，有没有乱动。我意识到他有些吃醋，心里暗暗得意。我说，主任待我就像亲闺女，你想哪儿去了？我把有关转正的事情告诉了他，主任怎么说的，我一字都没漏。这对于我来说是大事，老聂也很高兴。老聂问我，转正以后你去哪儿？我说，主任说了，几家行政单位由我挑，他亲自去找县长。老聂激动得在地上转圈，他说，千叶，我陪你去西藏。你是要转正的人了，路上可不能有闪失。我刚想大叫，他用嘴把我的嘴堵住了。他说，这事儿只能悄悄的，要让他知道，他会停发我俩月工资。

老聂说着朝隔壁指了指。

我们俩的关系在火车上有了实质性的进展。车到成都，他去厕所，也把我拉了进去。那天我穿的是短裙子，只是向上一撩的事。他说他早就爱上我了，他说到西藏海拔高，干这事儿有生命危险。他小心地检查用过的纸，发现有血迹，才放心。一路上我们都在研究离婚结婚方案。他说他什么也带不出来，我说，我啥也不要，就要你这个人。

他说，我要把闺女带出来呢？我说，没事儿，我就让你闺女叫妈。

事实上，我们躺在西藏的小旅馆里哪儿也没去，整天就是他在上或者我在上，我们过得气喘吁吁天昏地暗，似乎是，把一辈子的日子都过完了。

严先生点燃了一支烟。烟雾在他眼前袅袅，他噘起嘴巴吹了下，躲着烟雾看我。"千叶的话你信吗？"他问。

我说："你今天是怎么了？"

严先生笑了下，说："我觉得不正常，她的话太多了。"

我说："你觉得千叶没有说真话？"

严先生说："她是不是想气苏连祥？"

我想了下，摇了摇头。回想千叶在茶室时的样子，脸上一层寒气，每说一句话，都像是板上钉钉。

严先生说："老聂的为人咱又不是不知道……不像抛妻弃女的人啊。"

我想起来了。严先生跟老聂是棋友。跟我认识以后，严先生经常过来串门，老聂追着他下棋。开始是在我的办公室，后来转到了大会议室，那里有张大桌子。我给严先生打饭，千叶给老聂打饭，然后我们一起吃，就像两家人一样。

"所以老聂最终没离婚。"我说。

"他最后是怎么跟千叶交代的？"

"没有交代，老聂什么也没说。"

千叶告诉我，从西藏回来单位的人都走净了。老聂的调令扔在会议室的一堆报纸上，老聂拿到手里一看，脸就黑了，头也不回地往外走。老聂是从乡村小学出来的，他不想再回到乡下去。千叶给主任打电话，问自己去哪里。主任说，单位解散了，你是临时工，只能哪儿来的回哪儿。

千叶问，主任，你答应我转正的事呢？

主任说，你不回来，我总不能浪费名额。王云丫已经去新单位报到了。

老聂已经走到了外面，千叶拉开窗喊他，他没有听见。也许，是假装听不见。

西藏之行就像一个梦，如果美梦成真，千叶就圆满了。

只是天不遂人愿。有一种叫命运的东西，悄悄改变了事情的走向。

千叶回家昏睡了三天，第四天有人来提亲，说对方歌唱得好，配得上千叶，两个人见面二十几天后，千叶就嫁了。

千叶告诉我，结婚那天她连衣服都没换。

"有一件事情是明白的。"严先生说，"千叶如果不去西藏，转正的肯定是她。老聂如果不暴露他也去了西藏，就不会影响到千叶，这事儿有点阴差阳错。"

"哦？"我看着他。

严先生说："主任是真的生气了。"

我说："填表有最后期限，千叶赶不回来。"

严先生说："你天真哪……那是主任不想让她赶回来。当时的县长是主任的学生，如果主任想帮她，一定帮得到。"

我倒憋了一口气："主任……好人哪。"

从茶楼上走下来，千叶几乎摇摇欲坠。似乎所有的筋骨都被抽走了，人软到无形。我架着她从楼梯上走了下来，她哆嗦着说，喝醉了，我一定是醉茶了，我从没喝过这么好的茶。我清楚，她的心恐怕在滴血。她来找老聂不轻松，给老聂说些话不轻松，可老聂却没有给她机会，老聂以为她又是来有事相求的，让"贷款"两个字吓跑了。其实，她是想告诉老聂，她把所有的贷款还清了，一分不剩。一分不剩。十八万，本息加在一起二十几万，换作别人可能都吓趴下了，千叶却是使出了浑身解数。她很自豪。她想在老聂面前表现这份自豪。她希望这样的自豪有人见证。我有些羞愧，为老聂，也为我自己。与千叶比，我们都少了点什么。我开车送千叶去车站，千叶可怕地沉默着，我也不知道说什么好。千叶面孔灰白，头发凌乱，嘴唇经常无缘无故地哆嗦。过一个十字路口时，千叶忽然笑了下，指了指右前方。那是埌城最大的城市公园，里面有一座石头雕塑，是燕国一位君王的女儿，她手里托举着一只鸽子。当年这座雕塑曾经引发过全城大讨论，为城市的公园该不该有这样一座雕塑，为这个女孩手里该不该托只鸽子。为了找到历史依据，任务派给了埌城历史研究会，那时研究会刚刚组建，我和千叶奉命去图书馆查找资料，资料还没公开，雕塑已经立起来了。各种传说、各种段子满城横飞，有说雕塑像歌女的，有说像妓女的，有说像厨娘的，正要给腐败官员熬大补汤。如今人们早已淡忘了那场争论，如果不是千叶坐在车上，我也想不起来。每年无数次从这里过，从没觉得我与这座雕塑有什么关联。往事让千叶的笑容有一抹光辉，但很快就暗淡了。她的手忽然一垂，缓慢地放下了。夕阳明亮的光透过车窗打在她的额头上，她的嘴角牵动了一下，我以为她想说点什么，等了又等，她到底没有说。

在车站门口停下车,千叶却没有急于下去。她眼睛望着前方,忽然问我:"你有情人吗?"

我有些慌乱,不知道怎么回答她。有,或者没有,都很容易回答。可我不知道千叶想要什么样的回答。我怎样回答她才不失望?千叶又说:"只要是婚外性行为都算,哪怕只有一次。"

我小心地看着千叶,问她为什么要知道这个。

千叶忽然凄冷一笑,说:"跟老聂一样,你不会对我说实话。"

7

千叶买的花第二天就开始枯萎。严先生奇怪地说,你怎么没放水?

我一枝一枝剪根,居然没放水?事实胜于雄辩,花瓶里的确一滴水也没有。我想起鹅太太洗澡的典故。在大木盆里,里面没有水,鹅太太洗得心满意足。那是只傻鹅。女儿小时候我经常讲这个故事,把她乐得前仰后合。我有点丧气，难道我也变成了傻鹅？很显然，现在放水已经晚了。"既然早晚得蔫，那就当干花看吧。"

可它到底不能当干花，花瓣一片一片脱落，尽显丑态。那天清扫的时候我突然心里一动，这束花是不是有什么象征或寓意？

放下笤帚，我坐在了沙发扶手上，就么呆呆地坐了半天，也没想出个所以然。千叶买它花了大价钱，即便于我，它仍等同于大价钱。我是个实用主义者，对任何虚无的东西都有种本能的排斥。这束花没得到应有的尊重，它像千叶一样，是不速之客。回想那一天的点点滴滴，我忽然觉得怆然。紧挥笤帚，一片花瓣都没有留下。千叶留下的踪迹已经在我家客厅里消失殆尽，我希望她从没有出现过。

可我的心里，终日觉得不干净。

"是不是我欠了千叶什么？"我经常这样问自己。

千叶就像一个巨大的伤口创面，表面愈合了，内里却一片溃烂。什么时候想到她，便觉得心里拧得慌。

吃饭的时候，散步的时候，外出游玩的时候，我们总是会情不自禁地谈到她。实在是，有些问题悬而未决，让我们心有挂碍。比如，她跟苏连祥现在怎么样了？按照千叶的说法，他们之间的裂痕后来再没有弥合。苏连祥好吃懒做，去工地做了几天小工，就把腰累折了。后来他在家里经营几亩地，千叶到外边干传销、跑保险，甚至给人做保姆，昼夜陪伴老人。千叶说这些时语声轻飘飘的，像是在说别人的事。她甚至隔一段就这样问我："如果你是我，一定不会做这样下等的活计吧？"逢到这个时候，我便看到了千叶虚弱的一面。是的，她虚弱极了，殷殷的目光里，都是惶恐，与初到我家时判若两人。我抿紧了嘴，没再说什么。我不想再说假话，言不由衷的话，冠冕堂皇的话，比如，凭劳动吃饭，活计没有高低贵贱之分，等等。大家都知道，事实不是这样。你每天在办公室喝茶看报与给别人端屎端尿不一样。你每个月轻松地拿到她四到五倍的工资这感觉能一样吗？换成别的场合我也许会，但今天不会。当着千叶的面，不会。后来我经常宽慰地想，千叶那次来穿得时尚而又新潮，花二百八买一束花，证明她过得不差，年轻时的千叶又回来了。生活虽然有这样那样的波折，总归都过去了，女人这一生，谁不得经点风雨呢？都过去了就好。那天如果不是老聂出幺蛾子，我们应该是一次愉快的相聚。千叶终于还清了贷款，是一件值得庆贺的事。晚上老聂请吃顿牛排，我们用一杯美酒祝福千叶，生活简直就像预定的那般美好。

然而，然而。

想起这一出我就气得胃疼，忍不住就会骂一句："挨千刀的老聂！"

那天我和严先生去登山，走到半山坡上，眼前是一大片潾潾湖水。严先生环顾左右，突然说，你还记得吗？当年我们走到过这里。我看了看方位，发现了崖畔的一棵野桃树，当年挂满了小毛桃。千叶要吃小桃子，老聂费尽周折给她摘。依稀记得老聂的三接头皮鞋是棕色的，被石头磕破了一块，老聂心疼得不得了，一个劲龇牙花子。千叶穿条葱心绿的百褶裙，飘飘欲仙。后来让桃毛弄得哪哪儿都痒，恨不得长出三只手。那可真是快乐时光啊！远处仍是那片湖水，在天空下闪着蓝瓦瓦的光。那棵桃树似乎没有什么变化，二十几年，它还活着。当然，它也许不是原来那棵树。它原来长什么样，谁又记得呢？它仍在结小桃子，虽然很寥落。它看不出年轮，我们确实老了。我和严先生站在山巅上，青葱时的影子在天上飞。我们都没有去摘小桃子。二十几年前我们也没伸手摘，这是我们两个人共同的恪守，不拿别人的，哪怕是大自然的。

那次千叶吃了两个，非要给我两个，我没接。我说，我家的院子里也有棵桃树，也结小毛桃，所以这东西对我没有吸引力。

千叶说我矫情，说，你家的桃子再好，现在能吃到吗？

顺理成章地，我又说起了千叶。当年那个盗窃案，千叶考虑欠周，她为什么要把责任都背起来？她根本没有那个能力。值班的不是苏连祥一个人，还有主任，只不过主任那晚进城去喝酒了，把责任推给了苏连祥。

严先生说，千叶仗义？

是设问句。

我说，这更像一个圈套，她掉进了别人挖好的坑里，然后，差点被埋。

严先生说，千叶要是有证据就好了。

我说，也难说没有证据。过去了这么多年，警方还能启动调查吗？

严先生说，首先要有证据。

我突然叫了一声严大律师。他当然不是大律师，他是律师事务所的普通一员。但他也是律师啊。

我说，帮帮千叶。

他摇了摇头，继续往山上走。我索性不走了，看着他一步一步走远，我开始往回走。严先生无奈，跟了过来。

我说，按照法律程序，有没有可能启动调查，如果千叶有证据的话?

严先生说,当初他们没报案,隐瞒案件也要追究责任。当然,这仍需要证据。

我说,我们去找千叶。

严先生说,事情过去了那么久……大家都该忘了。

我说,试一试,我们一定要试一试。

他说,结果呢?你有没有想到结果?

我说,就是因为想到了结果我才这样主张。千叶担起了所有的责任,被开除、被赔偿,不会有比这更坏的结果了。如果法律判决主任负主要责任,她岂不可以拿回些自己的血汗钱?哪怕拿回一部分。信用社不应该亏欠她个人。

"我不说这没有可能,这基本没有可能。"

我就不愿意听这种话,仿佛律师就是法律的化身。

电话突然响了。小弟在那端焦急地说,我们都在医院呢,你们也快来吧!

因为扫五朵落在地上的木槿花,母亲在老家院子里摔伤了腿。我们赶到医院时,母亲蜡黄着一张脸躺在病床上,嘴里说,我不治,送我去火葬场。她的心情很恶劣,大概是对自己太失望了。没人让她干活,是她自己抢着干的。

她是个不愿意给别人添麻烦的人,可添的麻烦却是大的。所以很多天她甚至拒绝进食,人瘦得就剩下了一把骨头。手术很成功,可因为她的糖尿病,伤口久久不能愈合。那两枚硕大的钉子支到了腿骨外,所有的裤子都在右外侧凸出来一块,看上去,像一只裤管里灌满了风。

那种忙乱和焦急,相信谁都能体会得到。出院以后,母亲回了老家。我们有一点空就往家里跑,查看她的刀口是否有什么变化,反复试用各种消炎药,哪怕红肿的皮肤起一点褶皱,也能让人欣喜。骨头愈合的速度更是缓慢,照了两次相,结果都不理想。母亲的伤病把我从千叶的事情中拖了出来,我很久都想不起她了。那只花瓶以后再没插过花。那是只敞口瓶,要一大束花才能插满。如果要插满,大概需用二百八十块钱,说真的,我不舍得。可有一天,它自己从桌子上掉下来,摔碎了。花瓶本身不值钱,它摔碎了我们不心疼。可它怎么掉下来的,却让人纳闷。我说是严先生碰的。严先生说是我敲核桃震的。我试着又敲了几个核桃,哪会有那样大的震级。扫那些瓷器碎片时我又一次想到了千叶,但她没有在我的脑海里多停留。转眼一年过去了,母亲的伤口终于成了一个凹槽,围绕在钉子旁边,长满了细细碎碎的皱纹,像一个瘪着的嘴巴。腿骨长得天衣无缝，只是外部掉了很小的一块骨头，就像木柴被削去了一角。及至拔掉钉子，母亲已经行动自如了。

母亲站在院子里，响声大气说："这天真大呀！"

那天两个人都休假在家，严先生打了个长长的哈欠问我："千叶的事情你还想问问吗？"

他一直在看手机，我边看书边做按摩。按摩椅上有四个圆球，在我的颈部和腰部揉来揉去，恰似几只温柔的小手。千叶曾经说我像地主婆，一边站一个丫鬟。我有些懒散了。时过境迁，有些感觉确实淡了。感觉淡了，意味便也淡了。不像去年这个时候，千叶几乎是我的碎碎念，我恨不得把自己变成她的一部分，为她分担些什么。有一次开会跟老聂坐在一起，我们说悄悄话，交流的都是手机里的风光照片。没有提千叶。他没提我也没提，就像我们中间根本就不存在千叶这个人。生活就是这样，你一直往前走，往前走，都是错过而不是过错，最起码自己会这样认为。很多时候，你是他的风景，他却是别人的风景。这就是生活。

这个时代，比城际列车掠过的速度还快。谁又能为谁停留得长久呢？

我问严先生为什么想起了千叶。严先生说，这不是无聊吗？工作的时候盼着休假，可真休假了，又觉得无所事事。这种荒废感能把人打到地老天荒的情境中，就想像张饼一样摊着，摊久了，都拾不起个儿了。严先生从沙发上跃了起来，像马一样甩了甩鬃毛。"要不，还去登山？"严先生这样说是因为昨天已经登过了。我们在山谷里迷了路，如果退回去，还需要两个小时。可天马上就要黑了，我们必须在天黑之前找到通往山外的路。关键时刻我们一致决定再登山，只有到达山顶，才能看清方向。这是一个下午第二次登一座山的顶峰，即使海拔只有一两百米，仍是挑战极限的感觉，一步一步都万分艰难。关键是没有路，荆棘和草木把山体包裹得严严实实，既防山石磕破腿脚，又防枝杈碰到眼睛，我们不时彼此提醒。松枝挑走了我的帽子我都不知道，发现时，已经走出了三十几米远。那里恰好有一道拐坎，我们是四脚着地爬上来的。严先生自告奋勇要下去，被我拦住了。上山容易下山难，我们都需要保存体力。一顶帽子，由它去吧。终于在日落之际我们到达了山顶，于薄暮中看到了我们的车停在遥远的十字路口，像一个火柴盒。我们这才长舒一口气。严先生望了望身后黑黝黝的深谷，担心地说了两个字："好悬。"

　　这样的生活我们最近几年才热爱。孩子去国外读书，三人世界变成了两人世界，起初觉得特别不适应，漫长的假期更是无法打发,严先生便有了一个决定,要爬遍城市周围所有的山头。

这是千叶想要的生活啊!

既然谈到了千叶,千叶便轻易来到我们中间。说起那时候,千叶真是热爱郊游啊,每次活动都是她操持,看山、看水、看花、看雪。每次都有名目。带啤酒饮料火腿面包榨菜,还曾在废弃的一座宅院里烧烤,烟火引来了一条蛇。我那么木讷的人,也跟她跑了许多地方,看了许多风景。有一次也曾迷路,千叶在前边披荆斩棘,老聂跟在后面。老聂幽幽地说,如果我们今天失踪,会不会是埙城最大的新闻?

8

车子朝西南方向走,是条乡村公路。因为年久失修,路面坑坑洼洼。人坐在车里,像坐在船里。我与别个不同,不管开车坐车,我都喜欢这样的路,那种颠簸和摇晃,比在平展展的高速公路上更舒服。高速路上的那种明晃晃,总让人有些眩晕。那个村庄很特别,叫醉八里。我曾经问过千叶，为啥叫醉八里？千叶说，与一个老头有关，他每次喝完酒，都要走出八里地，然后让别人送回来。他住在庙里，享用人间烟火。千叶小的时候还见过他，已经是一座泥胎彩塑，醉八里坐在太师椅上，手里拿着一只大海碗。至于他都有过什么事迹，没有变成口口相传。千叶说，她小时候还有人讲，现在都忘得差不多了。

"文革"的时候，醉八里改成了八里庄。改革开放以后，又改了回来。村里人说，醉八里是先人，先人的名姓咋能随便改？

不出所料，是一座小村庄。远远搭一眼，就那么一小块地方，长着寥落的树木。几只母鸡在村头觅食，鸡头一耸一耸的，啄得旁若无人。有条狗临街站着，狂吠不止。"大庄的人，小庄的狗。"严先生重复了这句话，意思是，都不好惹。大庄的人见过世面，小庄的狗护庄就像护主。严先生万分小心地把车开了过去，还是差点轧到一只鸡的脚。它张开翅膀扑棱，惶恐地大叫着跳到了路基下面，虚张声势。前边是十字路口，有个女人在树下哄孩子。我把车窗揿了下来，说，你知道朱千叶家怎么走吗？她看都不看我，摇头说不知道。我说，苏连祥呢？苏连祥总知道吧？女人索性背过身去，仍是摇头。严先生说，你下去，你没有下车,她嫌你没礼貌。会是这样吗?我推开车门下去了。女人果然板正了身子看我,先问你是谁。我说,我是从埧城来的,是苏连祥媳妇的朋友。她问,什么朋友?她眼睛钉子样地盯人,嘴里都是不屑。我说,我们曾经做过同事。她问,哪儿的同事?她的语速很快,近似抢白。我没有不愉快,我觉得我没有理由跟这个女人不愉快,我预备回答她所有的问题,看她问哪儿去。可严先生不耐烦地摁响了喇叭,我只得朝女人摇摇手,回到了车上。严先生说,这个人毫无善意,跟她啰唆干啥。

开到一条横街,墙根下的石头上坐着五六个男人,有老的,也有不那么老的。吸取刚才的教训,我下了车。靠外站着的就是不那么老的一个人,穿一件土黄色的夹克,肥大的裤子,半截腰带头在肚子上支棱着,还是那种三股叉样的腰带。一张典型的乡村男人的脸,与周围的面孔毫无二致。我先问候了句你好,然后才说,请问苏连祥家怎么走?周围的人都笑,说这可是问对人了。男人一偏头说,跟我走。我跟在他的后面,他问我:"你是从埧城来的吧?"

严先生停好车,也朝这边走来。十几米远就是一个院落,两扇铁门已经斑驳,泥墙头上长着草,泥坯里的麦余子若隐若现。院子很长,但很空旷。拉开了一扇门,男人首先进了屋。我犹豫了一下，也进去了。堂屋黑洞洞的，前门闭合，只有天窗透出一点微弱的光。男人打开帘子，屋里明亮些，一条被子摊在炕上，里面分明卧着一个人。一堆乱发铰得长短不齐，从头发缝里露出一张骷髅脸，已经没有人形了。

这一惊非同小可。我问这是谁，我说我是来找朱千叶的。

男人说，我是苏连祥。你是王云丫吧？我看过你的照片。

我一下捂住了嘴，指点着炕上说，难道，难道……

苏连祥说，她就是朱千叶。你来得还真是巧，再晚来两天，就不一定能见着了。

我问这是怎么回事。苏连祥说，宫颈癌，发现的时候已经是晚期了。这也熬了一年多了，差不多就这两天了。

我抖着手撩开了她的头发，嘘着声音喊，千叶，千叶！生怕声音大了惊着她。苏连祥说，你白喊，她听不见。水米未进七天了，好人饿七天也该见阎王了。我怀疑活着的不是她，而是她的癌细胞。

我说，她怎么会得这种病！

苏连祥说，她不得谁得？医生都说得这种病是因为性生活过频过乱。不是我冤枉她，她稍微检点点儿，哪会得脏病。

我惊愕地问，这是脏病？

苏连祥说，医生说的。

我抽了下鼻子，我不知该说什么。这个苏连祥，太出乎我的意料。

我说，你唱过歌？

我得对对暗号，我怀疑我走错了人家。

他不好意思了，说，都是年轻时丢人现眼的事儿。

我说，你现在不唱歌了？千叶就是因为你唱歌才嫁给你的吧？

苏连祥说，她嫁错了，早后悔了。

我发现苏连祥有个特点，说任何事都不带语气，就像说"你吃了吗"一样寻常。这是什么样的男人，像是石头生成的。

我撩开了千叶的被子，一股难闻的气味直冲鼻孔。我先屏住了呼吸，然后才一点一点放出风来。千叶穿一件碎花布衫，佝偻着腰身，一只手背向身后，一只手压在身下。我把两只手臂给她顺过来，那就是两根柴棒一样的骨头，十指尖尖，长着很长的指甲。

"我洗完衣服小手特别好看，十指尖尖赛竹笋。"千叶年轻的声音从空中传来。我还是没有忍住，眼泪汹涌而落。

男人送我出来，叨叨说，你别觉得我是铁石心肠，她嫁错了人，我也娶错了人。远的不说，就说去年去埙城，她居然还去找老聂，居然花两百八给你买了束花。我说你以为你是谁，富婆？

我说，这么久的事，你倒还记得。

他说，能不记得吗？回来一分钱都没剩，想打蹦的都没钱，累个臭死。

我说，她怎么什么都跟你说？

苏连祥说，能不说吗？凡是让我生气的事她都说，她就是想气死我。我就是不生气，生气早让她气死了。

想起那一束花，我说，不是你说的那样，还清了贷款，她高兴。

苏连祥从鼻子里哼了声，说，要不是她装大尾巴鹰，哪会平白无故背那么多贷款？

我说，都是千叶还的吧？

苏连祥不吭声了。

我说，你知道她跟老聂的事？

苏连祥忽然气愤了，说，醉八里谁不知道，连三岁的孩子都知道。她有一次在乡上让老聂的媳妇堵住了，他媳妇打到家来了。老聂从那儿就不理她了。要不，主任敢那样对我？

我想了一想这其中的逻辑，对这个男人充满了鄙夷。

严先生不知什么时候回到了车上。他压根儿没进屋。我问他为啥不进屋，他说他猜到了那人是苏连祥，就知道事情不需要证据了。

苏连祥没有走过来，他袖着手站在了门口。我让严先生原地掉头，别往前走。我一眼也不想再看见那个人。

9

跟老聂见面的机会多了起来。酒桌上、牌局中，人顺手了就成了搭档，隔三岔五就能被提拎。说起那次不辞而别，老聂是这样解释的，县长临时找他有急事。我听着，没说什么。是不是县长找他，有没有急事，对于我来说都不重要了。说真的，我是有些私心的，这点私心有点像司马昭。我一直问自己，有关千叶的事，告不告诉他？又不是好事，何苦告诉他？当着他的面我会这样想，但转过身去，我又后悔。为什么不告诉他呢？可告诉他又不能太正式，太正式有点说不出口，我简直变得处心积虑。那天我俩到得早，外面突然大雨如注，我们凑到窗前看雨帘，老聂说,那两个人如果还没出来,多半出不来了。我说,按时间算,应该是在半路上了。这是一家会馆的二楼,有很大的落地窗。老板跟老聂是朋友,打完牌,还有茶点伺候。

我刚迈进门口,大雨就下来了。

你总是运气好。老聂说。

我说,你呢?

当年下乡反而救了老聂,乡镇提职快。老聂从组织干部到副乡长,从乡长直接进的城。这在埙城也绝无仅有,一般要干到乡镇党委书记才有这资格。盖因为他的农业设施建设走到了全县的前列,组织部门算论功行赏,他稳稳坐了大局的一把交椅,按说已经是不错的人生了。去年又提了一格,贵为副厅。千叶去找他的时候,他已经在办交接手续了。百万人口的城市,厅局级也就那么二十几个,算金字塔的上层。反观另几个当年留城的,到老也就混个正科副科,还未必是实职。

雨水顺着玻璃往下淌,我望着远方说:"我昨晚梦见千叶了,也不知道千叶还在不在。"

老聂看了我一眼,掏出来一支烟,在烟盒上蹾了蹾。他没问在不在是什么意思。

我进一步说,我春天去看她的时候她已经混沌了。七天水米未进,也许我前脚走,她后脚就过世了。

老聂说,那人,就那命吧。

我说,你知道?

老聂应了一声。

老聂说,有一次苏连祥来找我,问我天堂向左、人间向右是什么意思。我说你不知道我会知道?

我眼睛瞪圆了看老聂。

老聂说,你别这样看我,怪吓人的……苏连祥说千叶告诉他,这话是听我说的……千叶活着的时候有话,死了出门要向左转。但是苏连祥家的坟地在东边,要向右转。苏连祥哪会听她的……关键是,我不记得我说过这样的话了。

我默默。我说你也许年轻的时候说过。

老聂掐灭了烟,说,难道她还想上天堂?

我别过脸去。我说,她最后一次来埧城是想跟你说些话的,可惜你当时忙,没得及听。

其实我特别想问,假如当年从西藏回来转正的是千叶,你还会不要她吗?只是我不敢问,我得给他留点脸。老聂是个要脸的男人。

老聂把烟点着了火,完全是下意识的。老聂说,那都是借口，她是来取检查结果的。

我说，什么！

老聂瞥了我一眼，说，你别假装大惊小怪。你们待那么长时间，就她那个脾气，会不跟你说这些？

我这回假装了一下，这些是指什么？

老聂说，她得宫颈癌嘛。她自己说得了脏病，不想治。我说宫颈癌也不一定是脏病，大夫嘴上无德。我当时还劝了她，生命只有一次，别跟自己过不去。

我傻傻地张大了嘴巴。喃喃说，千叶没告诉我，千叶没告诉我……

老聂说，你别听她说贷款什么的事，那都是借口。她来取化验结果，顺便想借点钱。我大概给得少，她没要。

天空忽然炸了一个雷，吓了我一跳。玻璃窗在我们面前剧烈地抖，我急忙后退了两步。老聂却很淡定，他说，不谈那个人了，没意思。

我问，你相信有天堂吗？

老聂说，不相信。

我说，西藏就是天堂，千叶亲口对我说，她做过许多后悔的事，唯有去西藏，不后悔。

房门突然开了，两个搭档湿漉漉地蹿了进来。

天仙宫

1

朱老从京城来,又是我到高速口去接。其实从高速口到宾馆就走一段环城路,在雕塑园的位置拐个弯,再行两三公里就到了。朱老也一再表示,都是家乡的人,路面熟,不用刻意去接。可接待方案上有此项,不接我去干什么呢。所以最后一个打给朱老的电话我语焉含糊,反正司机认得我们的车,在出口处我们总在显眼的位置。我们也认识朱老的车,一辆老式的红旗,黑漆皮已经有点斑驳了。

我上了朱老的车。朱老按照官称叫我杨秘书,说不让你来你怎么又来了,你工作多忙啊!我说,我工作再忙,来接朱老也是应该的。再说,接朱老也是我工作的一部分。

我不来接，就是没有完成任务。看得出，我这样说朱老很高兴。他脸朝向车窗外唏嘘，说秋深了，树叶黄了，农人都在拾掇庄稼了。联合收割机在收玉米，前边一张大嘴，朝前一拱，玉米秧倒了，玉米被吞进口中，肚子下面落下玉米骨头，屁股后头是一个平台，直接出玉米粒。朱老满心欢喜，连声说："真先进，真先进。我们小时候这可是最累人的活计。"朱老回忆，他十六七岁的年纪背着筐去掰玉米棒子，掰一个朝筐里扔一个。筐满了再背回家，磨得尾骨和肩膀生疼。"那一筐有二百来斤啊。二五眼身子骨的人根本背不动。"我赶忙说，现在时代进步了，科技发展了，劳动力解放了，当农民也舒服了。我趁机提出私人请求："朱老，媳妇生了个儿子，昨天刚满百天……"朱老说："想要幅字是吧？你想着，到时提醒我。"我说："贾主任生了个孙子，昨天才刚满月。"朱老说："我也送他一幅。"我心里特别高兴，从包里摸出两个虎头核桃，这是专门把玩的，脑门的纹路裂出一个"王"字。我下乡去山里，特意从农家找来的。朱老一看就喜欢得不得了，在手里反复摩挲，连声说，这可是好东西，平常不容易碰到。我说，是我一直留意着，知道您会喜欢。

朱老被安排在818。这个房间是预留的,只要朱老来,这个房间就不能安排其他人。这是老大两年前吩咐的。两年后,我们仍照他的指示办。我把朱老送到房间,回到大厅里给老大打电话。问老大在哪儿,多久能回宾馆。老大说还在山里查看灾情。昨天一阵风、一场雨和冰雹,都落在山坳里。把苹果打裂了,把梨打成了麻子点。

我说:"朱老已经进房间休息了,还是在818。朱老精神特别好,说要多住几天呢。"

"好啊。"老大说了这两个字,就收了线。旁边好像有人在汇报工作了。

老大回来时,已经将近十二点。陪餐的各方人员已等候多时。我提前把朱老请到了楼下,电梯门一开,正好与老大脸碰脸。两个人热烈寒暄,携手揽腕去了餐厅。老大坚持让朱老坐主位,朱老真心推辞,但老大真心谦让。朱老无奈坐下了。虽说朱老此行的议题我们在楼下议论半天了,老大还是当新闻发布。"我们今天请朱老来,是为天仙宫立碑的事。这次重修庙宇,造福子孙,荫及后人。我们历时两年,耗资千万,人力物力若干。不管花多少钱,工程量多大,有多少困难,我们都能不折不扣地完成任务。只有这碑文一事,只能烦请朱老亲自操刀,还要恩赐墨宝。

在朱老面前，我们都是文盲半文盲，这样的事实在做不来。"

大家都点头称是。

朱老说："老大实在是太客气了。"

老大连忙端杯，说这是弟兄们开玩笑起的绰号，是为叫着方便。朱老这么叫我可不敢当。

朱老说，我也是你治下的子民，你们都是官员。我这样入乡随俗最应当了。

一顿饭吃得祥和热闹。一杯酸枣汁代酒，有人的嘴里大概淡出鸟来了。王上白小声说："杨秘书，你就这么招待客人啊！"我故意说："有啥不满你跟老大说。"王上白脖子一梗："你知道我不敢说。"老大立起身朝后撤椅子，大家吃完没吃完的都赶紧摩挲下嘴头咽下嘴里的食物，也跟着站了起来。王上白扒着我的肩膀说："替我求朱老一幅字。"我说："你可真会找地方，这个时候哪里求得着？"

我的意思是，老大在身边，谁敢上前张这个嘴？但我不忍让王上白失望，说："朱老这次要待几天，找别的机会吧。"

餐厅里间就是书房，笔墨纸砚都是预备好的。朱老每次来，都要留两三幅字，老大拿去送人用。光我知道的，老大送过市政府秘书长、中央政策研究室主任之类。有一次，老大还送过一位日本朋友，对他说，这是毛主席身边的人写的字。顿了顿，又说，知道毛主席是谁吗？就是领导全国人民专门打你们的。日本人听不懂，但欢喜得嘴都合不上。

老大送朱老回房间，朱老才说出自己的请求。此次回家乡是应邀，也是硬要，因为老家有些事情要处理，涉及与当地的一些关系还得请老大帮忙。朱老刚要详说，老大回身对我说："杨秘书，这件事就交由你办。你这两天什么也别干，专门陪朱老。今天就算赐你尚方宝剑，只要在圈内，不用请示我。"我咧着嘴说："您放心吧。我一定办好，让朱老满意。"话是这样说，心里却琢磨了一下，什么事是在圈内，什么事是在圈外？老大不明说，我也只好猜闷儿。朱老说："也别说得那么严肃，都不是什么况外的事。我不会给你们找麻烦。"老大说："您找麻烦才是应该的，不找麻烦就是见外了。"

来到走廊，朱老关了房门，老大突然站住了脚，回头说了句："明白了吧？"

我惶惑了一下，说心里话，不明白。可这个时候，不明白也不方便说。

2

跟朱老跑的这两天,我觉得收获特别大。第一天去他的家乡翟家庄,他侄子承包的一片果园到期,面临续签。侄子是个老实人,想让朱老找村委会,问能不能继续拿到承包合同。因为村里有人觊觎这片果园了。朱家在村里是小姓,当年园子荒废,是朱老的侄子出钱出力把果园经营出了模样。如今进入了盛果期,有人却想伸手摘桃子。这个"有人"就是村里姓翟的主任。翟姓是大姓,能占村里总人口的百分之八十。

摸清了事情的原委,我给国庆合书记打了个电话。国庆合是镇里的党委书记,跟我是党校同学。跟他说话我从来不见外。我让他从镇里带些酒菜,到翟家庄来吃。国庆合甚至都不问为什么,他们这一茬书记镇长,都成精了。见了面,他先问我,是为朱向成的承包合同一事吧?我说,人家承包得好好的,前期投入也大,不能看人家挣钱就眼红。承包也要先紧着人家,法律上也是这么说的。国庆合说,这个翟猴子,总是耍花样。他打电话请翟猴子过来喝酒,翟猴子问他在哪喝，他提高声音说，朱向成家。

口气颇不耐烦。

"现在的村干部也不好管。遇到个顺毛驴，跟你玩口是心非。遇到头倔驴，根本不鸟你，你一点辙都没有。你总不能开除他的村籍吧。"国庆合递给我一支烟，我接了，自己点着了火。一看翟猴子就属于后一种，进门连招呼都不打，还呛火说："来这么多大领导，怎么提前也不下通知？"很显然，他在表达不满，觉得不该把他叫到这里来。国庆合瞥了他一眼，慢悠悠地说："领导下基层，给你下通知，你以为你是马王爷？"我把火柴梗丢到了一只垃圾桶里，火柴是我从宾馆顺来的。我说："这村里前有罩，后有靠，好风水啊。"国庆合说："咋不好风水，南边埋着王爷，是乾隆的兄弟哥哥？"这话属于敲锣边，带响儿。跟刚才说的"马王爷"成连环炮，翟猴子脸都灰了。朱老不怎么善于跟家乡人打交道，我们无论说什么，他都默默地听。饭桌上话也少，都不怎么见他伸筷子。这个翟猴子不是省油灯，话里话外总在找补。他说："七级领导来村民家里吃饭，这是落实三严三实。来，我敬县领导一杯。"我当然不端，假装没听见，一粒一粒往嘴里送花生米。翟猴子过来代我端杯，我才说："我不是县领导，我是为县领导服务的。"翟猴子赖不唧唧说:"在我们乡下人眼里,县里来的都是县领导,这话有错吗国书记?"国庆合说:"没错,这么说话是翟书记懂事。"我问他怎么喝,他说喝一拇指。这是指宽度。我说:"论年纪您是长辈,您随意,我干了。"二话没说,一口下去,大玻璃杯见底了。翟猴子吭哧了一下,到底没敢把酒一口都倒进肚子里。

酒桌上只字没提承包合同的事,朱老有些惴惴。我说您放心吧,有些话要说,有些话心里知道就行了。饭后我陪他到果园去转了转。七十多岁的人了,腿脚比我都灵便。朱老不时停下脚步等我,赞美我的酒量,喝酒就像喝水一样,喝完脸不变色。我说,像我们这样具体办事的人,喝酒就是工作,工作就是喝酒。不喝酒很多时候话说不进去,还别说有些时候,根本就不用说话。我暗指今天的酒局。朱老爽朗地笑了,朝我竖大拇指。看得出,他终于放心了。

钻山沟,朱老像矫健的老山羊,我像壮年的胖狗熊。前面的那块肚子似乎是贴上去的,里面的酒似乎能摇出声响。朱老终于来了谈性,给我指那些坡坎,哪里割过草,哪里打过柴,哪里遇到过狐狸,哪里遇见过花斑豹。我吃惊地说,这里还有豹子?朱老说,当然,那还是他小时候,山里不单有豹子,还有大尾巴狼,一到晚上就装小孩哭。朱老的思绪很快回到了童年,说家里辈分小,同龄的人有的要喊老太爷。再加上是小姓,家里总挨欺负。"村里几乎家家都欺负过我们,从东往西数,一户没欺负过的也没有。"朱老掐腰站在一株苹果树下,望着树顶。苹果才下树,但还遗落一两个又小又癞的,在风中晃悠。不知道他在想什么,我突然想起了刚才的饭局,论年龄,论资历,论地位,朱老都远远在翟猴子之上。可他面对家乡的人还是显得气短,大概就是童年留下的阴影。

朱老是本分人。

朱老往前走,我紧随其后。朱老说:"在村里过得憋屈,就总想有机会能到外面去。一九六〇年,我还差半年就初中毕业了。暑假过后第一天返校,学校一个人也没有。看门的走过来问我干什么来了,我说来上学呀。看门的惊讶地说,你还来上学?老师都拣菜叶子去了。"

"是三年困难时期吧?"我问。

朱老点头说:"是三年困难时期。山里人有陈年的坚果、酸梨、柿饼之类,所以没人饿死。倒是老师可怜,手里有几个钱,都没处去买米,那时米比金子都值钱。"

我默默地听。我爱听朱老讲古。

朱老又说:"一晃就是三年多,我休学在家,把村里村外能找到的书都看了个遍。这年的春节前,我给本家五爷扫房,五爷是文化人,孤寡。他家炕上放着一纸盒子线装书,八本。我拿出来一看,是《三国志》。我问,借给我看可以吗?五爷说,你看不懂。我说,我看得懂。五爷把书给了我,我以为是连环画,因为里面有插图。拿回家一看,不是。还真看不懂。我又来找五爷,问他怎么才能把书看懂。五爷就从后窗台上拿了本《康熙字典》,说让它帮你。对着那本康熙字典,我一个字一个字地抠,利用一年半的时间,把八本书读得滚瓜烂熟。有这八本书垫底,后来我看《史记》都一点不犯怵。"

我说:"您也是沾了有文化的光。"

朱老说:"谁说不是呢。那一段时间,书读得杂而乱。有的有用,有的没用。但养成了勤于思考的习惯。村里有女人犯症病,据说是被黄鼠狼迷着了。黄鼠狼就住在柴火垛里。我就想,它既然有那么大的本事,能把人的精神控制住,为啥要钻柴火垛,而不让自己住好点呢?大家都信黄鼠狼迷人,只有我一个人不信。村里还有一种说法,看见蛇起秧子(交配)的人活不过一个月,村里也确实有因为这个死去的。那年的秋天,我去山前割蒿草,编火绳熏蚊子用。那片蒿草很高，我正割得专心，突然看见拧着花的白肚皮。我的脑袋轰地一下，意识到蛇在起秧子。我撒腿就往家里跑，边跑边想，这下完了，我活不过一个月了。跑出去几十米，我忽然清醒了。心想，我这样跑回去就只能等死。我要先把蛇弄死，它还有本事管我吗？想到这里，我又跑了回去，见那两条蛇还在纠缠，我举起镰刀，把那两条蛇砍得一段一段的。血都溅到了衣服上。回去说给我妈听，她吓坏了，说这回你闯大祸了，这日子没法过了。我却一点也没担心，心想，两条碎尸万段的蛇，还能咋着？我活了一个月没死，又活了一个月还没死，家里这才放了心。"

鞋壳里灌了土，朱老金鸡独立，脱下一只鞋子往外倒了倒。悬起的那只脚抵在另一条腿上，站得那叫稳。

我说："朱老像练家子。"

朱老说："老兵嘛。"

朱老参军的经历也非常有意思。一九六四年的秋天，村里从北京来了几个军人，说是来征兵。当时朱老正和母亲一起在地里刨谷茬，路上正好过来一个算命的。母亲鼓动他抽个签，朱老说他不信。母亲说，你不是想离开村里到外面闯荡吗？看看卦签怎么说。朱老动了心，却抽了个下下签。画面上是一只猴子被锁链锁住头和双手,在地上蹲着。算命师父摇头晃脑背了四句诗,没有一句吉利的。朱老和几个同龄青年报了名。体检之前民兵队长说,要是人家啥都不问你,证明你合格。要是问你姓啥叫啥,就基本没戏了。

他是凭经验这样说的,村里每年都有人去体检。

前边两个都顺顺当当查完了。临到朱老,似乎总也查不清楚,让他这样照,那样照,把人都照迷糊了。照完了,人家问了句:"你叫什么名字?"

朱老腿一软,险些从台子上栽下来。他心说,这回完了。朱老坐在外面的木椅上,身上软得像面条,一点力气也没有。队长喊他们一起回家,朱老说,你们先走吧,我走不了了,连算命的都说我挑不上。队长问他怎么回事,朱老一下就哭了,说,人家问我叫啥了,人家不要我了。

队长说,不可能啊,我刚问过医生,你身体没问题啊。

朱老说,我有问题,我有问题。

队长被气笑了,说没见过你这样的人,紧着说自己有问题。他把医生叫了过来,医生说,之所以反复照,是因为朱老早年得过肺结核,肺部有钙化点,但不影响健康。"小伙子,快回去准备吧,你一点问题也没有。"

朱老一下蹦了起来,身上的力气"唰"地又回来了。

3

朱老的岳丈家在另一个乡镇,那个乡镇我更熟。

车子从环湖东路一直走,二十里地就到了岗上村。朱老的内侄开了一个小饭店,有些欠款收不上来。有镇政府的,也有企业的。我问了下数额,总共二十八万多。我几乎要哑然失笑,我没想到朱老的问题都这么有意思。如果不跑这一趟,我打个电话都能解决。可还是那句话,不跑这一趟,我干什么呢?我们在镇政府食堂就餐,书记拍着胸脯打包票,说一周之内欠款统统收回,收不回用他的工资抵账。书记悄悄问我:"听说朱老是将军?"我故意大声说:"那还用说?知道我为啥陪朱老吗?我不来老大就得来,他今天要接待日本富山县代表团,他们跟咱是友好县。"朱老出去方便的空,我重点介绍了朱老。当了一辈子兵,一辈子都在中央首长身边服务。因为要严格保密,所以没退役之前,连家里人也不知道他在外干什么。老大有一次偶然去北京,跟朱老搭上了关系,你猜怎么着,朱老把党和国家领导人请来了,还在一起吃了饭合了影。书记嘴都张大了,说那谁?我说,还有那谁和那谁,都是响当当的名字,封建时代提名号要杀头的。饭后书记要求赐墨宝,我也顺带把给儿子的、给贾主任的、给王上白的一起办了。来之前我告诉书记纸墨伺候,就是为了这档子事。

朱老在写字,书记跟我换烟抽。说朱老的老红旗,是国家配的?不容我说话,朱老就直起身来说,车是儿子的。我退休了,国家除了给工资,不享受任何别的待遇了。书记跟我挤了下眼,意味复杂。朱老的回答有点出乎我的意料,认识他快两年了,每次来都坐老红旗,我还真不知道车子是他家里的。若是知道不是公家出车,应该派车子去接。咋能因为公家的事,让朱老自己家掏油费呢?朱老很快把几幅字写好了,大大小小的图章好几枚,都装在一个小布袋里。朱老盖了这个盖那个,忙得不亦乐乎。都倒腾完了,朱老说:"食堂的大师傅呢?要不要给他也写一幅?"

书记马上说:"不用不用,他不识字。"

朱老认真地说:"书法作品挂墙上,识不识字不打紧。"

书记这才对身边的人说:"那就去问问杨师傅,要不要朱老的书法?"

工夫不大,大师傅一身油渍麻花走过来,双手递过来跟朱老握手。书记有点挂不住脸,说你这一身油,也不说换换行头。大师傅咧着嘴,手又在身上抹了抹。朱老已经把纸铺开了,问大师傅写啥。书记抢着说:"他会出啥词儿,您老就看着写……"不料,大师傅说:"就写'努力学习'吧。叫词儿不?"朱老说怎么不叫词儿,这词儿挺好。又问要谁努力学习,大师傅说:"孙子上学总吊儿郎当,您就随便给他写一张吧!"

朱老写完,杨师傅连声说好字好字,仿佛多懂行似的,把作品收了起来。杨师傅又说,我打小就听我老叔说起您,他和您是战友。朱老一下有了兴趣,要杨师傅详说。杨师傅脸憋得通红,却又说不出来了。情急之下把手机拿了出来,把号码拨了出去:"叔啊,您知道谁在跟我说话吗?是,是……"他把手机塞给朱老,朱老拔着身板说:"我是朱桂德。你是……杨大壮,哎呀,你这个杨大壮……哈哈哈,这些年我好想你们啊,就是纪律不允许,否则我早请你们进中南海坐坐了……"

我跟老大汇报这两天的事,老大正在倒腾东西,桌子上摆满了书报文件。我说,我跟您帮帮忙吧。老大说,这个忙你帮不了。我刚提起话头,老大就摆了下手,说这个我知道了。我一下顿住了,不知道往下该怎么说。老大从抽屉里掏出来一个名片盒，把那些名片都倒在了桌子上。导演的、作家的、商人的，他像洗牌一样划拉，不知在找什么。其中一张掉在了地上，我赶紧捡了起来，放回桌上。老大始终沉着脸，像是没有我这个人。老大脾气有点"各"，我伺候他两年多了，仍然觉得有些摸不准。我小心地说："事情都办妥了。朱老的老家和岳丈家，都不是太大的事。当地书记出面了，协调得非常好，您就放心吧。"老大哼了一声，站起来吐了口痰，我赶紧抽出纸巾递给他。"就是行程要有点变化。"我给他的杯子倒了水，又用纸巾抹去了落下来的两滴水渍。"明天上午朱老会老战友，下午再去天仙宫。"老大问哪来的老战友，我说是在下乡的时候碰上的。老大看着窗外，皱起了眉头。我问："您还有啥吩咐吗？"老大有点不耐烦，说："别催朱老，可也别不催。"我连忙点头，可心里说，这叫什么话。老大说："最好这周能完活儿，周末还有新任务。"我说："明白。"我从屋里退了出来，刚到门口，老大又招了下手，说："朱老年纪大了，别总劳动他。"我刚想说，朱老虽说年过七十，可身体硬朗着呢。但一转念，老大说的好像不是这层意思。我结巴了一下，说："您是指……"老大看着窗外，似乎是在腻歪我没悟性。我有时候悟性是挺差的，连媳妇都管我叫木头。但我是实心的，这些老大都知道。我嘴里应着,往外走。老大又追了一句:"别总让朱老给这个那个写字,朱老一字千金,都让你给我贱卖了!"

原来是指这!我的汗"嗖"地一下子冒了出来。

从贾主任门前过,办公室的门开着一道缝,我放轻了脚步,贾主任还是听出来了。他在屋里喊:"青田。"我略一踌躇,推开了贾主任的房门。贾主任戴着老花镜坐在写字台前,面前摊着两幅书法作品。其中一幅就是朱老写给他孙子的"惠风和畅",隶书。另一幅,是贾主任自己写的,也是这几个字。贾主任喜欢收集名家作品,他对我有知遇之恩,当年我参加工作在偏远山区,是他看上了我的笔杆子,把我调到政府来的。所以我自认为跟他关系不寻常,有啥好事我愿意想着他。他是老主任,比老大年龄还大。就是因为比老大年龄还大,老大就不喜欢用他了。当然,贾主任也不喜欢别人"用",活到当爷的份上,他乐得把别人都看成孙子。他每天读书看报养花种草,往文件上签俩字,就啥事也不出山了。昨天陪朱老回来已经很晚了,我还是赶回了机关,把朱老的作品送给了他。我以为他会很高兴,可他剪报粘贴的工作没有停,只是从老花镜的上方看着我，说放桌上吧。出去的时候我还在想，知道他这么冷淡，我就不该求朱老给他写，这热脸贴的。

贾主任摘了眼镜，把两幅书法作品提溜起来。问："你说谁的字耐看？"

我不明白他的意思。看了看大字，又看了看他的脸。看了看他的脸，又看了看大字。在我眼里，墨写的字都一个模样，我分不出好赖。贾主任不耐烦了，说："你就说句真心话，谁的顺眼——好吧，你就说谁的顺你眼。"

我抹了抹脖子，笑得特别难为情。

见我实在不开口，贾主任把两幅作品折了起来，坐回了椅子，指点着我说："青田啊，青田，你啊……"

我说："您有话就直说。"

贾主任挑起眉毛说："直说我怕你不爱听——过去你不是这样的。"

我眨巴眨巴眼，没接话儿。我心说，到你这个年龄我也不这样。

贾主任说："你年轻，也有才干，心思多往工作上用，不用老琢磨领导的脸。"

可琢磨领导的脸也是工作啊。许多工作都在领导的脸上写着，不琢磨能行？当然这都是我的心里话，我不可能说出来。

贾主任是前朝老臣,也曾鞠躬尽瘁,得老大赏识。当然,那个老大已经调走了。

贾主任说,我知道让你表态为难你,我就先说看法吧。朱老的字老大喜欢,好像大家都喜欢。可我怎么就觉得朱老的字僵气、匠气呢?他落笔都太重,把字的神韵都吃了。青田你再看我的字,是不是舒展明快得多?

我顺着贾主任的手势看,是看出了些许舒展和明快,当然,我也不是很确定。但这个话题不能继续了,继续下去有风险。我笑了笑,摇手告辞。贾主任气得腮帮子眼瞅着鼓,就像气蛤蟆一样。我心说,你再咋生气我也不能埋汰朱老的字,明早政府大院都传我说贾主任的字比朱老的好,我还活不活?至于字谁好谁赖,我才不会管那么多。

我让朱老写字的事,是谁告诉老大的?也许就是贾主任,说不定他也提溜着两张字纸让老大瞅了,他一定假装谦虚地请老大指教,断不会把对我说的话对老大说。

我心里重重地给贾主任记了一笔,这样的事,简直不共戴天。

朱老有七个老战友,另六个都是杨大壮联系来的。杨大壮是粮油公司退休的职工，开一辆老年代步车。他们都是一年的兵。新兵集训的时候分在一个连，闲下来时朱老就给他们讲《三国志》，一天讲一回，把那些兵馋得就像过年馋大肉一样。那时许多兵都没有文化，朱老在部队有些显鼻子显眼。三个月后，部队领导找到他，说你别在新兵连集训了，去专门的地方学医吧。

朱老老大的不乐意，这枪把子还没焐热呢，一枪都还没来得及放呢，哪能这样就走？况且他一点医术都不懂，能学会吗？

领导对朱老说，这次学医的人也是百里挑一，因为以后要为高级首长服务。这是光荣任务。

一进朱门深似海，从此了断凡与尘。

朱老住的818带一间会客厅，那些老战友齐刷刷地坐满了。他们高声说着过去的事，叫彼此的外号或小名，毫无陌生感。我给他们沏了茶，敬了烟，让他们慢慢聊。我对朱老说，午饭安排在四楼的卧云斋，十一点半我过来接，就不陪大家了。朱老嘴里说着客气话，搭着我的肩膀送我出来，随手带上了房门。朱老说："中午你就别陪了，我们这些老家伙闹腾，不定出啥洋相。你去忙自己的事去吧。"我说："这……合适吗？"朱老说："有啥不合适，老大要批评你，你就说我说的。"我高兴地道谢。看得出来，朱老不是客气，他确实想跟那些老战友单独在一起。我跟朱老相约，两点半过来接他去天仙宫。朱老有些难为情地说："杨秘书，有这么个事……"我赶紧停下脚步："您说。"朱老说："我儿子来电话，他有事要用车，我让家里的车回去了。"我说："您是县里请来的客人，以后再来别用自己家的车了，我到北京去接您。"朱老连忙摆手，说还是用家里车方便，这么大的北京城，你找我家不容易。

我心说，现在都有手机导航，没有找不到的地方。可看着朱老一本正经的样子，我没忍反驳他。

我把政府办的车调过来在楼下等着。把司机的号码告诉了朱老，让朱老随时可以调遣。

4

"孩儿他妈，瞧我跟你买啥好吃的了？"

张秀玲正在给孩子喂奶，胳膊肘支在床上，半个身子在上悬浮，乳房垂下来，乳头正好掉在婴儿的嘴里。我们是大龄结婚，婚后几年一直没怀孕。眼下我们都过三十五周岁了,突然得了个儿子,就知道我们是什么心情了。孩子刚过百天,一层水膘还没下去。他头发好,黑黝黝的像帽盔一样。

我从市场上过,给秀玲买了斤开口栗子。秀玲就爱吃栗子,甚至能当饭吃。秀玲问我怎么这个时间回来,我跟她说了缘由。朱老今天不用我陪,我可以偷个懒,回家跟儿子待一会儿。我剥了个栗子塞进秀玲的嘴里,秀玲舌头一卷,栗子从右边跑到了左边,腮帮子立时凸起来一块。来不及嚼,秀玲先说:"小心老大找不着你凿饥荒。""凿饥荒"这样的词是方言,意思是找你麻烦,我妈常用。秀玲这是学来的。她跟我妈关系好,我妈疼闺女一样疼她。

我说:"老大今天去谈项目了,他顾不得我。"

秀玲说:"工作时间,你最好别脱岗,免得人家说闲话。"

我应了一声。心想,秀玲这是拿小学老师的标准要求我。她上班的时候就从不脱岗,脱一小时的岗扣一百块钱。

朱老给儿子写的那幅字,被秀玲收进了书柜。我拿出来又看了看,墨黑的大字发散着香气,我看不出僵气还是匠气,贾主任把自己的字跟朱老的比,是自不量力。朱老办过书法展览,新华社都发了通稿。现场拍卖了十几幅作品,卖了一百多万元。那时老大刚认识朱老,朱老坐一辆老红旗到县里来,就像党和国家领导人一样。这些贾主任都知道,还搞班门弄斧那一套,不是愚蠢,是太愚蠢。我问秀玲喜不喜欢朱老的字,秀玲说,喜欢啊,大字厚墩墩的,一看就有福气。她凑过来跟我一起看,我相信,她跟我一样看不出所以然。可大字让人喜欢,就够了。孩子吃完奶要打嗝,秀玲赶紧把孩子抱起来拍后背。我跟秀玲聊起朱老这个人,人随和,没架子。倒是老大这个人有些奇怪,最近有点忽冷忽热。朱老的红旗车居然是自家的,难道老大不知道?如果知道,就应该派我去北京接人,咋能因为公家的事让朱老自己搭油钱?秀玲说,你别琢磨这些了,这些都是小事。你把领导交给你的任务完成好就行了。我心里一下就敞亮了。秀玲说得对。老大咋想的,我琢磨他干啥。我居然想到了油钱,真是小家子气。你以为人家都像你杨青田在乎几个油钱啊!

虽然刚来到世界一百天,小家伙已经会用眼睛找人了。我嘴里一"喝喝",他也跟着"喝喝"。秀玲说,我们儿子真聪明,以后也要像爸爸一样当公务员。我说,你妈的要求太低了,我们儿子才不当公务员呢。秀玲认真了,看着我说,那当啥?我说,很多职业都比公务员好,你教育儿子应该有点眼光。秀玲有些生气,说小到科长,大到国家主席，都是公务员，我咋就没眼光了？

我对儿子说，你妈就会抬杠。一个小学老师，没学来别的，光学抬杠了。

秀玲不依不饶，说咋就叫抬杠了？

我说，我跟你说的不是一码事。你说的是职务，我说的是业务。从本质上说，大小公务员的职能都是参与社会管理。业务就不一样了，你没见人家屠呦呦研究个青蒿素都能拿诺奖？

秀玲立时不言语了，她听懂了我的话。

我的手机忽然响了一下。一看来电显示，我就慌了，趿拉上鞋子赶紧往外走。手机通了，里面却没声音。我"喂喂"了好几声，对方却把电话挂了。

我看着手机没了方寸，不知道是应该等着对方打过来还是主动拨过去。思虑半天，我还是决定等。如果老大找我有事，会再把电话打过来的。

但我得赶紧回机关，以防万一有事来不及。整幢大楼静悄悄的，只有办公室的门开着，几个小青年忙着在弄材料。办公室永远有弄不完的材料，所谓文山会海，这里就是发源地。

我转了一圈没碰到人，在自己办公室坐了会儿，电话、手机一直都静悄悄的。我试探着给老大拨了个电话，语音提示拨打的电话不在服务区。

我有点后悔没沉住气，不该没问缘由就跑回机关。

下午两点半，朱老的房门紧闭着。宾馆的领班穿一套深色制服走了过来，她姓佟。小佟是个靓妹子，嘴巴甜，见面总喊杨哥。朱老的午餐我就是委托她照应的。我问朱老他们中午吃得怎么样，小佟说，吃得太好了，一群老头都喝醉了。我吃惊地说，朱老也喝醉了？小佟说，朱老也喝醉了，是我扶回房间的。我心里有些惴惴，朱老是一个太严谨的人，我都没看他大口喝过酒，怎么也让自己喝醉了？我想起一个词叫"放浪形骸"，朱老难怪不让我陪，大概他也是想"放浪"那么一下。我问这群老头有没有闯祸，小佟说，那倒没有。只是打碎了三个杯子，怕扎着那些老人，让服务员及时打扫了。我双手抱拳向小佟致谢。小佟说，不用谢，杨哥的事就是我的事，有啥好谢的。

朱老的房门迟迟不开，我又不好敲门，但等在这里也不是事。小佟在隔壁给我开了间房，把电视打开，让我在这里等。看了两集电视连续剧，就看了个有始有终。人物、故事，我啥也没进脑子。我有点担心朱老，不知道他有多大酒量,不知道今天的酒合不合他的胃口。想到这里,我又给小佟打了个电话,打听他们中午喝的啥酒。小佟知道我担心可能是假酒,说杨哥你放心,肯定给他们喝最好的酒,咱们自己产的仙女。我们知道朱老是县里的贵客,不会用次酒招待他。我歪在床上,搜索电视节目。心不净,也确实没啥好看的。听见隔壁有响动,我赶紧跑了过去。见朱老穿着宾馆的睡衣站在门口朝外看,见了我,朱老不好意思地说,不胜酒力啊杨秘书,没想到一觉睡到这么晚,你来半天了吧?

我说:"您喝得好就好。"

朱老说:"很久没有这么高兴了。这次回乡我最高兴的事就是见到了那群老伙计,一晃都五十年了,五十年前,我们还都是生瓜蛋子呢。"

我问朱老要不要接着休息,朱老说,正好夜探天仙宫,这个时候去,容易找到灵感。

我心说,才刚四点,离"夜探"还远着呢。

天仙宫坐落在县城的西北角,傍着那条秃尾巴河。与原址稍有距离,一部分原因,是为了交通便利。天仙宫从有想法到有做法,都是老大亲手谋划的。过去城里有十几座庙,"文革"时拆的拆毁的毁,仅剩一座大观音阁得以幸存。但大阁的内置却不大,十几分钟就可以走个周圆。远来的客人来观赏,跑几百里路就走这十几分钟,很不利于发展旅游经济。于是恢复天仙宫成了工作的重中之重。两年前还是座纸上庙宇,如今已经有模有样了。青砖灰瓦,雕梁画栋,在落日余晖中,整体建筑非常有气象。天仙宫的牌匾就是朱老手书,那还是他第一次来埧城,我跟老大亲自去高速口迎接,来参加天仙宫开工庆典。鼓号齐鸣,礼花纷飞。来参加庆典的领导胸前戴着鲜花,披了一身的炮仗皮子。介绍来宾时,朱老被冠以国务院领导,这一点我记得很清楚。朱老的祝词是我写的,被老大称作"了不起的文采"。当时我完全是文学创作的路数,因为朱老不是官员,是京城有名的书法大家,所以我充分发挥了平时用不到的创作才能。也就是从那时候起,老大开始对我另眼相看。有一次晚上喝完酒,老大附在我的耳边,私密说:"青田,好好干。"就是这五个字,让我热血沸腾。我倒了满满一杯酒,一口就下了。

天仙宫的项目,按说是好事,可反对的声音也不少。理由不外乎我们还很穷,有钱应该用在刀刃上。老大在常委扩大会上说:"啥是刀刃?我看天仙宫的项目就是最好的刀刃。一座城市要有人文积淀，才能日久生财。天仙宫供奉的除了碧霞元君，还有送子娘娘、眼光娘娘，都与老百姓的生活息息相关。这样的庙宇，没有香火不旺的道理。远方的客人留下来，先有得看，然后才是吃和住。拉动经济靠载体，舍不得孩子套不住狼……"

天仙宫的资料都是我从史志上找来的，还有许多民间传说，据说住在隔壁的一个瞎眼姑娘整天去上香，久了不单眼疾好了，还跟乾隆皇帝有了一夜风流。皇帝承诺谒陵回来带她回皇宫，可后来却把她忘了。姑娘后来得道成仙，就是庙里的眼光娘娘。

朱老对老大的设想交口称赞，他说修庙自古就是积德行善之举。官不修衙客不修店，但修庙是为一方百姓，可以惠及子孙万代。

可以毫不夸张地说，那段时间老大听朱老的。我经常听见他给朱老打电话，沟通信息和情况。

朱老执意不坐车，要走着去天仙宫。天仙宫的主体建筑落成后，朱老还一次没来过。出宾馆奔鼓楼再走步行街，两端各有一座牌楼。牌楼上也是朱老题的字。牌楼是老的，但朱老的字是新的。过去题字的是本县一名书法家，老大很看不入眼，给天仙宫题字那次，顺便也把这两个匾额题了。步行街里很热闹，到处热气蒸腾。朱老到处瞅，吸着鼻子喊香。现磨的芝麻糊、刚出锅的烤白薯、大碗的茶汤，北京城也有，但跟家乡的肯定不一样。家乡的食物有份乡情在里边，味道自是与别处不同。

我替朱老这样想。

王上白在大门外候着，他是这天仙宫的"道长"。我趴到他的耳边说，字已经请朱老给你写了，但现在不能给你，不是时候。王上白千恩万谢地给我作揖，又跑去给朱老当向导。大殿配殿整体都完工了，院里植了四株古松，老大是大手笔，单从古松就看得出来，都是河南嵩山出产，每株造价都在十多万元。王上白汇报建筑和彩绘，正经与大阁观音一脉相承，都是请的国家顶尖级的工匠。几方神仙都用缅甸的汉白玉，碧霞元君以及送子娘娘和眼光娘娘都已经在路上了。等各路神仙归位，天仙宫就可以正式对外开放了。朱老连连点头，他对那些斗拱飞檐的细节尤其满意。说老大有气魄，要么不干，要干就干得漂亮。正殿门楣上的"天仙宫"三个字颇有气势，王上白说，某天省里书法名家走到这里，还对这三个字赞不绝口。朱老凝视了足有十几分钟，估计在心中重复了每一个笔画，脸上是十二分的得意。那天朱老喝了一小杯红酒,脸跟山楂一个颜色。挥毫泼墨时我正好在现场,笔杆有小孩胳膊粗。老大兴奋地招呼大家:"都来看都来看,知道什么叫如椽巨笔吧?举重若轻,举轻若重。朱老不愧为书法大家!"

"牌匾好像有点歪。"朱老还在仔细端详,"杨秘书你仔细瞅瞅,牌匾是不是不正?"

我退后几步看,似乎是不太正。但朱老不说我看不出来。王上白说:"这好说,明天让人登梯子上去扶一扶。朝哪边歪?"

朱老说:"左边再抬高一厘米,也就一厘米吧,只许少,不许多。"

"好嘞。"王上白应。

我夸朱老的眼神好,这么一点差别都看得出。朱老得意地说,自己的眼神是练出来的。

5

王上白安排了晚饭,是单位自己的厨子。做的是农家饭,小米粥、小鱼咸菜、栗子面的小窝头,我搭一眼就知道,所谓农家饭，比宾馆档次还高。吃饭的桌椅是红木的，铺着讲究的镂空花边台布。我擂了王上白一拳，说好啊，你这店还没开业，就开始搞腐败了。王上白笑得像朵马兰花，深幽幽的。他瘦，皮肤似乎很薄，深紫色的血管埋在皮肤下面，蓝汪汪的。他说这里装修好后，我们是第一拨客人，连老大都还没过来吃。我当然知道，这里是老大的一个小后厨，盘碗都是莲花形状，请人特意烧制的。当时我想提醒他，天仙宫属于道教，与佛家并无关联。但有想法跟把想法说出口肯定是两回事。后院有角门，饭后可以从角门直接走。外面辟出一条胡同，刚好能走车。

王上白说，他吃饭就蹲在廊下吃，从没敢坐在这里大模大样地吃，屁股烧得慌。

我当然知道王上白的意思，他这是向我表白。我对朱老说，今天在这里吃饭是沾您的光，您不来，我们都不敢在桌前坐。

我也是表白。老大都还没在这里吃过，我觉得王上白这事做得唐突，有点显摆。

朱老说，这桌子让我想起了当年工作的红条案，是抄了某要人家的。抄家的东西都堆放在东南角的一个空场地上，药房缺桌子，我们就到那里找，八个人才把条案抬回来。

后来才知道,条案是首长家书房的。

我对王上白说,朱老说的是"文革"时候。

吃了饭,我们又参观了客房,是与餐厅配套的,说流光溢彩都不为过,光水晶顶灯的珠子就数不过来。雕花的红木大床摆在中央,床下有脚蹬,下面铺着棕红色的纯毛地毯。王上白说,这样的客房只有两间,能接待副国级干部。朱老要给天仙宫写重修碑记,不如过来住,体会一下夜晚的天仙宫,说不定更有灵感。朱老马上把目光投向我,看得出老头很心动。我问王上白会不会给你找麻烦,王上白说,这都是为了工作,朱老住在这里写重修碑记,也是天仙宫的造化。

朱老说:"那我就在这里住两天,体会一下神仙府邸。"

王上白说:"您住多久都行,这里生活用具都齐全,您啥也不用操心。"

朱老住在这里我也省心,我问王上白,就这么定了?王上白说,定了。我又跟朱老约好,他写完碑记就给我打电话,这两天我暂时就不过来了。

安顿好朱老,我和王上白去了他的寝室。只有一间办公室大,那叫一个促狭。床、电脑桌、书柜、衣柜,满满当当。关键是,到处都是铜钱厚的土,一股呛鼻子味。我说他不讲卫生,他屁屁溜溜说,神仙都这样。说完从墙角的箱子里抠出两个扁牛二,又从抽屉里掏出香肠和花生米,坐在茶几两侧,我们就开始喝上了。喝酒当然是次要的,主要是我们想说说话。我和王上白有话说,当然还是与老大有关。我们的话题基本上也围着老大转,他就像一轮太阳照耀着你和我,我们就如禾苗等着沐浴他的阳光雨露。王上白与老大搭上关系纯属偶然,有一次,老大陪客人去参观大观音阁,方丈本来说好了到门口迎接,结果中午喝多了,误了事。老大正要发脾气,我看见不远处王上白拿着手机在转磨,我一招手,王上白跑了过来,拿起小喇叭就说欢迎各位领导。王上白不是导游,但导游的活也能干,那天他不时跟老大窃窃私语,也不知都说些什么。老大临走时,让我记住王上白的名字,说这个小伙子是栋梁之材,不用可惜了。

  我们不经常在一起,哪有时间呐。但只要在一起,就像眼下这样,扁牛二就花生米,喝得兴兴头头的。他问我儿子叫啥名,我说叫杨君子。他说这名字好,听着敞亮。我说君子和小人都是人,但君子是大人。王上白说,对,君子顶天立地。他问我未来有啥打算。我能有啥打算呢?

干我们这行的，还不是磨道里的驴，听喝。话是这样说，我心里当然有自己的小九九。老大曾问过我去不去乡镇，在乡镇提职快。可乡镇的工作越来越不好干，这是其一。其二就是，下到乡镇就如同蛤蟆掉进井里，能不能上来就看有没有人给你递根绳子，否则你就只能在井里待一辈子。所以我果断对老大说，我就伺候您，哪儿也不去。记得老大当时对我的回答很满意，他走过来拍着我的肩膀说，那就跟着我吧。

王上白原来也有苦衷。他从一般职工混上了领导阶层，却不是最终的理想。他的理想是能去上一级主管部门，哪怕做个一般科员呢。我说你这是何苦，守着这样一座大宅院，好歹自己说了算，还能接待副国级干部，说不定以后还有别的机会。王上白纠结了一下，还是告诉我，时代不同了，怕是以后形势有变化，天仙宫难以为继，那时就上天入地无门了。应该说，我明白他的意思，可我装作不明白，让他说详细些。王上白喝了一口酒，又把想说的话咽了下去。

转移话题。我们谈起朱老的字，王上白一通夸，大气、厚重、端庄。我觉得，王上白的鉴赏水平跟我差不多，这些结论指定是鹦鹉学舌。王上白虔诚地问，你知道朱老的字是跟谁学的吗？这可难不倒我，跟朱老下乡这两天，我把朱老的底细都摸透了。

朱老在部队当了四十年药剂师，负责给二十多位高级首长配药。

没退休之前，朱老不能跟家乡任何部门接触。家里人只知道他在外当兵，但没人知道他具体干什么。朱老年轻的时候就觉少，农村没有钟表，看星星估摸时间。他经常看到三卯星朝南才睡觉。睡不着觉的时候，就一本一本地看药书。药书看腻了，就找纸和毛笔抄药方。一抄就是好几年。几年以后，居然觉得自己的字越来越好看，一下就对写毛笔字入了迷。有一次，听说附近有个书法培训班，朱老报了名，授课的是启功、欧阳中石、刘炳森等人。朱老每次都是早早地去，晚晚地走，跟老师单独切磋技法。朱老拿着自己的药方请老师指点，启功惊奇地说，药方能写这样，我该拜你为师。

王上白崇敬地看着我。我用手在他的眼前晃了晃，说："喂，喂，我不是朱老。"

王上白这才回了回神，又去抓酒瓶子。说朱老不在这儿，我们也敬他一杯。两瓶扁二剩得差不多，我俩撞了下瓶子，一仰脖，都干了。

6

一早起来,我把猪骨头汤热了热,给秀玲喝了。女人的乳房是一个潜水泵,推上闸就出水。她一撂衣襟,一道寒光射了出来,喷了我一脸。我刚要发作,才想起这事不由她,根子还在我。秀玲不爱喝骨头汤,说不喝奶也够。她嫌骨头汤太腻,我说,骨头汤含钙,多喝对咱儿子好。秀玲说,你就惦记你儿子不惦记我,你就不怕把我喂成胖子!

"胖子怕啥,"我说,"长成胖子才好看,我就喜欢胖女人,多胖也不嫌肥。"

我说的是真心话。我就不喜欢看柴女,尤其是减肥减下来的,皮包骨头,放到身底下硌得慌。

我妈又来看孙子了。她住在乡下,隔三岔五来城里。她急于看孩子,总问我秀玲什么时候上班。秀玲的产假是三个月,已经到日子了。我找了学校的校长,让她多待些时日。校长是我同学,跟我保证说,秀玲想待多久就待多久,什么时候上班什么时候有好位置,你就放心吧。我跟秀玲转述这些，秀玲崇敬地看着我，说她们学校也有生小孩的，晚上班一天都要扣工资，狠着呢。

我故意轻描淡写说，我也办不了啥大事，你跟着我也享不了啥福。

我妈提来了两只尼龙袋子，里面都是她种的蔬菜，茄子、豆角、西红柿之类，在案板上倒了一堆。她很奇怪我没去上班，说今天又不是休息日，你工作离得开吗？我本来想待在家里，等朱老电话，过去拿碑记，再呈给老大。这都是打算好的。可我妈唠叨说，你可别工作不上心，我和你爸都没本事，有事儿也帮不了你。我妈的意思是，我谋到工作、谋到职位都不容易，要珍惜。这样的话，跟秀玲是如出一辙。我如果不走，耳朵就得起茧子。说实话，我妈唠叨这些我也不爱听，她还爱提老大，说人家对你好，你可不能不做脸，别做对不起人家的事。

我工作不卖力，就是对不起人家。我妈是这个意思。

老大对我好的话，是我酒后无意中说的，谁想她记板油上呢。吓得我一再嘱咐她千万别跟外人说。我妈不以为然说，秀玲是外人？

她聪明就在这儿，七十多岁的人了，还会偷梁换柱。

三个大人在家中转，肯定显得多余，估计我儿子头都晕了。他睁着一双星子般的黑眼睛,看完这个看那个,眼睛就像有内容一样。我决定回单位等朱老的电话,顺便汇报一下朱老住到天仙宫的事,说真的,我有点不踏实。我怕那间房子是老大专属的,是王上白没弄明白。老大说接待副国级,哪会有什么副国级住到庙里,这不过是个托词。我想到了这一点,但我没点王上白,这样的话,不方便说出来,都靠悟。家到单位走着去要二十几分钟,我一路走一路看风景,也顺便想想心事。我的心事当然与仕途有关。我曾经是全县最年轻的副处级干部,当然这是在两年前,谁看见我都说前途无量。两年后就不行了,新招考的一茬,都是三十左右,一下就把我比下去了。好在我跟着老大,秘书科四个人,只有我跟着老大。想到这一点,我的心突然跳了一下,我总跟老大形影不离,如果不是朱老来,他开会我跟他去开会,他谈判我跟他去谈判。他手里的公文包我要亲自提,放谁手里我也不放心。过去朱老来总是他全天候陪,但从没像现在这样一住好几天。也就是说,我好几天没跟着老大,居然心无挂碍。这几天究竟谁在跟着老大,都不想搞搞清楚,我这不成大傻子了吗?

我脚下情不自禁加快了速度,可还是觉得慢,我招手上了一辆出租车。路旁柿子树的叶子要红了,国槐的叶子要黄了。我匆匆扫了一眼,一点诗情画意的感觉也没有。夜里下了点小雨,马路湿漉漉的,行人都穿了外套,但还是被瑟瑟秋风吹走了形,有人把手缩到袖子里掌控车把,就像没长手一样。我指挥出租车司机把车开到了西边的胡同里,然后才板板正正往院子里走。门卫讨好地对我笑,说杨秘书,您怎么出门没坐车?我挥了下手,没工夫跟他闲磨牙。穿过紫藤花架,登上了办公楼的楼梯。

也许是我的心理因素在起作用,我总觉得今天的楼里有点异样,太安静了。我从一楼走到三楼,如入无人之境。显眼的变化是,过去那些虚掩的房门都关紧了。我特意看了眼贾主任的门,也关紧了。他过去的习惯可不是这样,门总是敞三十度角,谁从他门前过,他都会低下头,把眼睛挑到老花镜的上方打量一番。老大的房门也关得紧紧的,里面像是在密谋什么,只把我一个人关在了外面。我的心突突直跳。直觉告诉我,有事,肯定有事。小陶跑着去厕所,两手捂着肚子,埋着头跑。他是老大的公务员,负责饮食起居。他当然没看见我,可我不觉得他没看见我,他分明是不想跟我说话。我的心陡然瓦凉瓦凉,我心想,这小子是温度计,看来我成了结晶体。我假装没带钥匙,就在门前站着。小陶好久没出厕所,我心想,小子,看到底谁耗得过谁。我腿都要站麻了,小陶终于从厕所里钻了出来。捂着肚子又想跑,我喊了一声:"小陶。"

小陶这才像刚看见我一样,喊了声"杨秘书"。

我说:"钥匙大概落家里了,你那里有我的钥匙吧?"

小陶说:"我没有,办公室有。"

他往办公室的方向跑,拿来了一大盘钥匙。试了三把钥匙才开了我的门,我推门进屋,问了句:"老大在家吗?"

小陶说不在。

我问去哪了。

小陶说不知道。

我说:"废话,老大没跟你说?"

小陶说:"没说。"

我看了小陶一眼。小陶是张娃娃脸,看模样就像个中学生。但小陶嘴紧是出了名的,多一个字都不会说。

我在办公室坐了会,想给老大打个电话。免提电话拿了起来,想想还是算了。这个时候打电话说什么呢?朱老的碑记还没拿到手。

在网上晃了会儿,看了满脑袋新闻,都是有关官员出事的。这年头,哪天没有官员出事的新闻简直是不成日子。

有跳楼的、溺亡的、接受调查的、出逃的，乱七八糟，看得人心里一阵一阵地冒寒气。官员成了高危职业，可人们还是乐此不疲。可以说，人生是否成功，不在你当多好的人，而在你当多大的官。就说我这个副处级，跟校长同学说话也不犯算计，现在的校长也都牛着呢，若没有老大这层关系，秀玲的事人家哪会这么行方便。

实在静得让人受不了，我决定到贾主任屋里串个门。贾主任还在做剪报，桌上厚厚的几大摞，糊窗户都不亮。当然现在不兴糊窗户了，贾主任做那样多的剪报也不知意欲何为。贾主任要给我泡茶，我急忙把茶杯抢了过来，自己泡上了。我说，这两天也没看到老大，他没找我吧？贾主任老奸巨猾，说他找你也不会跟我说。我说，朱老那边的事还没弄完，所以这两天没到机关来。贾主任哼了声，那意思是，这些事跟我说不着。我想问谁跟老大出门了，可看着贾主任的死样子，知道会一问三不知。坐着无趣，我想回自己的办公室。贾主任突然问了句："老大没跟朱老在一起？"

我说："你觉得他会跟朱老在一起？"

贾主任说："我没觉得。"

我心说，没觉得你问。

贾主任说:"朱老的工作顺利吗?"

这话都属言不由衷。区区一个碑记,百八十个字,朱老大概连一个晚上都用不了。只是朱老是一个严谨的人,精益求精。贾主任不会关心朱老的工作,他只关心他和朱老的大字谁的更顺眼。我打了一个哈欠,贾主任赶紧说:"一看你夜里就没睡好,抓紧时间眯一会儿吧。"

我说:"儿子夜里吵觉,我是得眯一会儿。"

我这样说是在冤枉儿子,儿子夜里很乖的。

看我站起身,贾主任把身子倾过来,有几分神秘地说:"有件事我觉得奇怪。"我问他什么事。贾主任说:"按说朱老是大名人,从行政级别,到艺术成就,我等只能望其项背。可网上却没有朱老的资料。朱老是叫朱桂德吧?他有没有笔名或者堂号?"

贾主任说得一本正经,可我一听就知道,这话透着阴险。他打开网页给我看。叫朱桂德的人很多,但都是卖树苗的、做猪饲料的、打机井的。贾主任往下拉,终于看见了有关朱老的图片和资料,却是参加天仙宫的开工庆典以及书法展的情况,他和老大站在一幅草书前,指指点点。

有关朱老的资料就这些。

我不知应该说什么,忽然打了一个哈欠。

贾主任赶紧说:"我没有别的意思,是想多找些资料,向朱老学习。"

"屁。"我心说。

电话响了,是王上白。他焦急地说:"听说老大失踪了?"

我一个旋风脚就从屋里旋了出来,才问:"你听谁说的?"

7

秀玲不出门,连秀玲都听说了老大失踪的事,就可以想见事情有多严重。

秀玲说,她一直想给我打电话,却一直不敢打。我过去嘱咐过她,越是重要的事越不能打电话,尤其是手机,非常可能被窃听。

王上白的话,我没当回事。虽然我关起办公室的房门拨了老大的手机,手机提示不在服务区,我依然没当回事。

王上白是听一个香客说的。各路神仙还没到位,可有香客关心神仙的住所,经常到天仙宫的院子里转悠。香客是谁,他没说。香客是从哪得到的消息,他也没说。没头没尾扔了那样一句话,他就把电话挂了。我虽说心里不信,但挡不住起疑。算起来我最后那次见老大是从朱老的岳丈家回来的转天早晨,我去汇报工作,老大在翻腾东西。然后就是我回家,老大拨了我的手机,我却没有接着,而是匆匆赶回了单位。我赶紧去查那个电话的拨出时间,也是三天前了。老大整整三天没在机关出现,谁都不知道他在哪,是有点不寻常。我拨他司机的电话,司机说,就在楼下呢,他也三天没看见老大了。

好不容易熬到下班,我狐疑地回家。刚要掏钥匙,秀玲就把门拽开了。她急得起了满嘴的泡,说你还迈四方步上楼,天都塌了。我故意问,咋了?秀玲是听她的同事王永霞说的。王永霞的丈夫在乡镇当副镇长,因为家属都从政,所以她和王永霞的关系一直挺好,我们两家还经常在一起聚聚。副镇长管企业,手头活泛点。县政府是一根针,穿着乡镇的千条线。哪条线都拴着一个信息篓子。所以秀玲的话说得我心头一震。

据说老大那天应该去京城谈项目,不知为什么,没带司机。老大什么时候走的谁也不知道,但有消息说,老大用假身份证已经顺利出关了。我心里慌,但嘴里一点也没表现出来。我说,这样的消息一听就不可靠。谁看见他用假身份证了?再说,老大是谁,是老大!他想去哪就去哪,用得着使假身份证？秀玲上来捂我的嘴，说你别大声嚷嚷。老大都失踪三天了，哪会空穴来风？我颓然坐在椅子上，越想越觉得不至于。老大不是多贪心的人，就是讲究点，衬衫从来不穿第二次。我衣柜里的很多衬衫都是他淘汰的。但老大一直为人低调，县里开大会，邀请老干部，他一准去搀扶最年长的。

莫非他听到了什么风声？

我让秀玲放宽心。铁打的营盘流水的官。虽说我是老大的秘书，但自忖没有啥太出格的，也不过是多穿了几件旧衬衫而已。没事当然这只是最低要求，有事就甭说了。我知道秀玲想什么，她心里也有我的前程。

转天一早，秀玲嘴唇和眼圈都是黑的，她没奶了。我继续给她熬骨头汤，熬好了，却忘了端给她。我早早去了单位。我有了新想法，老大会不会就睡在自己的床上，他身体出状况了？如果是这样，就是我这个秘书不称职了。或者，他被什么人绑架了？外环拆迁的时候他得罪了不少人，有人甚至到机关门前来烧纸，老百姓表达愤怒的办法也多着呢。但我知道这纯属自欺欺人。老大的爱人有我的电话，她一直没打电话来，证明她知道老大的行踪，她在英国陪读，老大一直是单身留在国内。

我一边走一边徒劳地给老大拨电话，还是没在服务区。难道真的永远不在服务区了？我暗暗叫苦。一个人坐上老大的位置多不容易啊，多少人连做梦都想啊，他真就放弃了？不管我们了？

老大的房门是指纹锁，除了他，还有我和小陶的指纹可以开。我开了房门，小陶却正在办公室里烧开水。我心里突然一敞亮，悄声问："老大回来了？"

小陶把开水灌进壶里，摇摇头，连话也没说。

天塌地陷，山崩地裂，海枯石烂，没有什么能形容我此刻的糟糕心情，比刀搅还难受。手机还有一格电，我边放音乐，边给秀玲发了个短信，告诉她最近两天我不使手机了。秀玲自是什么都懂的，很快回了两个字：保重！一个感叹号，看得我心里暖乎乎。电池彻底耗没电了，我把电源线插进插座，另一端虚虚地搭在手机上，做个样子。我这样做，是为了拒绝外面的打扰，也防止有些人不知深浅，在手机里乱说话。我想，老大其实还有一种可能，就是被上级部门带走了。有些人被带走，是在大庭广众之下，但有些人则需要秘密消失一段时间，反正电视剧里都这么演。无论哪种结局，对于我来说都是最坏的，甚至，都是致命的。

我打开了电脑，上网。守着办公室的电话，等消息。是福不是祸，是祸躲不过。我一边安慰自己，一边打开了朱桂德的网页，是没啥可看的。不过我没那么悲观。我想网页没有朱老的消息证明他低调，而不是证明他的字不行。老大见识比我们广，他应该比我们会看人。

桌上的电话丁零零地响了起来，我仔细看了号码，确定是王上白的。王上白的名字是他爷爷起的，王上白说起过，他爷爷识文断字，说王是普姓，上白加在一起是个"皇"字。难怪王上白有想法，他爷爷是寄托了多大的希望啊。王上白劈头问："你的手机咋打不通？"我说没电了。王上白说："你可真会找时候，这个时候没电。朱老找你。"里面传来朱老的愉悦的声音："杨秘书，你交给我的任务我完成了，我自己认为相当不错。什么时候把作业给你？"我意识到，王上白没有跟朱老说老大的事。朱老还什么都不知道。若是有心情，我一定纠正朱老的口误，哪里是我交给他的任务，我哪有这个权力。可今天这个情况我能说啥，我只调和着语调说，等我汇报完了再决定下一步动作。您先好好歇歇，这几天辛苦了。说完这话，我赶紧把电话撂了。电话又丁零零地响，一看还是王上白的号码，我没接。

那种寂静有些瘆人，我开了窗子，让外面的风刮进来一些声响。这里离街面近,市井的嘈杂就像吵翻的蛤蟆坑一样。我嫌闹,又把窗子关紧了。我的门始终虚掩着,谁若上洗手间,会从我的门前过。奇怪的是,半天一次脚步声也没响起过。贾主任的房门一直都没有打开,我怀疑,他连水都不喝,就怕去厕所。他这是内心沉实的表现?不会像我这么焦躁吧?从宾馆带回来一双软底拖鞋,我换上,在房间走遛遛。我坐不住,电话铃一响就心惊肉跳。这样的时光真是难熬。快下班的时候,我刚坐到椅子上,贾主任敲响了我的房门,他站在门外,眼镜架到了额头上,高大的身躯像副门板一样把门口封堵了。我匆忙站起身,让他进来坐,他奇怪地看着我的脚,说上班时间你怎么穿拖鞋。我赶忙把自己的鞋换上了,解释说,我的鞋捂脚,换上拖鞋通通风。贾主任却没听我解释什么,说马上去宾馆,巡视组要找你问话。

我腿一软,靠在了身后的桌子上。我还是问了句不当问的话:"是因为老大的事?"

贾主任说:"上传下达,我也不知道。"

8

老大的司机姓姚，拉着我去宾馆。这是贾主任安排的，说政府办的车都派出去了，你就坐老大的车吧。贾主任一副公事公办的口气，在我听来，却是讽刺。这辆车我常坐，老实说，跟坐别的车滋味不同。那时我坐副驾驶，后面坐着老大，无论去哪，老大都像光环一样罩着我。用一句成语形容，那就是狐假虎威吧。各大委局的一把手都跟我称兄道弟。今天的滋味却特殊，上车的时候小姚让我坐在了后面，也就是老大常坐的位置上。车一跑起来，我就觉得上车时莽撞了，这个位置，哪是我应该坐的？我平时跟小姚关系不错，但此刻他不主动跟我说话，我也没心情说什么。下车的时候，小姚抢先下来给我开车门，就像伺候老大一样，让我觉得奇怪，怎么这都像在演戏呢！小姚说，杨秘书，818。我怀疑自己听错了：818？小姚说，对，818，巡视组的人在那里等。我朝宾馆的旋转门走去，心想818是朱老的房间，现在朱老住在了天仙宫。他们被安排在这个房间，是故意还是……不故意？

望着眼前这座庞然大物，我陡然觉得此一去也许凶多吉少。不行，我得跟秀玲通个电话，嘱咐她养奶，带好儿子，照顾好我妈。谁知道几分钟以后会不会还有机会呢。我跟小姚说，借我手机用用，我手机没电了。小姚把手机给了我，我只摁了几个数字，又犹豫了。秀玲是个敏感的人，我担心她听出所以然，会有更大的压力。事实是，我现在心有点乱，我不能保证自己能用平常的语气说话，我怕吓着她。

我把手机还给了小姚。

大厅里和电梯口都有人接应，把我像邮件一样传递到八楼。电梯口到房间有十几米远，我脚下迈着大步，其实每一步都有个停顿。这时我反而冷静了。我的左脑问右脑，你害怕吗？我听见右脑回答，有啥好怕的，脑袋掉了碗大的疤。我的左脑说，对，你的缺点就是工作认真，还有一个缺点是工作太认真。我差一点把自己逗笑了。我心想，我确实没啥可担心的。要说担心，就是跟老大紧了点，他布置的小事我也当大事来完成……可这算优点还是算缺点？我有点惶惑。组织部的一位科长送我进到房间，介绍了严主任、侯处长、男小孙女小蔡，逐一握手。我发现会客室的格局变了。几天前这里坐着朱老的那群老战友，叽叽喳喳地挤在一起，像群老麻雀。现在人变了，似乎一切都变了。桌子放到了窗前,两组沙发调开了方位。其中一只在外面,明显是给我坐的。我拿起暖瓶想给他们倒水,小蔡把暖瓶抢了去。严主任说:"杨秘书,我们都有水,你坐吧。"

言外之意说,这里的水不用你倒。

我的理解是,你连倒水的资格都没有了。

我坐下了,很沉地放下了屁股。

严主任是一个面容冷峻的人,有很高的额头,上面飘着白发。他说:"杨秘书,我们今天找你是例行谈话,希望你不要有顾虑。不要基于个人恩怨对组织隐瞒,我们需要你提供真实的情况。"

我说我在大学的时候就加入了党组织,我知道该怎么做。

严主任点头说:"这就好。说说你最近一个时期的工作吧。"严主任说完摊开了本子,又说了句:"重点是最近一周。"

最近一周。我心里明镜似的,知道他们想听什么话。

我坦诚地看着严主任,尽量不让自己的眼球转动。我从周一开始说,陪老大去市里开有关安全的会议,主持会议的是牛副市长。中午与本地籍的一位企业家共进午餐，老大劝说他回家乡投资，可以在政策允许的框架内给予税收方面的优惠。地点在国际酒店，吃了蛇肉和穿山甲。据说穿山甲是饲养的。晚上参与接待了新疆克拉玛依的一个代表团，就在这个宾馆三层的贵宾厅，饭吃到半截，老大让我回办公室取一套狼毫笔做私人馈赠，对方的老大也喜欢书法。

严主任说："别搞的跟黑社会似的，叫职务。"

我说，周二接朱老，周三周四陪朱老下乡。现在朱老还住在天仙宫。他是特意来为天仙宫写碑记的。

严主任问："他叫什么名字？"

我说叫朱桂德。

严主任说："听说天仙宫这三个字是他题的？"

我说是他题的。

严主任揶揄说："每个字八万！财政收入全市倒数第一，做这种事倒是大手笔。"这话严主任是对其他人说的，其他人点完头，他才对我说："你继续。"

我就知道下面的话该详细说了。

这场询问足足持续了五个小时，问题绊在了老大给我拨的那个电话上。我又提老大的时候非常不好意思，说平时这样叫习惯了，因为大家都这么叫。严主任表示了理解，不再纠缠这类问题，他让我仔细想想，电话真的没有接通？或者，接通了里面没传出声音？连一声咳嗽也没有？你没有在第一时间把电话拨回去？我这才意识到，当时真的犯了一个错误。我对严主任解释说，当时我想老大也许是拨错了，没等我接通就挂断了。这是一种可能。还有一种可能，老大拨通我的手机时突然又有了别的事，所以没等接通就匆忙挂掉了。就是基于这两点考虑，我没有在第一时间回拨电话。我想，老大如果有事找我，会继续把电话拨过来。很多时候，我们不主动拨领导的电话，除非有紧急情况。这是对工作人员最起码的要求。严主任用笔敲了敲桌子，问我有没有发现老大的反常之处。我摇摇头，我是真的没发现。严主任看了看手表，说："没想到时间过得这么快，都快十二点了。杨秘书，辛苦你了，有什么遗漏还请随时告诉我们，今天就早点回家休息吧。"

出了宾馆大门，就有出租车像鱼一样滑了过来。我摇手拒绝。司机很意外，说这么晚了你还走路，不安全的。我不怕不安全，我刚从不安全的地方出来，后背都是湿的。我在夜风中缓缓地走，想工作的这些年，从一个受学生欢迎的班主任，到一个谨小慎微的公务员，吃也吃过，喝也喝过，在别人眼里，从羊肠小路走上了通衢大道，可心里怎么总感觉不安稳呢！这是实现了自我，还是离实现自我越来越远了呢？这个时候如果有人让我选择职业，我会不会选择站在三尺讲台上？深秋的夜风很凉，我的脑子似乎是冻木了，不能给自己答案。牙齿也跟着打战，像敲梆子似的。我稍微一怂恿，就敲得越来越快，而且停不下来。鼻子也淌出水来了，我意识到要感冒了，这个时节可不能生病，越多事之秋越不能躺倒，否则许多事情会越发说不清楚。我抱着肩膀跑起来。满街的树叶子跟我一起奔跑，哗啦啦，哗啦啦，像唱歌一样，伴着我的脚步。老远就看见小区门口有个人影，像棵树一样晃。到近前才发现，是秀玲，脸冻得灰白，手像冰那样凉。她看到我就跑了过来，啥都没有问，只是拉住我的手告诉我，王永霞打了两个电话，分别是晚上八点和十点，都说了同样一句话："杨秘书还没回来？唉，想个办法吧。"那意思，好像我已经不在人世了。

我能想象，巡视组找我谈话时，外面不定怎样疯传。宾馆暗处肯定有不少眼睛盯着我。巡视组也找别人谈话，但因为我的特殊身份，谣言肯定像雨后的蚱蜢一样凶猛。

我不耐烦地说:"以后少跟这种人交往。"

秀玲懂事地点点头。

上了楼,我先去看儿子,儿子早睡着了,胖乎乎的小脸粉白粉白的。看见儿子,我心里的积郁化解了不少。秀玲进了厨房,给我煮豆豉白菜馅的饺子。往常,我能吃两盘子。今天却只吃了三个,就把筷子放下了。秀玲坐在我的对面,说再吃两个吧。我说我累了,洗个热水澡,好好睡个觉。我刚进洗手间,秀玲也光溜溜地进来了。她给我搓背,我也给她搓背,然后用浴巾把她裹上了。儿子移到了旁边的小床上,我们贴着身子躺在一起。秀玲问:"你确定没事?"我搂紧了她说:"能有啥事?咱家除了一屁股房贷还有什么?"秀玲把脸贴在我胸口上,说:"我喜欢一屁股房贷。"我摸了摸她的乳房:"儿子的口粮充足吗?"秀玲说:"就像发大水,说没就没了。我在网上订购奶粉了。"我说:"先别灰心,明天我去市场买只老母鸡,熬鸡汤。"秀玲说:"妈想看孩子,让她来看吧。我也待腻了,想下周去上班了。"想了想,我说,也好。

9

门卫给办公室打电话,说有一个老头想见我,是从北京来的,问我见不见。我慌忙说,你让他在门口等着,我这就下去。就听电话里说:"杨秘书这就下来,他没说让你上去。"我就知道来的人是朱老,果然。我拉着朱老出大门,进了西边的胡同。朱老气咻咻地说:"我是你们请来的客人,现在我却连大门都进不去了,以为我是上访的吗?"我说不是进不去,是有登记制度。朱老说,我刚才跟他们狠狠吵了一顿,他们居然说老大是贪污犯,这还了得!我说,门卫都是乡下来的,他们说话可不就是信口开河。朱老问我是咋回事,我说我也不知道,反正就是老大不见了,就像上天入地一样,连个踪影也没有。朱老问,照你说,老大会是怎么个情况?我说我不知道啊,那几天我跟您在一起,跟他接触得少。朱老说,这里肯定有误会,打死我也不相信老大是坏人,他是好人!

是啊,他是好人。我也乐于这么相信。

我花说柳说,朱老好不容易平静了。朱老叮嘱我,老大现在正在困难时期,你们身边的人可不能落井下石。我能说什么呢?我劝朱老先回北京,等老大这里有消息了再回来。可朱老说,我是老大请来的,是为县里工作来的,任务没完成之前,我不会离开这里。我问,碑记您写完了吗?朱老说写完了,交给王上白了。我说,您写完了就是完成任务了,王上白会给我的。朱老说,写完了只是完成了一半,老大看过以后要上常委会提修改意见,还要用隶书誊到纸上,这才算完成任务。按照老大的设想,神仙归位以后碑也立起来,天仙宫就可以正式开业了,两节期间说不定就能形成个旅游小高潮。我说这一步先不急,以后再说。现在形势变了,您还是先回北京吧。朱老说,你轰我走?我不走,我要等老大的消息!我无奈地看着他,真想说,老大要是一直不回来呢?当然这话不能说,想一想我的心就直打哆嗦。朱老说,谁也别想赶我走,这时候老大正是需要人的时候!

我跺了一下脚,心说他要是需要人就好了!

老年人的思维很古怪,有时候说服他们,比说服一头牛的工作轻松不了多少。

朱老在那里滔滔说老大的好处,认定他是一个好官、好干部,是人民的公仆。他修天仙宫,搞建筑,不是为了个人，是为了全县人民的福祉，这样的干部整个中国不是太多了，而是太少了！必要的时候我可以找上级，市委、省委、中组部，逐级反映。我就不信没有说理的地方！我心说，不是谁要罢免他，是老大自己消失了，至于为什么消失，谁知道呢，连我都不知道，遑论朱老。朱老这是急糊涂了。过路的人都闪着身子看我们，有两个停下了脚步，站在三米开外的地方。我很焦急。附近住的都是老干部，不定谁把话听了去，三传两传就不定传到了哪里。我不是怕事，我是觉得有些误会不值得。

我的手机响了，一看是王上白，我背转过身去，把电话接通了。王上白说，朱老总住我这儿不合适，你还是让他去住宾馆吧。我看了朱老一眼，说这话回头再说。王上白说，别回头再说啊，我可是火烧眉毛了。我说，咋了？我指了下手机，朝朱老摆了摆手，朱老说你去忙吧。转身走了。王上白说，朱老格儿太高，我没名没分，不该我接待。我讥讽说，你现在才知道没名没分？王上白火气很大地说，无论怎么说，今天必须让朱老搬走。我说，他搬不走。王上白说，你不说？那我就去说了。他话没说完，我挂了手机。

我跑几步追了上去，对朱老说："您就住在王上白那儿，哪儿也别去。"

朱老想了想，恍然说："也好，那里安静，宾馆太惹眼了。"

新任老大很快上任了，是代理，却一点也不是代理的架势。办公室的书柜、衣柜、床上用具统统换了新的。过去这些事情都是我操办，现在贾主任事必躬亲。看得出，新任老大很倚重他，在常务会上公开说，贾主任年龄大，经验丰富，有理论功底，工作上要多听老同志的意见。那天我从贾主任的门前过，他和新任老大正在看什么东西。瞄见我的踪影，贾主任也把我喊了进去。原来是他和朱老的两幅字，都被他挂在了墙上。贾主任对新任老大说，这幅字就是杨秘书专门给我求来的。新任老大看着墙上的字说："不用求别人，你的字比他的强。杨秘书，你觉得呢？"

我说我不懂书法，只要是墨写的字，我都觉得好看。

新任老大看了我一眼，大概很奇怪我这么说。

新任老大面相很好，比前任老大面相好，而且年轻，精干，博闻强记。我听了他一次讲话，就觉得他水平不一般。但新任老大再好，那也是别人的老大了。我心底什么滋味都有，但没有一味是甜的。我意识到我在这里坐不长久了，悄悄收拾了衣柜和书柜，把几年没动的东西翻了个底朝上，居然找到了前任老大送我的几管毛笔。前任老大也写毛笔字,而且给别人题词。景区的石头上都刻着他的字。我纸墨砚台什么都有,但就是从没拿过毛笔。我不愿意附庸风雅,其实也有些担心,万一——不留神写得比老大好呢?

我现在知道了,哪有什么标准,标准就是别人的眼光,人值钱字才值钱。

每天上班清闲到打瞌睡做梦,就见贾主任脚下生风,走路比过去快了很多。我比他年龄小太多,可我忽而也变成了前朝旧臣,享受的待遇跟他一样。我拉开书架找书看,哪本厚看哪本。经常看得忘了下班时间。这天从楼上下来,外面路灯都亮了。从鼓楼洞子里穿过,见有人瑟缩地蹲在墙根下,我好奇,凑近了一看,这不是朱老吗!哎呀,我说,这么晚了您怎么在这儿!朱老说,我是在等你,谁想这肠子突然疼,我站不起来了。我说,咱们去医院,赶紧去医院!我仰头找出租车,朱老说,不用去医院,你扶我回旅店就行。我大概有些肠痉挛。我问去哪的旅店,朱老朝一侧指,那里有个小门脸,一楼是游戏室,二楼是春光旅店。我惊讶地说,您住这儿?朱老说已经住两天了。我气得咬牙,心里狠狠骂了句王上白。朱老几乎趴在我的背上让我拖上了二楼,窄小的房间,只有薄薄的两张木板床。我把朱老扶到床上，把两床被子都给他盖了上去。我问，您确定是肠痉挛？有问题千万别忍着，该上医院还得上医院。我给朱老倒了一杯水，朱老斜起身子接过，烫得吸溜吸溜的，但全喝了下去。朱老灰白的面色慢慢缓了上来，不龇牙咧嘴了，脸上蒸腾着一团一团的雾气。我问他怎么住到这种地方来了，他说现在身份变了，没有必要再让公家接待了。我坐在了对面的床板上，说那也应该住好点，这里条件太简陋。朱老说，就是床有点薄，两条被子铺一床盖一床就挺好。我问他找我有什么事，为啥不给我打电话。朱老说，现在你的境况也不比从前了，怕给你找麻烦。我说，有事情您就说吧，只要我能办的。朱老说，没有什么事，我就是想跟你告个别。老大不在，这县上就你是亲人了。我的鼻子直发酸。朱老说，你说得对，我待在这里也没什么用，明天我就回京城了。我说，明早我找车去送您。朱老说，我打听好路线了，出门有个523路公交车，可以直接坐到长途汽车站。我说，这怎么行？明天我跟办公室要车，一定送您回北京。

话是这样说，能不能要到车我也没把握。

昏暗的灯光下，朱老显得有些苍老。踌躇了一下，我说，想问您个问题，您不好回答就别回答。朱老说，你问，你问，没有什么不好回答的。我说，您给埙城题了那么多的字，润笔费怎么收？朱老说，杨秘书，你莫非以为我是为了钱？我说，有人问起我，我不知怎么回答。朱老说，杨秘书，再有人问你你就这样说，朱桂德字不值钱，但人品值钱。他是尽义务，一分钱也不收！

我心头一震，内心五味杂陈。以往我的感觉是，朱老从天仙宫的项目中得了许多好处。

从黑洞洞的楼梯下来，我没迟疑，穿过步行街往天仙宫方向走。王上白平日住在天仙宫里，他的家属住在乡下。我忍着没有给他打电话，我想指着他的鼻子骂一顿，解解气。什么东西，这么对待一位古稀老人。当然更主要的，他有一辆京牌两厢日系车，我想说服他去送朱老。还有，我也想把朱老的碑记拿到手。凭感觉我知道，这碑记只能收藏了。天仙宫大门紧闭，我当当当敲了敲，王上白嬉皮笑脸把门打开了。警卫室有监控，他正好在里面看见了我。王上白忙不迭地给我道歉，说不是他不想让朱老住，是上级发话了，他顶不住了。我想了想这其中的逻辑，气消了消。我说，朱老明天回北京，你去送他。王上白叫：我哪有时间啊！我说，你把车给我，我去送。王上白嘟囔，公家的事儿，凭啥让个人出车？我斜了他一眼，然后看这黑洞洞的大宅院。心说没有老大就没有天仙宫，没有天仙宫哪有你这个道长？

我把碑记拿到了手。王上白说："还有两个扁牛二，再喝一口？"

我说："我是没资格了，你留着跟别人喝吧。"

王上白说："你这样说话多没意思。"

我说："朱老给你写的字，还要不要？"

王上白说："要，当然要。"

我说："甭说违心的话，你不要我自己个儿留着。"

10

我跟王上白约了早七点来接朱老。我们俩都没吃早饭，想接上朱老一起去西关喝羊汤。京津唐都没有羊汤这道菜，属埙城独有。是用老汤煮羊杂碎，调以香菜、炸辣椒和蒜泥，能吃透人的一身汗。早晨吃好，一天都是饱的。我们俩差不多同时到达，王上白把车停在鼓楼下，我朝他晃了晃手。意思是，我上去找朱老。前台一个小丫头趴柜台上补觉，我问，今儿早上没人退房间吧？我怕朱老早起自己走。小丫头说，没有。我找到朱老的房间敲门，门板像纸板那样薄，敲起来呼扇呼扇的。想起宾馆的818，这才几天的时间，竟恍若隔世。屋里没有动静，用力一推，那门开了，原来锁是坏的。第一眼我就发现床上没人。被子半边在床上，半边在地下。朱老的上半边身子裹在被子里，衣服整齐，却赤着两只脚。我赶紧喊："朱老，朱老，您怎么睡地上？"朱老不吭气，一动不动。我赶紧过去扶，手伸出去，又烫了回来，原来朱老已经像冰一样冷。眉眼整个塌了下去，上牙咬着下唇，牙齿深陷进了肉里。嘴唇都是黑的。

我从屋里跳了出来，咬着牙没让自己喊叫。我用手机把王上白调了上来，王上白上到二楼就左顾右盼，说这样的地方也能住人，老爷子可真会俭省。我丢了魂的样子大概吓着了他，他一激灵，说："有鬼？"他趴在门框上往里看了一眼，噔噔噔就往楼下跑，我说你干啥去，王上白说，赶紧报警！

我把朱老抱到床上，用被单盖好，也追着王上白下来了。十几步楼梯，我一直在紧张思索怎么办，第一个电话应该通知谁。我没让王上白报警，而是给贾主任打了个电话，告诉他朱老出事的事。贾主任第一反应："朱桂德还没走？他为什么还没走？他没走与我们有关系吗？"有没有关系他知情，我问他下一步怎么办。贾主任说，还能怎么办？旅店会想办法通知他的家人。现在是上班时间，你怎么没在单位？

我说朱老原本今天要走，我想送送他。

贾主任说："现在交通这么方便，有这个必要吗？"

我说："朱老今年七十二岁了，是老人了。"

朱老的骨灰是儿子朱前抱走的。朱前经营一家医药品公司，一看就是厚道人。他进了那家小旅店，指点着父亲的遗体说："您一个月一万好几的工资，就住在这么个地方，出事怨不得别人，就怨您自己！"说完，才捂着脸哭。我和王上白对视了一眼，都缩着脑袋。我没有告诉朱前这家小旅店是我上班的必经之路，朱老住在这里是为了等我。当然也没告诉他这之前朱老享受了副国级待遇。王上白小声说："我去大观音阁烧炷香，感谢朱老没死在天仙宫，否则我一条命都不够赔的。"应该说，王上白的心情我能够理解，这样的事，摊在谁头上都够受的。可他那一副劫后余生的嘴脸，还是让我很腻味。

我陪着朱前处理丧事，包括到火化场拿号。天气凉了，很多老人都不想过冬了。我没想到朱前是那么干脆的一个人。我问要不要给朱老化妆,要不要举办一个小的告别仪式,朱前都摆手。他说父亲生前有过遗嘱,百年以后一切从简,甚至不通知生前好友。"别把不愉快的事情告诉他人。"朱老是这个意思。他为自己准备了一套老款军装,朱前带了来,给父亲穿在了身上。"我爸是个有境界的人。"朱前说。我点头。朱前又说,父亲死在家乡也是命数,因为只有在这里,才能满足他所有的愿望。我实在忍不住了,说,朱老原本是县里请来的客人,没想到事情有了变故,一下就把节奏打乱了。朱前说,你是指老大出逃的事吧?我在网上都看见了。我也劝老爷子离开这里,是他自己不肯走。我说,离开可能会好些,朱老听到这个消息很着急。朱前说,是啊,是我粗心,把他忽略了。觉得他身体好,不会扛不住事儿。我说,朱老相信老大是好人。朱前忽然很气愤,说:"他们那一代人就是老天真,相信谁就往死里信。其实,是不是好人他们怎么会知道!"

秀玲说我一夜之间长了白头发。我说怎么可能,我又不是伍子胥。从心里来说,朱老的死让我震撼,却没有给我造成更大的心理压力。如果朱前跟政府打官司,我才脱不了干系!事实证明,朱前的品性随父亲,是个值得尊敬的人。送别了朱老,我直接去了机关,贾主任把我叫了去,告诉我工作有了调整,让我下周一去资料室报到。贾主任一边跟我说话,一边用红笔批阅手中的文件。我说,贾主任,能不能求您个事儿?贾主任这才抬起头,在眼镜上方打量我。我说,您能不能跟老大说说,我想下乡,多远的乡镇都行,什么职务都中,我不挑。贾主任很奇怪,说我记得你不想下乡啊。我说,下乡好,可以接地气。贾主任故意说,你觉得我们都不接地气?我说,年轻人心性浮躁,应该下乡锻炼。

新任老大支持我下乡,他在会上说,年轻人就应该不怕艰苦,基层才锻炼人。

11

正好有一批干部要调整,我被派到洼区的乡镇任副镇长,属平调。洼区地广人稀,镇政府傍着一条河,河水断流了,但大堤蜿蜒像巨龙,若是春夏,该是郁郁葱葱。我愿意跟老百姓打交道,那里的老百姓都淳朴,离老远就喊杨镇长,说家里炖了只母鸡,来喝鸡汤吧!这里有典故,镇政府旁边住着李大娘一家,家里养到十四岁的一只母鸡出了交通事故。那天我从那里过,李家人正在争论这只母鸡的去留问题。李大娘说,这样老的鸡,煮到天亮也煮不烂,白费柴火。李大哥给鸡煺好了毛,也没了主意。我说,那就熬鸡汤吧,家里有老人,老鸡汤正好大补。我告诉他们怎么做,李大娘特意让孙子给我送去一碗。用镇书记的话说,镇政府的院子里都飘香气。洼区的老百姓家家养鸡,年节吃鸡肉,却没有喝汤的习惯。李大娘一宣传,喝鸡汤成了风尚。

镇里离县城三十公里,我每周回一次家。每周看见儿子都与上一周不一样,用我妈的话说,是随风长。秀玲支持我在乡镇工作,说别管大事小事,能给老百姓帮个忙也是造化。住在乡镇,体会天从未有过的黑,可也从未有过的高远。我在旧报纸上临朱老的字,是朱老写在旧仿纸上的《天仙宫重修碑记》,虽是草稿,但朱老写得一丝不苟:

天仙宫位于埙城西北街首,始建于明。内奉碧霞元君及送子、眼光二位仙家。每逢农历初六,卖农器车马者云集。有不远千里而来之概。据庙前《翻修天仙宫残碑》载:清乾隆重修时,有土人掘地得一石,状若龙头,用砌诸庙墙,又称龙头庙。公元二〇一三年重修,当地政府斥资六千万,旧址西移,靠交通要衢……

对于我来说，朱老写些什么不重要，怎么写才重要。临得多了，慢慢也懂了些门道。朱老的隶书娟秀工整，每一个字都像朵花一样开在纸上。我看着看着就会入定入神，想这字如此美妙，过去却一点也看不出来。

好东西也要好眼神啊！

眼睛累了，我从角门爬上河堤，到上面去散步。河滩上都是坟茔，开始会起鸡皮疙瘩，蝙蝠或野猫的一声蹬踏，会吓我一跳。久了，就什么感觉也没有了。某一天，我接到了王上白的电话，他问我在干啥，我说在大堤上溜达。他说你倒好情致，这么冷的天。我问他怎么样，王上白张口就骂人，说天仙宫的匾摘下了，却再没人往上挂。天仙宫成了一个没名号的孤魂野鬼宅，住着成群的耗子。我问，那些神仙呢？都归位了吗？王上白说，归个屁，都在后院备宿呢。有领导说雕刻的工艺不行，就没人敢往殿里立了。那可都是缅甸玉啊！我问起那几间客房，能住副国级的。王上白说，床和家具早被人拉走了，只是不知道拉去了哪里。

王上白问："你说老大现在会在哪？"

我说不知道。

王上白说："我昨天做了一个梦，梦见老大从河里爬上岸来,抱着一条大锦鲤,锦鲤啪啪地甩尾巴,鱼鳞都沾在了老大的脸上。你说,这个梦预示着什么?"

我说不知道。

王上白说:"你咋啥都不知道?"

我说,你知道就行了。

身后事

1

局长宋义要退休了,机关的人都很悲痛。最近几个月,局里的变化太大了。有两个正科,升为妇联主任和纪检组长,也就是说,科升(副)处了。还有两个提升为副处级调研员——表面上看啥都没变,变的是工资卡——这个,家里的媳妇准知道。有三个副科转正了,有五个白丁副科了。就连宋义的司机小侯,都当上了办公室副主任。当然,他的职责还是开车。但对外介绍,就不能再说人家是师傅,而是某某局的办公室副主任。那段时间机关里天天喝喜酒。一下子动了这么多人,谁不请顿酒都说不过去,谁的酒不喝都说不过去,哪顿不喝多了都说不过去。不喝多的大概只有宋义一个人,他不喝酒,他抽烟。宋义不喜欢喝酒,但喜欢看别人喝。而且这么说吧,喜欢看别人喝多。所以在机关里大家都知道,宋局长印象好的人,都是逢酒必多的人。那段时间局机关的办公楼都快成比萨斜塔了,连清洁工都说,树上的麻雀窝都跟酒缸一个味,因为有天晚上麻雀窝连同小麻雀一同掉了下来。原来,大麻雀整天醉醺醺地把窝搭成了豆腐渣工程,结果摔伤了小麻雀。好在小麻雀也是在睡梦中离去的,大概没怎么痛苦。所以大麻雀一直情绪稳定。那天是全机关喝酒最凶的一天,因为那天,是宋局长的五十五岁生日。

这个局不大。上面提职的那些人,差不多就是人员的全部。小局,而且算是清水衙门,只有一点审批权。别的大事儿没有,给大家提个职,也就算谋个福利。只不过有人是真提,有人是假提。所谓真提,就是人事部门有备案,也就是国家承认的。所谓假提,就是只有局机关内部承认,出了局机关的门儿,该是谁是谁。不过,不管真提假提,工资待遇全一样。或者,假提的福利可能还高一些——这又是宋义的高明之处,他总是尽可能地端平一碗水,让所有的人都无话可说。

当然,这一切都是闲话。

2

机关里无论男女老少,只要有机会,都叫宋义大哥。

过了五十五岁生日,大哥的日子就数着指头过了。按照县里的干部政策,五十五岁就该内退赋闲了。过去许多年,政策一直是铁板一块,所以对于这一天,宋义早就有心理准备。他挂在口头上的一句话就是:让咱干,咱就站好最后一班岗。不让咱干,咱就一分钟也不多留。他还有一句话:只要咱从这个位置退下来,一点麻烦也不留给下任,保证身后事干干净净。

身后事干干净净,既是官品,也是人品。

局里人都叫宋义大哥的时候,刘漓却只能叫他叔叔。宋义和刘漓的父亲刘柏顺是战友,刘漓大学毕业以后,也是父亲托了他的这位老战友,费尽周折才在这里谋了个铁饭碗。虽说是事业编,相对于刘家而言,已然是大恩大德了。这年头的就业压力相信任何人都能体会得到,何况刘漓这种貌不惊人、普通本科学历、没任何一技之长的单薄小女子,能够混成机关的编外人员(人家都是公务员),也是祖上烧高香了。但是，刘漓家也是付出了代价的。当年父亲刘柏顺在涿州当兵时，曾在乡村的小市场买了个玩意儿，要过许多年，刘漓才知道那个精美绝伦的玩意儿叫虎食人卣，是件青铜器。造型是虎与人相抱的姿势，虎的两条后腿及尾巴支撑身体，同时构成虎食人卣的三足，虎的两只前爪抱持一人，人朝虎胸蹲坐，一双赤足踏于虎爪之上，双手伸向虎肩，虎欲张口啖食人首。刘柏顺当初买它，就是觉得好玩，刘柏顺是属虎的，觉得这个东西能给自己长些威风。这还是一九八三年春天，刘柏顺刚入伍不久的事。许多年后的某一天，刘柏顺在电视里偶然看到了虎食人卣的资料，才知道那是国宝。而这个时候，那玩意儿刚刚送给了宋义。他当时很不乐意接受这个礼物，说自己属虎，看着人入虎口不太平。话是这样说，宋义还是把东西随手放进了办公桌的抽屉里。后来，当刘柏顺在电话里激动地告诉他那是件国宝时，宋义只淡淡地说了句不可能，就把电话挂了。

刘柏顺却不相信"不可能"。当年卖给他东西的人，旁边放着一个鸡蛋篮子。一块塑料布被鸡蛋篮子压住一角，上面摆着几枚铜钱、几只盘碗等老物。他说这些东西都是左邻右舍犁地或刨坟刨出来的，放到他这里，换几个油盐钱。那件虎食人卣要价最高，是因为从一个大墓刨出来时，伤了一个人的脚，这个人现在还因为脚伤一瘸一拐的。那个大墓后来出土了许多别的青铜器，都被国家收走了。卖鸡蛋的人说的话，刘柏顺百分之百相信。刘柏顺的理由是，那个时期的乡下人，都还没学会说谎。

虎食人卣裹一张旧报纸，蹲在刘家的抽屉里，一蹲就是许多年。他们都知道家里有这么个玩意儿，还很老旧，却没想起找人给它断断代，变变现。直到给刘漓找工作要送礼时，刘柏顺才突然想起了它。刘柏顺和老婆李桂红都是产业工人，且双双下岗，连个当科长的朋友都没有。既没收过礼也没送过礼。慢说家里没钱，有钱刘柏顺也不好意思送。他常说求人办事就冲个情谊，送钱就把情谊断了。不送钱还要有价值，这种东西在家里不好找。刘柏顺在外面订了一个锦缎的包装盒，里面是红色的丝绒衬里，把虎食人卣放进去，刘柏顺满意地说，多亏有了你呀，小女的事，就指望你了。

刘柏顺前后去了三次，就把刘漓的事办成了。有了准信那天，刘柏顺自己喝了一瓶酒，眼泪汪汪地嘱咐刘漓，好好干，别辜负了你宋义叔，没有人家就没有你。因为这件事，刘柏顺不但感谢宋义，还感谢涿州，感谢那件虎食人卤。他说宋义、涿州和虎食人卤,缺哪个事情也办不成。当年他为啥去涿州当兵?就是为了遇到那件虎食人卤。为啥遇到那件虎食人卤?就是为了有朝一日能给女儿换份工作。父亲边叨叨这些,边用手背抹眼睛。

昨晚跟同事去江南水岸喝酒,刘漓半夜才回家。刘漓小心翼翼地用钥匙捅开房门,父亲却站在门口。刘漓吃惊地说:"您怎么还没睡?"父亲说:"听说宋义退了?"刘漓边换拖鞋边"嗯"了声。因为是宋义的告别酒,所有的人都喝得超常发挥,仿佛谁喝不多谁就对不起宋义。平时滴酒不沾的刘漓,也勉强喝了三杯多。刘漓先去了卫生间,见镜子里的自己脸红得透亮,脑袋也晕得不知所以。刘漓以最快的速度洗漱完毕,走出卫生间,却见父亲还在那里站着。父亲说:"宋义这回真的退了?"

刘漓奇怪地问:"您今天这是怎么了?"

3

宋义穿一身便服上楼,楼上的许多人都看到了。宋义穿便服人显得年轻潇洒,连脚步似乎都显得轻快。他大声与清洁工打招呼,样子有点虚张声势。各科室的门都打开了,大家都在门前站着,无一例外地喊了声宋局长。宋义呵呵笑着跟大家逐一握手,说以后再见面都不容易了,有空去家里串门啊。人事科的小丫头都要哭了,宋义过去拍了拍她的肩,说好了好了,我这不是好好的吗。小丫头这才破涕为笑。

路过办公室,宋义停了下脚步。刘漓原本在用墩布擦地,见宋义站下了,脸上堆起笑,刚要往前走,宋义又倏忽不见了,随即就听到了隔壁宋局长房门打开的声音。那扇门很重,响起来与众不同。

今天跟昨天没什么两样。刘漓提前半个小时上班,给局长室打来了开水,打扫了卫生,比平时干得更加仔细。因为她知道,这是宋义在这个办公室的最后一天,明天新局长就要到任了。这边忙完了,她才回到了自己的办公室。

刘漓坐到椅子上,从抽屉里拿出来一封信。是父亲刘柏顺写的,粘得很严实。信皮上就是"宋义(弟)亲启"字样。信封是刘漓带回家去的,下款就是某某局的红体字,若是信封上面也写上收信人的地址,那会被别人视为自己写给自己的。

信是刘柏顺连夜写的,早上交给刘漓时,刘漓注意到了父亲眼睛里都是红血丝。刘漓问:"您都写了些什么?这么厚。"

刘柏顺支吾说:"没写啥……你送给他就是了。"

刘漓捏了捏信,心里就有几分了然。父亲这一段心事重重,刘漓知道为什么,她不止一次对父亲说,忘了那个吃人虎吧,即便它值一座金山,送出去的东西还能如何呢!父亲木讷地看着她,眼神直勾勾的,像个傻子一样。刘漓知道父亲心里系疙瘩了。刘柏顺买了砖头厚的一本古玩鉴赏的书,专门研究那个吃人虎。他把书藏在床下的纸箱子里,刘漓上班走了他才拿出来看。他以为刘漓不知道,他不知道刘漓知道了却不说。

刘漓把信拿起来对着太阳照了照,隔皮不能看瓤儿。刘漓从抽屉里拿出把小剪刀,横竖几下,就把一封信剪碎了。她把纸屑包到一张报纸里,扔进了垃圾筐。

不用看,她也知道父亲写了些什么。父亲写的那些,让她不忍卒读。

刘漓上班快两年了。当着别人的面,宋义常说刘漓是自己战友的孩子,就像自己的孩子一样。刘漓嘴上应承,但转过脸去,就像吃了个苍蝇。她知道,宋义不喜欢她。那种不喜欢不在眉里眼里,而在骨子里。刘漓也不知道因为什么。她一直努力做事,谨言慎行,严于律己。不论事情做得多么漂亮,永远也换不来宋义的笑脸,而宋义对别人,永远是风趣幽默、妙语连珠。就像眼下的这场人事变动,连司机小侯都是副科了,却没刘漓什么事儿。刘漓总结了两点理由:第一,自己不漂亮;第二,自己没背景。漂亮与背景,是一个女孩混机关的关键因素。

可自己为什么能进来呢?每每想到这一点,刘漓都会陷入沉思。

突然传来了轻轻的敲门声。敲的是宋义的房门。刘漓好奇地走到了门边,先隐好自己,再朝外张望。局长室门前后脑勺的一撮灰白头发和上身的土黄色夹克在门口一闪,就消失了。

刘漓吃了一惊,敲门的人是父亲刘柏顺。

4

吃人虎的事,在刘柏顺的心里聚成了坨。他经常在夜里梦见它,那虎有了灵性,活的,咬他的心。他从梦里疼醒,又惊惧,又惶恐。那虎似乎总是在说,我在你家生活了这么多年,你怎么把我送人呢?刘柏顺对吃人虎说,你既然是我家的,求求你,你自己回来吧。吃人虎流一种黑色的眼泪,结实得像小铁球一样,能把脚面砸出坑。睡梦中,刘柏顺甚至给那个吃人虎磕头。不止一次,李桂红醒来发现刘柏顺的屁股朝向屋顶。李桂红打了他两下,才把他打醒。李桂红一辈子都不与他站在一条战线,唯有这件事,李桂红甚至去给菩萨烧香,嘴里念叨的也是,救苦救难的观世音,快让那个吃人虎回来吧!

有一次,李桂红问那件吃人虎值多少钱。刘柏顺瞅了瞅十几平方米的屋子,说了句话:这间屋子也装不下。

李桂红的眼球险些从眼眶里跳出来,她登时就哭了。李桂红哭得很奇特,泪水汹涌,却牙关紧咬。她的面孔眼看着肿胀,像上了蒸锅的馒头一样。

她把手里剥好的几颗蒜粒劈头朝刘柏顺砸去,嘴里嚷:"你去死吧!"

那样多的钱,能让自己所有的亲戚都沾光。买房、买车、买坦克。买坦克干什么?碾平纺织厂。李桂红就是在纺织厂买断了工龄,如今厂子正红火,可她却连大门都进不去。她十六岁进厂,都还没来月经。如今已是绝经的人了,厂子却不要她了,除了碾平它,哪里有别的好想法!李桂红心疼得都要闭过气去。娘家一辈子都在拖累她，李桂红自己不宽裕，娘家各个贫病交加。她做梦都想能有机会挣大钱，让自己和娘家人的日子过得光鲜一点。

昨晚，刘柏顺连夜给宋义写信，没怎么打腹稿，就一气呵成。那些话，在他的肚子里都要生蛆了。从涿州那个小村，到中央电视台的栏目，历时三十年，吃人虎从一个普通的小玩意儿，变得价值连城。刘柏顺的信里，重复了他过去告诉宋义的那些话，就是想让宋义确认这都是真的，不是他杜撰的。到哪去鉴定刘柏顺都愿意奉陪。至于鉴定以后如何，刘柏顺没说，他让宋义去想。刘柏顺心中的愿望是：假如虎食人卣真像电视台说的那样，宋义哪怕给他个最小的零头，他也不会有任何怨言。他最不能容忍的就是价值连城的宝贝被宋义看轻了，被他随手丢在哪里，或者当废铜烂铁卖掉，那真是要了命的事。

既然宋义看不入眼，刘柏顺想不惜代价收回来。

意思就是这么个意思。

早上把信交到刘漓手里，他就很犹豫。挑宋义退下的节骨眼上写这封信，刘柏顺知道自己有失厚道。他这一辈子，没做过亏欠别人的事。但这不是他犹豫的原因。他怕宋义不看这封信，或者轻慢，或者误解。所以，他想知道宋义有什么反应。

时光过得太慢。他实在等不及刘漓下班来回话。刘柏顺在街上转了足够长的时间，最终还是决定自己走一趟。

宋义戴着老花镜在翻看抽屉里的东西。他在这个办公室坐了八年，每个抽屉都装满了往事。那些往事都需要细细分拣，才会知道什么东西应该留下或舍弃。听见有人敲门，他习惯性地摘下眼镜放进了抽屉里，脸上留下了深深的压痕。看到进来的是刘柏顺，宋义随即站起身，热切地喊着老战友，走过去和刘柏顺握手。屋里已经不是原先的样子了，大包小捆的东西都收拾好了，阔大的真皮沙发上连能落屁股的地方都没有。宋义前后左右看，除了自己的老板椅，没有哪里能坐人。宋义不好意思摊开两只手说："抱歉抱歉，你来得真不是时候。再晚几分钟，这里就不属于我了。"笑了笑，又说："现在其实就已经不属于我了，我只是还没交钥匙。"

刘柏顺被宋义的热情鼓舞了，说："时间过得真快，你的头发一根都没白呢，没想到也到站了。"

宋义摸了摸自己的脑袋，没告诉刘柏顺头发其实是染的。

"有什么事吗?"宋义把手里的文件丢进粉碎机,摁了下按钮,那些白生生的纸就变成了粉末。

刘柏顺说:"也没有大事。"迟疑了一下说:"就是想来看看你。"

宋义说:"以后我就有时间了。哪天咱们找几个战友坐坐,喝杯酒。"

刘柏顺说:"信你看了?"

宋义怔了一下:"什么信?"

刘柏顺细细观察着宋义,确定他是真的没看到信。刘柏顺说:"这个刘漓,年龄不大忘性大。"刘柏顺想出去找刘漓,被宋义叫住了。宋义说:"人都见面了,还看信干啥?有啥事你就说吧。"

刘柏顺讪讪地有点不知所措。他笔下的工夫,比嘴头子上的工夫好使,所以他暗暗埋怨刘漓没有照他的指示办。宋义说:"瞧你温吞的,咱俩你还有啥不好意思的……是为刘漓的事吧?"不等刘柏顺说话,宋义解释说:"最近局里给一部分人提了职,之所以没考虑刘漓,就是因为她是老战友的孩子,跟我自己的孩子没区别。僧多粥少,咱只得先人后己,你说是不是?按说这刘漓在办公室待了两年了,工作为人样样都好,这次没提实在可惜。不过来日方长,她还年轻,以后有的是机会。"

刘柏顺连连点头,连忙插话说:"我来不是为刘漓的事,是为那件虎食人卣。上次给你打过电话,你忘了?"

宋义的脸孔不易察觉地变了下颜色,他低头收拾一大摞名片,把它们像扑克牌一样码整齐,然后又装进一只大信封里。宋义说:"柏顺你真是的,竟吓唬我,还说那是国宝。我要是收了你的国宝,知道会是啥罪名吗?要掉脑袋!"

刘柏顺说:"你咋说得那么吓人,你又不是受贿。咱们不是哥们交情吗?我当初送给你,还不就是送给你一个小玩意儿。"

宋义看了刘柏顺一眼。刘柏顺的神情怪怪的,有一种急迫摆在了脸上,让宋义心里添了硌硬。宋义在椅子上放下屁股,悠悠地说了句:"现在……就不是一个小玩意儿了?"

刘柏顺说:"也不是……现在也是小玩意儿。只是有一次我看电视……"

宋义不耐烦地打断了他的话:"有啥事你就直说吧,你早不来晚不来,单单这个时候来,是挑的日子吧?有件事我还告诉你,你上次给我打了电话以后我就找那个东西,想还给你,结果没有找到。你今天正好来了,也一起找吧,找到了你拿走,你省心我也省心。"

宋义指着那些已经打好包的箱子,轻巧地说:"你随便找,当初我就没把那玩意儿当回事。放到哪里真忘了。"

刘柏顺吃惊地说:"找不到了?"

宋义说:"找不到了。不管你信不信,确实是找不到了。"

刘柏顺拨浪鼓似的连连摇头,说:"不可能,不可能。那么贵重的东西,不会找不到。你再找找。"

宋义一下子就把脸沉了下来,眯起眼睛说:"刘柏顺,东西当初可是你送给我的,我没跟你伸手要吧?我总有丢的权利吧?你现在找上门来是什么意思?我在职的时候你送我个铜疙瘩让我安排孩子,现在我退休了,孩子也安排好了,就说当年送给我的东西是国宝……合着我吞了你的钱财是吧?"

几句话揭了刘柏顺的老底,把他彻底打蒙了。可他仍然没忘记自己的使命,竟自说:"那确实是国宝,涿州那个地方你也知道,1980年的时候,老百姓还都不会说谎。中央电视台的节目说得很清楚,那虎食人卣全国就有两件,一件在法国,一件在日本……"

宋义说:"你是偷了法国的那件还是偷了日本的那件?"

刘柏顺说:"……国家肯定不知道还有第三件,说不定就是这一件。这玩意儿在我手里三十年,我拿得准,与电视上的东西一模一样。我找你其实也没别的想法,就是想提醒你……"

宋义说:"提醒我是国宝,卖了钱分给你一半?"

刘柏顺张口结舌说不出话来。心里其实想的是,哪怕分给我十分之一也好。

宋义说:"你今天来,让我很不愉快。别说我还帮过你的忙,就是没帮过你,你这样挑日子上门找碴也不厚道。我刚下台你就这样对我,做人得有点良心吧?刘柏顺,我一直当你是老实人,否则当初也不会帮你。我真是瞎了眼。"

说完,宋义摔摔打打地翻检桌子上的文件。

刘柏顺说:"你别误会……"

宋义横了他一眼,用手指在房间里画了半个圆。"东西都在这里。当初你给我也是在这个屋子里。你随便找,找着了你拿走。"

刘柏顺都要哭出声了,脊梁整个塌了下去,麻秆样的两条腿似乎支撑不住上半身,簌簌地抖。他重重叹了口气,转身往门口走。走了两步,又觉得不甘心,转过身来窝了一下腰,说:"我没别的意思……我只是觉得……那就是个真品……我就是想告诉你一声……"

刘柏顺话没说完,宋义手里正好握着一只玻璃杯,一下摔到了对面的墙上。

5

新局长姓杨,是从乡镇的党政正职中提上来的。这让呼声一直很高的副局长陈英文的愿望落了空。人事安排就是这样,组织上一天不找你谈话,你就不能保证哪把椅子能坐上你的屁股。陈英文原本也对这件事情给予了厚望,因为宋义一直都在与他联手运作这件事。他们甚至亲自找到县委书记办公室,开诚布公地表达了这种愿望。宋义对县委书记说:"这个岗位上的同志要业务熟练,还要善于协调与市里的关系,陈英文同志摸爬滚打了这些年,再合适不过了。"县委书记很客气,说:"组织上会考虑你们的意见。你们放心吧。"

每次宋义去见县委书记,回来都会对陈英文说:"你的事我又跟书记提了。"

所以陈英文一直觉得局长这个职务非自己莫属。论年龄、学历、资历、能力，陈英文差不多都是唯一的，况且又有宋义的大力支持，很多时候，组织部门会把卸任领导的意见考虑进去。谁都没想到，局长会是空降兵，任命下来，陈英文一夜没合眼。

陈英文带着另外两位副局长把杨局长从乡镇接了来，从粉刷墙壁，到买办公用品，到床上用具，事无巨细，陈英文都周密考虑。陈英文跟谁都谈笑风生，但大家跟他说话都小心谨慎，知道他的心里不好受。就像有一句话常说的："输钱你别笑，笑也不自然。"杨局长的车和司机都是从乡镇带过来的，陈英文分管办公室，跟杨局长协商后，把小侯要过来给自己开车。这是新局长上任一周内的事。有人问陈英文为什么要用小侯，陈英文说，小侯岁数小，给我开车会很累。这是两层意思，是个令人信服的理由。因为陈英文每周至少要跑两趟市里，而他原先的司机老冯，都要退休了。

都要退休的老冯去督查办养老，自己也觉得莫名其妙。因为过去陈英文说过，要用老冯到彻底退休的那一天。事情的起因只有陈英文自己清楚。那天他参加了一个饭局，都是他的死党，给他消愁解闷的。其中一个死党出去小解的时候对他说："知道你的事坏在谁手里吗？"陈英文问：

身后事

"谁？"死党说："肯定是宋义。"陈英文说："不可能。他一直是力挺我的。"死党笑了笑，抖了抖裤子前门，说："他告诉你的？"陈英文说："他告诉过我很多次。"死党在狭窄的洗手间里搂着他的肩往外走，说："难怪你会败得这么惨，原来这么轻信人。"

陈英文在门口扯住死党不让他回座位，非让他把事情说清楚。死党笑了笑，说："宋义跟你关系怎么样？"陈英文说："我们关系一直挺好。"死党说："真挺好？"陈英文说："真挺好。"死党说："他外面养儿子的事也告诉你？"陈英文一下愣住了。死党用拳头捶了他一下，说："又没一起扛过枪，又没一起嫖过娼，你就敢说人家跟你好。他如果真对你好，你这次就应该上得去。这样才符合逻辑。"

酒没喝完陈英文就醉了。死党的话在他的胸口上结结实实扎了一刀。与宋义搭班子这几年，陈英文处处维护宋义，看宋义的脸色行事。在宋义面前，他从来不当自己是副局长，就是像个小兄弟那样伺候他、逢迎他。陈英文忍辱负重，就是考虑自己年纪轻，熬得过宋义。关键时刻需要宋义帮一把。陈英文还这样想：就是为了自己的身后事，宋义也应该把他陈英文推上去——谁不愿意自己的手下占下位子，以后给自己行个方便呢？谁知，这只是陈英文的一厢情愿。宋义怎么想的,陈英文一点不知道。

陈英文恨不得扇自己个嘴巴,他骂自己蠢,给个棒槌就纫针(认真),让宋义当猴耍了。

转天,他把小侯叫到了办公室,给他泡了杯茶,让小侯受宠若惊。陈英文慢吞吞地说:"侯主任,宋局长的儿子,上小学几年级了?"

小侯愣了一下,半天没缓过神儿来。陈英文背转过身给一盆花喷水,留出空间让小侯自己转弯子。陈英文想,宋义若是真有儿子,小侯在这种情形下,没有不说的道理。若是没有,他应该在第一时间就有反应。小侯的沉默让陈英文心里有了底。他继续说:"宋义有个女儿在国外留学,已经准备在那里定居了。如果有儿子,那一定是件蹊跷事。"小侯慌乱地站起身,接过陈英文手里的喷壶,嘴上说:"您咋还叫我主任,您再叫我就从这楼上跳下去。"

"那我叫你什么?"陈英文故意问。

小侯说:"过去叫什么还叫什么。"

陈英文说:"我果然没有看错你。能把宋局长的事办得滴水不漏。"

这话让小侯有点难以承受,他拿不准陈英文的话是什么意思。表面似乎是在表扬他,但直觉告诉小侯,陈英文的话，绝不是表扬那么简单。

小侯旋转着喷壶，把每一片叶子都喷得水灵灵的。小侯心底的话，从没告诉过任何人，他是个称职的司机。称职的第一要务就是嘴要严，不能把领导的私密说出去。可眼下的局面让小侯无路可退。人家没问宋局长有没有儿子，而是问他儿子上小学几年级。显见的事情已经无密可保，既然无密可保，小侯再做保密状，就是跟自己过不去。宋义的时代已经过去了，眼下说出一件别人知晓的事，不算对不起人了。小侯说服了自己，告诉陈英文那孩子叫宋奎奎，上小学五年级了。母亲是东北人。

陈英文让小侯喝茶，小侯把茶杯端了起来，却没往嘴边放。陈英文又问："你是什么时候知道宋局长有儿子的？"

小侯像个姑娘似的腼腆地笑了笑，说："老早就知道。"

陈英文说："如果今天我不问你，你不会主动说吧？"

小侯塌下眼皮说："不会。"

陈英文在他的肩膀上拍了一掌，说："好样的，这才是个当司机的样子。从明天开始，你就给我开车吧。"

6

运动鞋和运动衣是早就备好了的。宋义平时根本没时间运动,所以那些衣服都没怎么上过身。现在不同了,退休赋闲,运动就成了必修课,否则那么长的时间如何打发!他也再不能穿正装了,倘若一个退下来的人还穿西装、扎领带,好听的话,别人会说你有毛病;不好听的话,有人会说:"喏,那个人,还以为自己当官呢。"

一宿觉睡得有盐无味。宋义早早爬起身,穿了运动衣下楼。有人跟他打招呼:"宋局长早!"他笑着说:"退下来了,就叫我老宋吧。"他发现,跟他说话的人一点也没减少,谁都没把他离退的事当个事。他有些自得地检讨自己工作的这半生,为人不少,伤人也不少。但总体来说,为的人比伤的人多。想到这一点,他的腰背拔直了,走路的时候腿上也用了劲。原本他想走一条人少的路,可转念一想,他随着人流走向了广场。刚开始,他脸上还有点磨不开,总感觉别人打量他的眼神跟平时不一样。过去的一个同僚早退休了两年,见了他打招呼:"也出来了?"宋义脸上的笑容僵持了一瞬间,但很快云消雾散了:"这话说的,好像是我'进去'过似的。"

那人说:"平安着陆,平安着陆。"

俩人的手握到一处,都哈哈大笑起来。

宋义年轻的时候,得罪过很多人,那时他在乡镇主管计生工作,获得了"拼命三郎"的美誉。许多手段和计策,现在早成了笑料。那时镇政府坐落在一处山脚下的高坡上,坡下就是一条乡村柏油路,为了更好地发现"大肚子",他给自己买了个望远镜,没事就站在政府的水塔上,手举望远镜瞭望。这事当年作为正面新闻上过县广播站的小喇叭,后来被人演绎了,说他终于"照"见了一个"大肚子",不由分说把人拉到了县医院,上了手术台,才发现是个三年级的小学生,肚子大只因为胖。那时宋义不拿得罪人当回事,只知道拼命工作,拼命完成数字。好在他那时得罪的都是村里人,后来进了城,才慢慢领悟了人际关系的重要。临退时给局里那么多人解决了待遇问题,真可谓浓墨重彩,一般人都没有那样大的手笔。

广场上有许多健身器材,单双杠、吊环、拉力架,还有许多叫不上名字的器械供人锻炼身体。宋义站在了双杠下面,往上一蹿,两只手臂沉重地把身体支撑了起来,却脸红心跳,心脏如同响鼓。运动员的那种起落行为,脑子里有,反映到手臂上,却那么力不从心。他年轻的时候是个臂力超群的人,能单手提起一麻袋麦子。也就二十年的光景,这身体就糠了。一个不留神,宋义从双杠上掉了下来,左腋窝被坚硬的钢管卡了下,宋义情不自禁叫出了声。因为身体重、目标大,他一下子吸引了很多人的目光。宋义觉得丢人,赶忙撤向广场的外围,顺着花丛中的小道转了大半圈,发现另一端才是老年人的天下,练拳的、习剑的、手握着手谈心的。有人挥着"地书笔"在花岗岩地面上写大字,那些笔都半人高,有的是铁杆的,有的是PC的。铁杆笔规矩得多,看上去沉实,杆有力、笔头如橡。PC笔则是自己加工制作的,把里面的铝线抽出去,把矿泉水瓶剪成圆筒状,一端包裹海绵做笔头,一端与PC管对接。左手处有一只小水桶,笔锋干了就到水桶里蘸一蘸,周围围着许多人。宋义有点好奇,他不懂书法,从没见过用半人高的毛笔写字的。他走过去歪起脖子看,见那人手持巨笔龙飞凤舞好不潇洒,写的却是个一笔虎。宋义不由"喝"了一声,那人一抬头,宋义下意识地扭身就走。宋义一边走一边懊恼,心想,真是冤家路窄,怎么就没看出那人是刘柏顺。

刘柏顺又不是吃人虎,怎么倒让自己张皇起来了?宋义对自己不满意。

对于刘柏顺,宋义可说是仁至义尽。当年他求宋义给女儿安排工作,宋义手上正好有个名额,被县里的几个头头紧盯着。宋义深知厉害,这个名额不论给了谁,都会伤了其余的人。经过反复权衡,宋义把这个名额给了刘柏顺。他们一茬兵一共九个人,宋义是混得最好的,刘柏顺是混得最差的。有一次,几个人撺掇聚会,刘柏顺多喝了几杯,坐在墙角呜呜地哭。他那时在水泥厂刚下岗,生活没有着落。宋义心生同情,拍着胸脯说,以后有困难,尽管来找我!

因为这句承诺,宋义不得不践行。因为践行了承诺,宋义赢得了不少好名声。谁都知道这年头一个名额价值何止千金。大家都觉得宋义仗义。

宋义每每想起这件事,都会觉得自己品德高尚。

那个酒器不值钱,是民国年间仿造的。这种真的假的文物宋义手里有几件,专门找人做过鉴定。相熟官员中,有人喜欢收藏,宋义转手送了人。送谁了,当然没有必要说出来,就像刘柏顺追得再紧,宋义也不可能像他一样,把送出手的东西要回来。人与人的区别就在这里。

眼下宋义躲刘柏顺,不是因为亏欠,是因为有些事情不好说,不好说就不如不说。

刘柏顺提拎着地书笔就来追宋义。宋义往广场门口走,刘柏顺情不自禁就在后面跟着。刘柏顺也不知道自己为啥要跟着宋义,就像鬼使神差,宋义转身的一刹那,刘柏顺一手拿笔一手提桶,脚步不由自主就迈开了。他们像一个人和一个人的影子,彼此无干却有牵扯,影子须臾离不开人,而只要在日光下,人就离不开影子……刘柏顺盯着宋义的身影,有几次都险些撞到迎面走来的人。可他并不是紧追,宋义走他就走,宋义停他也停。宋义转过身来,他就转过身去。他也不愿意与宋义打照面。有啥可说的呢,没啥可说的。那天从宋义的办公室出来,刘柏顺就死心塌地了,他决心与那件吃人虎永别了。可永别不意味着不惦记,那就像送出去的一个孩子,跟了别人的姓,但骨血还是自己的。所以刘柏顺很难在一时半会转过弯来。刚才宋义围观他写字,四目相对时,如果宋义不转身走,他顶多跟宋义点个头——他们现在也就剩点个头的交情了。那天在办公室,宋义把玻璃杯摔到了墙上,玻璃渣子崩到了刘柏顺的脸上,刘柏顺就把啥都想明白了。他庆幸飞到自己脸上的只是玻璃渣子，而不是整个玻璃杯。那样自己能不能走出那间办公室，就难说了……宋义加快脚步走到外面的马路上，正好有一辆出租车停在路边，宋义拉开车门坐了进去，车朝前行驶，他朝后观瞧，看见刘柏顺已然站在了出租车停靠的树底下，像个呆瓜一样望向自己。

宋义幸灾乐祸地想：你不舍得打的了吧？

7

宋义今天没想到尚都小区来。他想再过几天，最起码，要等韩学影先打电话，服个软。这一段时间宋义和韩学影的情感有些微妙，宋义有些犯含糊：这种微妙是源于韩学影，还是源于他自己？上一次见面的不愉快，是因为很小的事。那天宋义像往常一样周末来吃晚饭，却发现家里锁着门。他打了几次电话韩学影都没接。后来韩学影把电话打了过来，说她带着奎奎在超市买菜呢。

吃饭的时间买什么菜！宋义有点搂不住火。

韩学影解释，明天奎奎要跟同学出去玩，在外面野餐，顺便也把野餐的食物准备齐。按说这是一个说得过去的理由，可宋义的怒火被勾了起来，一时半会儿很难平息。这种情况过去从没发生过。韩学影总是早早备好了饭菜等宋义，转眼已是十几年了，都形成了传统。宋义什么时候推开家门，酒菜都在桌子上摆着。韩学影忙前忙后，接过他的包，帮他脱外套，然后脸对脸跟他喝两盅，然后才干应该干的。她跟着宋义十几年了，待在一起的时间仍然只用小时就能计算。宋义一周来两次，每次都不会在这里留宿。他妻子有冠心病，他怕她夜里犯病。

也幸亏他俩能将事情瞒得铁桶一样。十几年了，宋义的老婆王芳连一点风声都不知道。宋义对老婆好是出了名的，他一年四季爱穿白衬衫，却从不让老婆洗。他说老婆摸不得凉水。

韩学影比宋义小十四岁，是宋义买手机的时候认识的。认识了，有感情了，就买房安家生儿子。像生活中的许多婚外情一样，故事的路数没什么两样。不同的是，他们的故事一直在地下行走，这些年，连一点波折都没有。这要得益于韩学影的懂事，从不让他操心。但最近，他有点操韩学影的心，那天韩学影迟迟没回来，让他生出了不好的想法，他觉得韩学影在故意怠慢自己。怠慢的缘由，当然与自己的离职有关。

身后事

韩学影回来时,屋里已经黑了,再加上烟雾,奎奎一进来就嚷呛嗓子。宋义已经坐成了一尊雕塑,若不是嘴巴偶尔动一动,让烟卷冒烟,他都要睡着了。韩学影奇怪地说:"你咋不开灯?"他没吭声。看见儿子奎奎,宋义的心早化成了一汪糖稀,但他没有像往昔一样,跟儿子打招呼,他端着。奎奎喊了一声爸,就去了自己的屋里。韩学影提着一袋子东西进了厨房。她知道宋义生气了。宋义这个大男人,有时会显得气量小。在一起十几年,韩学影把他摸得透透的。往常,韩学影做好一道菜,就会端出来放到餐桌上。她像蝴蝶一样飞进飞出,她知道,宋义喜欢看她为他忙碌。这天也是赌气,她故意把所有的菜做完才一起往外端。这样时间就显得长了,给宋义的印象是,韩学影进了厨房再也没出来。宋义刚刚柔软起来的一颗心又逐渐凉了。房子是宋义买的,但房本写的是韩学影的名字。这里是他额外的家,也是一份额外的感情寄托。可这种寄托很脆弱,最起码眼下是这样。他坐在这里,越发觉得脆弱得不行,自己就像个外人,遭了主人的冷落。宋义摁灭了抽了半根的烟,跟谁也没打招呼,拎起外套夹着包走了。

韩学影做好了饭菜却没人吃,坐在那里赌了半天气。下班时间她从不给他打电话,这是宋义定的规矩。

而宋义一直在楼下的花园里转,他想接了韩学影的电话再回家。宋义的设想是,韩学影端着饭菜出来,看到客厅没人,第一件事就是在围裙上擦手,给他打电话。

夜空就是这样拉长了两人的距离,宋义抬头看着十七楼的灯火,看了很久。

今天纯属有些慌不择路。在出租车上,司机问他去哪,他挠了一下头皮,差点说去机关。心里忽悠了一下,才意识到司机不是小侯。眼下还不到六点,去哪都不合适。于是他说去尚都小区。电梯在十五楼停下了,宋义下来,然后顺着楼梯爬到了十七楼。他每次来都不会让电梯在十七楼停留。下楼也这样。他在这些细枝末节上总是特别注意。用钥匙开了房门,前后的窗帘都遮得严严实实的,屋里的光线很暗。一股隔夜的饭菜味从厨房飘进了客厅。他先去了儿子的房间。奎奎在熟睡着,歪扭着身子,被子的一角在身上搭着。宋义给儿子抻了抻被子,在床边坐了下来。对这个老来子,宋义一直有种奇怪的感觉,他疼儿子、爱儿子,似乎总也不嫌多。但转过脸去,他经常想不起儿子的样子,他要看看手机里儿子的照片。照片被处理成了小童星模样,任谁也不会怀疑他与孩子有关。他生儿子那年

身后事

已经四十六岁了,虽然干部履历上要小两岁,可这两岁非常紧要,因为他在那年突然发现自己眼花了。文件上的字总也看不清楚,那些黑色的方块一片模糊。利用去市里开会的时间,他偷偷去医院配了老花镜。镜片是进口的,镜框是镀金的,架在鼻梁上自己都觉得不同凡响。可他不愿意让别人看到他戴老花镜的样子,镜盒固定放在办公桌抽屉的一个角落,听到有敲门声,他会快速摘下眼镜放进抽屉里。

这一切都是因为他又要当爸爸了。他曾经哀求韩学影打胎,他说自己老了,没有本钱折腾了。可韩学影不这样想,那年她已经三十二岁了,无论生理还是心理,都输不起了。她常常觉得自己一点也不比宋义年轻。所以韩学影只能选择一搏。她对宋义一直还算满意,买房买车都是次要的,虽说他从不在这里过夜,可她能看到他的心。他心里有她和儿子,这已经够了。韩学影在东北老家生了孩子,正是滴水成冰的日子,孩子抱回来,都已经过百天了。

写字台上摊着奎奎写的作业,宋义拿起来看了看,还默算了一个算式题。儿子算得对,就是字写得潦草。这样家庭的孩子跟单亲家庭差不多。宋义有些心酸。除了头上的那顶乌纱要照应,还有妻子的病,和远在国外的女儿,这些都不允许他把这一对母子暴露在光天化日之下。过了这道坎吧。过了这道坎就多和他们在一起,如果没有什么变故的话。这个想法让宋义不安了一下,如果有变故,能是什么变故呢?他的身后没留尾巴,他有这个自信。宋义从儿子的房间退了出来,在客厅的沙发上坐了会儿。就那么坐着,什么也没想。其实他此刻身体鼓荡起一股热情,特别想进韩学影的卧室,从上次分别,已经整整一周了。这一周里谁都没联系谁,这在过去从来没有过。

屁股抬了起来,却迈不动腿。这个时候进,他觉得没意思。一点意思也没有。卧室里突然传出了拖鞋踢里踏拉的声音,宋义毫不迟疑,从房子里出来了。

宋义在门口站了会儿,他想应该在房间里留下点痕迹,证明自己曾经来过,或者提醒韩学影晚上要记得房门应该上保险,免得从外面一捅就开。但想法在脑子里一闪现,就被宋义否定了。

他走了两层楼梯,然后进了电梯。

楼梯口对着外面的小马路,马路旁的商贩异常忙碌,一簇一簇的丁香都快被刷锅水浇死了。他从一个煎饼摊旁边过,无意中往对面看了一眼,他激灵一下,眼神被撞了回来。

刘柏顺打了个三轮车追到了这里,他在楼道里逛了半天,然后等在了一棵树下。

8

刘柏顺每晚都窝在屋里不出来。刘漓和母亲在客厅看电视,怎么喊他,他都无动于衷。刘漓知道父亲这些日子心里不好受。刘漓的心里也不好受。那天小侯闲着没事来找刘漓聊天,小侯问:"宋局长为啥摔杯子,你爸得罪他了?"刘漓吓了一跳,问:"你咋知道我爸来过?"小侯说:"这种事情哪能瞒住人,机关里的人都知道。"刘漓原本在椅子上坐直的身子,一下委顿了。局里人全知道了,那就是人言可畏了。那天看见父亲去了宋局长的办公室,她就成了热锅上的蚂蚁。有好几次,她都想借着送信的机会去探听虚实,但没敢。她知道,父亲一定是为那件虎食人卣来的,这让刘漓感到慌愧。不管那件古物价值多少,父亲都应该忘了它。除了忘掉没有其他路可走。只是父亲不认同她的看法。父亲觉得,宋义没有拿他的古物当回事。他不当回事,那就只能自己当回事。否则,就对不起那个古物。

父亲找出的理由多么可笑啊,刘漓跟父亲大吵了一次,慌得李桂红不知道站在谁的一边才好。那天刘漓实在是给逼急了,点着两个人的脑袋说了句狠话:我怎么有你们这样的父母,丢人现眼!

家里一下子就安静了。刘柏顺悄没声地退回了里间。

清凉的眼泪落在干燥的皮肤上,刘柏顺用力抹了把。这是朝向阴面的一间卧房,左右墙上拥挤着刘柏顺的画,兰草、牡丹、梅花,一团祥和。刘柏顺自打年轻的时候就喜欢涂涂抹抹,写字像字,画画像画,也因此赢得了李桂红的芳心。他们是在一次厂办搞的联谊会上认识的,那时的李桂红,把刘柏顺的才华看得重,他写的每一片儿字,李桂红都好好保存。后来他们结了婚,这个局面轻易就改变了。家里墙上的字画年年换,是因为刘柏顺年年都有新作品。新作品上墙,老作品就被李桂红团成废纸,丢进垃圾箱。不管新老作品,李桂红统统视它们如粪土。李桂红既心疼纸,又心疼墨。这种心疼持续了很多年。刘柏顺也想让墙上的这团祥和平复自己的内心,书画不是可以修身养性吗?可刘柏顺发现,平复只是暂时的,不平复才是永恒的。他每天睁眼闭眼吃饭睡觉记挂的都是那只吃人虎,他仿佛觉得自己的整个人都已经落入虎口中,他出不来了。

过去刘柏顺有空就会站在画案前，左手拎着右袂袖，悬腕泼墨，怡然自得。自从偶然看到了有关虎食人卣的电视节目，他的生活习惯一下子就被打乱了。他的心乱了，是因为魂丢了。他花一百多块钱买了本砖头厚的《古玩鉴赏》，那件商代的虎食人卣就在书中的某一页，那一页都被刘柏顺翻烂了。

女儿不理解他，这是真正让他伤心的。他那天去刘漓的单位，偌大的院子里，停着一片小汽车。他故意在车与车之间多穿行了几趟，好好看了看那些车的品牌。他当时就想，这要是有一辆属于刘漓该有多好啊。大热的天，刘漓每天骑着车子上下班，头发湿得一条一缕的。刘柏顺倒不是心疼女儿，而是觉得女儿应该有身价，有身价才能嫁到好人家。

过去画画写字，屋里总是灯火通明。如今，一盏瓦数很小的台灯开在案子一角，刘柏顺和整个房间都成了一片阴影。刘柏顺的心事，在这片阴影中合着自己的节拍跳舞，越来越沉重，也越来越迷离。

星期六一大早，刘柏顺提着水桶拿着地书笔去广场写地书。广场写地书的不止他一个人，但他是几个人中写得最好的。他写的时候,周围经常围着许多人。刘漓还在睡懒觉,李桂红推门进来了。李桂红扎着围裙挽着袖子,显见得是刚从厨房出来。李桂红说:"该醒醒了,饭都熟了。"刘漓其实早就醒了,她在望着屋顶想心事。刘漓问:"我爸呢?"李桂红说:"去广场了。"刘漓说:"等他回来一起吃吧。"李桂红:"他回家哪有准头,写高兴了也许一直写到晌午了。

这段刘柏顺总也不按时回家,李桂红都习惯了。刘漓伸了个懒腰,爬起了身,披了件外套先去了厕所。她刚坐在马桶上,李桂红就追了过来,把厕所的门推开了。李桂红说:"你爸啥都不跟我说……那个吃人虎,你说要得回来不?"

刘漓的火"腾"地窜上脑门:"你先把门关上!"刘漓发出了一声怒喝。

李桂红吓了一跳。手一抖,门"砰"地撞上了。

刘柏顺人在操场,心却不在笔下。他的一笔虎,行、草、隶、大篆、小篆都烂熟于心,根本就不用眼睛盯着。他总四下里看,看有没有他要找的人。至于找到了干什么,其实什么也不干。没啥可干的。可他就乐于找,不找就觉得心里不舒坦。他对自己说,他不是为了钱,他是为了吃人虎。

夜里做梦吃人虎掉黑色的眼泪,像铁球一样。吃人虎也在受委屈。阳光最先照射了广场,明晃晃的,让人睁不开眼。怕晒的人及早回去了,广场便越来越空旷。没有看到要找的人。刘柏顺提着桶拿着笔上了过街天桥,来到了另一个公园。这个公园在山脚下,还有浓重的暗影。打球的、跳舞的、练剑的,都忙着。这里是砖墁地,不能写地书,所以刘柏顺不是来写字的。他绕着公园转了两圈,终于看见了目标。宋义正站在树荫底下跟人说话,看见刘柏顺,他厌恶地吐了口痰,把脸别了过去。宋义今天想好了,他不欠刘柏顺的,他不怕刘柏顺。刘柏顺就在他身后站着,提着桶,拿着水笔。阳光把他晒得冒油,他使劲睁着眼睛朝这边看,像个傻子一样。

宋义说的是个笑话。这几个人都曾是各大局的一把手,都是这批"一刀切"切下来的,所以他们有共同语言。宋义说的是当年在乡镇工作的事。说一个副镇长喝醉了酒,骑车下乡时,看见路上有两只狗在狗扯连环,就站在马路中间。副镇长很生气,心想你们耍流氓就罢了,怎么也不找个背人的地方,都说这个时候的狗扯不开,我倒想看看到底扯不扯得开。他紧蹬几下脚蹬子,朝两只狗的中间撞了过去。狗发出了惨叫,没开,却一起摔倒了。副镇长摔出去五米远,半边脸让马路搓没了皮,炉灰渣子都扎进了肉里,后来成了麻子脸。这个人大家都认识,所以都听得兴趣盎然。几步外的刘柏顺却木木的,阳光似乎都照进了他的脑子里,他的眼前光芒万丈,却也一片模糊。那些人说够了,各自回家了。宋义像是长了后眼,顺着路边悠悠地走。他今天决心遛一遛刘柏顺,到街心公园转了好大一个弯子。

刘柏顺一直在他身后跟着。

这里叫富达小区,宋义住三楼。走到楼道口,宋义回头望了一眼,刘柏顺没有跟上来。他快步上楼回家,来到了窗前朝外望,见刘柏顺就坐在花坛旁的水泥墩上,小水桶放在脚边,上面横着杆毛笔。

老婆王芳不犯病的时候像好人一样。她把早餐摆好了,喊宋义吃饭。宋义嘴上答应,却没动地方。如是三回,王芳有了好奇,也走过来朝窗下看,见花坛旁边坐着两个人,正勾着头说话。

他们说着说着,就朝楼上指。王芳好奇,推开了窗子,楼下的人站了起来,喊:"老宋在家吗?这人是找老宋的!"

9

没人对刘漓说什么,但刘漓感觉到了机关里的气氛怪怪的。那些新提拔的人,工资刚长上去,悄没声地又降下来了。刘漓是从小侯的工资单上发现的。发现了,却什么也没说。新来的杨局长是个温和的人,从不大声说话。他闷,机关里的空气也跟着闷。同事之间彼此打招呼都在嗓子眼里,这一点跟过去截然相反。宋义喜欢讲笑话,整个机关都响声大气。过去总有人到刘漓这里来串门,各种消息能在这里汇集。杨局长给机关新定了制度,工作时间不准脱岗。刘漓整天一个人待在办公室,实在无聊,就站在窗前看街上的行人,不远处是一条小吃街,永远是一番忙碌景象。烤串的、做米粉的、蒸碗坨的、卖贴饼子熬小鱼的……有的摊位总排着长队,有的摊位总冷冷清清。

刘漓有时候会设想,如果自己没有这份工作会干些什么?会不会跟小吃街的人一样辛劳?答案是肯定的,看看父母就知道了。那个时候,李桂红绣鞋垫在街上卖,她的手艺好,能把并蒂莲绣活,但也一天一天不开张。刘柏顺在一个卖场给人家守仓房，夜里经常睡不了觉。刘漓参加工作以后，他们才觉得宽松。刘柏顺首先辞了工，他辞工不是因为自己干不了，而是不想因为自己的工作不体面，影响女儿的前途和发展。女儿是在机关工作的人，他不能给女儿丢脸。

宋义不喜欢刘漓，但刘漓的心底总怀着一份感恩。那个吃人虎带给她的是淡淡的忧伤，那抹忧伤像雨天的彩虹一样斑斓，太阳出来就没了踪影。刘漓想的是，假若虎食人卣仍在自己的家里，肯定也还是躺在那只能拉半截的抽屉里，身上裹张旧报纸，一年两年都未必有人打开看它一眼。刘漓只在翻找东西时偶尔看过它，从没听说过它是个贵重玩意儿。

所以刘漓拒绝对这件事产生联想。

一早上班，副局长陈英文亲自过来拿报纸。刘漓刚把报纸分好，还没来得及去送。陈英文拿着报纸走到门口，忽然想起什么似的回头说，你今天别出去，过会儿有人找你谈话。刘漓想问谁找我，谈什么，话到嘴边又觉得多余。陈英文却看出了她的心思，说也不用紧张，是组织上例行谈话，你知道什么就说什么，不知道呢，也不用强迫说。

刘漓打了一个愣，心说：什么叫强迫说？谁强迫说？

身后事

谈话是在杨局长的办公室进行的,杨局长却不在,谈话的是两个陌生人。刘漓对这里不陌生,每天出出进进的不知有多少次。送报纸信件,客人来了沏茶倒水,杨局长有时喊她买东西。刘漓发现,杨局长比宋义让她觉得轻松。比如,有时需要买些水果,无论刘漓怎么千挑万选,宋义从来不满意。不是生了就是熟了,不是大了就是小了,不是贵了就是贱了。刘漓从来就没有把事情办对过。杨局长却是另一种作风,东西买来了就放下,也不瞅。每次都让刘漓拿两个去办公室吃,让刘漓觉得自己就像个孩子。

谈话的这两个人,一个年长些,一个年轻些。他们让刘漓坐到待客的沙发上,出于习惯,刘漓想给他们的杯中倒水,年长的拒绝了。刘漓这才有些惴惴,看那年长的面沉似水,两只大眼睛,在眼眶里四处游动,眼球就像乘着皮划艇一样。他手里拿着一支老派钢笔,还在做写字状。其实,写字的是坐在对面的年轻人,他的钢笔只负责在纸上画符号。

看了刘漓一阵,他才开始问问题。

年龄、出生年月、参加工作时间、父母的名字、身体及家庭状况……人家问什么,刘漓答什么,一句话也不多说。刘漓这个时候有了警觉,所谓的例行谈话,绝不是例行那么简单，果然，问题停在了刘漓的工作年限上，刘漓怎么进的机关，人家对这个问题特别感兴趣。刘漓想了想，内心紧张，但口气淡淡。刘漓说自己大学毕业，在家待业半年，恰逢这里需要文秘，自己分别用中英文写了两份报告，就这么录取了。刘漓说的都是实话，但在关键节点上，进行了适度删减。年长的问为啥要写英文报告，是规定动作还是自选。刘漓说自选。当时她刚过英语六级，也想检验一下自己的英文水平。年长的不易察觉地点头，看着窗外。窗外是梧桐树影，硕大的叶子，都映进窗里来了。年长的问，听说你父亲跟前局长宋义是战友？刘漓点头称是，心下一片警觉。那人用钢笔写了一个大大的字，问刘漓念什么。刘漓吓了一跳，那是虎食人卣的"卣"字。

年长的说，一般人念不出这个字。

刘漓一下子出汗了。

那人问这个"卣"字当什么讲。刘漓说，是古代盛酒的容器。那人说，我对这个字陌生，你多说几句。刘漓字斟句酌，但说起来很流畅：卣的基本形制为扁圆、带盖、短颈、鼓腹、圈足、有提梁，还有少数为圆筒形、方形和圆形……那人打断了她：你听说过虎食人卣吧？刘漓的汗顺着额头都流进了眼里，她想擦一擦，身体却僵硬着，一动不敢动。那人笑了笑，说你别紧张，我们今天就是随便聊聊天，你别有负担。说着，从办公桌上的纸抽里抽出两张面巾纸递过来。刘漓赶紧上前去接，那人重重看了刘漓一眼，说希望你实话实说。

刘漓嘘出了一口气，有了方向，她突然镇静了。

刘漓详细描述了虎食人卣，说资料都是从网上看来的。家里曾经有过这样一个小玩意儿，却没当回事，被父亲送给了战友。父亲以为那个东西也许会值些钱，资料上说，只有商代和西周的时候才流行。其实各个朝代都有仿制品。那人说，你怎么断定你家的那个是仿制品？刘漓笑了笑，说真正的虎食人卣只有两件，在湖南的安化和宁乡交界处出土，都流落到了海外，一件在日本的泉屋博物馆，一件在法国巴黎市立东方美术馆。父亲在涿州当兵，离湖南千里之遥，那里不可能有国宝级的虎食人卣。那人说，这个信息，你父亲知道吗？刘漓说，父亲年龄大了，思想僵化，他只看电视，不相信网上的信息。刘漓无奈地摇头，说人老了真是可怕，许多想法比小孩子都幼稚。那人紧张的脸孔逐渐松弛了，问如果是商代的虎食人卣能值多少钱，刘漓说，这个她也查过资料，用价值连城根本不足以形容。

又聊了一些别的，都是闲话。那人问刘漓在哪毕业，有没有男朋友之类，和蔼亲切。刘漓一一作答。刘漓偷眼看那个做记录的人，这些闲话没有记录在案。末了，那人叮嘱刘漓，今天的谈话保密，任何人也不要说。

"任何人。"那人重申。

刘漓站起来说："您放心吧。"

从那间屋子出来，刘漓的后背又湿又凉。她庆幸这段时间翻查了些虎食人卣的资料，才有话可说。

10

宋义来得晚，另几个人在树下的阴凉里已经聊了一阵子。看见宋义过来，土地局局长先撤了，他要回家看孙子。与宋义擦肩而过时，他突然在宋义的耳边说了句："那人又来了！"宋义一回头，刘柏顺就在不远处跟着，一手拿着笔，一手提着桶，闷着头走。宋义没奔人群，从远处打一声招呼，便往山根底下走。他的心一下乱了。不是因为刘柏顺又来了，而是因为土地局局长那句话。他没想到这件自己没当回事的事，被别人当回事了。只是不知道被别人当成了什么事，怎么就让别人当回事了。"亿元大案"的消息不胫而走,整个县城似乎形成了龙卷风。宋义身居其中,却不知坊间流传。宋义闭紧了嘴,一下一下地登台阶。登一下,骂一句。当初帮刘柏顺,根本没指望他回报。那个吃人虎,宋义没有看入眼,就是因为那虎看着不太平,宋义才随手送了人。见过没良心的,没见过这样没良心的,过年过节都不知道送瓶酒……宋义一生做过的所有事中,没有哪件事比这件事更品德高尚了,这曾经是他骄傲的资本,可没想到他居然栽在这上面,像贼一样让人追着走……要是当时不要这个吃人虎就好了,不想要。可不要怕刘柏顺不乐意,他得坐地上哭……很多难听的话,宋义都在心里反复折箩。他把拳头握紧了,特想揍这人一顿,瞧这人那个枣核脑袋干巴样,生来就是挨揍的相!怎么就不能揍这人一顿呢,走到山后头,找个没人的地方,狠狠抽他两耳光……主意已定,宋义回头看了刘柏顺一眼,刘柏顺也在看着他。太阳白花花的,路上只有零星下山的人。宋义越走越觉得窝囊且寂寞,拿出了手机。这个韩学影,怎么就连个消息都没有。韩学影的手机关机了,奎奎的手机也处在关机状态。宋义正要重复拨,一个电话打了过来,是一个固定电话号码。

"是宋义局长吗?"对方问。

"你好。"宋义说。

对方说:"您现在在哪?"

宋义问你是谁,对方说我是纪委的小姜,李书记请您过来一趟。宋义扭头就往回走,从刘柏顺面前过,甚至没想到这是一个与自己有关联的人。宋义此时的状态,就像在职时听到领导召唤一样,招之即来。刘柏顺没有跟上来,他慢慢地在山路上蹲下了。他觉得宋义一会还会回来,路刚走了一半,他咋能不回来呢?

坐到出租车上,宋义调出了那个号码看,头"轰"地一下大了。纪委找他,原来是纪委找他!出租车开得飞快,宋义一再说慢点慢点。他得想想。在位的这些年,没得罪人吧?陈英文扶正的事,他尽力了,可最后组织上有别的考虑,不赖他。还有别的一些事,哪个屁股没擦干净?各个都擦得干干净净啊!来到纪委楼下,宋义已经平静了,李书记是副书记,他们在乡镇的时候搭过班子,关系不错。可他为什么不亲自打电话,而让办公室通知呢,还是公事公办啊!

来到李书记办公室,两人握手。宋义想开个玩笑,却没说出来。公务员小姜忙着倒茶,宋义原本已经落座了,却又被小姜请了起来,原来这是他的位置,笔记本摊开在沙发扶手上。李书记一句客气话也没有,直奔主题。说最近组织上接到一些反映,宋义同志在职时的一些问题群众有些看法。既然有看法,就得说清楚,不能让看法成为误会,不能让误会成为冤枉。县委曹书记对这件事情很重视,特别指示一切从关心干部出发,决不让社会上的流言蜚语滋生蔓延,给干部造成伤害。伤害的是个人,影响的是组织。这个意思你听懂了吗?宋义连忙点头,听懂了。傻子都听得懂。有信访,但没大事。主要领导想息事宁人。是的。哪个当家的都不希望家里闹地震,还不光是脸上不好看,就怕火烧连营。李书记问,最近市面上的谣传你听到没有?说咱们县里有了亿元大案。一说有亿元大案,有人就像打了鸡血,尤其是一些离退休的老同志奔走相告,还有人专门来纪委打听情况。看宋义一脸茫然,李书记点化说,听说有人送了你一件文物,国宝级。宋义这才恍然大悟,心里一下子凉快了,嘴里不由骂了一句:"刘柏顺这个狗娘养的。"他摸出烟来让李书记,李书记拒绝了。他自己点上了一支。一口烟出来,也把心底的积郁喷了出来。他开始从头到尾解释这件事。这件事既有人证,又有物证,所以很好说清楚。来龙去脉,前因后果,宋义一点不用隐瞒。李书记频频点头,说好在已经有人跟你的说法一致。

宋义问,谁?李书记说,你们局机关,一个叫刘漓的姑娘。宋义说,是刘柏顺家的丫头,她倒还有点良心。李书记说,多亏不像社会上传的那样,否则谁都救不了你。不过,这件事已经造成了恶劣影响,不能任由发展。你自己的事,你自己解决。把东西给人家还回去,别因小失大。让人捅到网络上,变成燎原大火,不定有多少人给你陪葬。这不是我个人的意思,你既然已经平安着陆,就要着陆到底,别给组织抹黑。

宋义说:"送了人的玩意儿再上门去要,我说不出口。"

李书记说:"别死要面子活受罪,你这是摊上事儿了。"李书记笑了下,模仿小品里的腔调说:"摊上大事儿了。"

宋义嘴硬:"我一个离职离岗的人,怕个毛线。"

李书记说:"我这是代表组织跟你谈话,你嘴巴干净点。"

宋义说:"反正我是身正不怕影子斜。"

李书记不耐烦了:"工作谈完了,我们聊点别的吧。"

小姜知趣地合上笔记本,站起身跟宋义打声招呼,带上房门出去了。屋里只剩下了两个人,李书记严肃地看着宋义,不说话。宋义有点发毛:"你别这么看我,我没算犯到你手里吧?"李书记说:"你也是在官场混了一辈子的人,居然这么天真。你以为别人举报你就这一宗一件?"宋义心里一动，不由坐正了身子。"还有什么？"李书记说："你自己想想还有什么。"宋义含混地说："咱的人品书记又不是不知道……我保证身后事干干净净。"李书记嘲讽说："就别给自己唱颂歌了，那些颂歌恐怕只有你自己信。给墙体刷了遍浆你就花了一百五十万，车库饭堂那一溜平房你花了三百万，都经得住审计？还有巨额财产来路不明，韩学影是谁，宋奎奎又是谁？住洋房开宝马，宋局长真是革命生产两不误。"宋义傻了，原来组织上这么清楚。李书记拉开了办公桌的抽屉，拿出来一个信封往桌子上倒，里面是一沓照片。第一张就是宋义低着头往楼梯口走，那里有一棵很大的白玉兰，春天开团团的大白花。眼下是翠生生的叶子，宋义一眼就认出了是尚都小区。

往下就像电视连续剧，宋义从楼梯口出来，摸出钥匙开门，进门，关门，都是非常清楚的一张脸，然后又是出门，定格。宋义脸上的神情似乎若有所思。宋义记得那一刻，在想是不是给屋里留点踪迹，但很快就又否认了。下楼，是斜起来的半个身子，显见得镜头是个夹角。然后是另外一个男人出门，这个人年轻，板寸，一张周正的脸，眉梢有点短。宋义多看了两眼，这面相怎么那么眼熟呢！然后一组镜头是奎奎和韩学影。韩学影先到电梯，奎奎背着大书包出现了。电梯闭合,是母子两个向上看的合影,是在看电梯上面跳动的数字。然后就是楼下的院子里,韩学影打开白色宝马车的车门,奎奎背着书包往车的方向跑……宋义的两只脚,沉得像是要把地钉出坑来了,他仔细看照片上的穿着和拍摄时间,发现就是最近去尚都小区的那个早晨!气愤充满了他的身体,他觉得自己都要爆炸了。他火气很冲地问:"谁,谁干的?"李书记说:"人家是匿名发来的信,你问我,我问谁?"

宋义不知道如何解释自己,张着嘴喘粗气。

李书记似乎对那个陌生男子感兴趣,拿出照片给宋义看:"这个人是谁?"

此时的情景,应该有多种解释,一大早,你和一个男人从一个房门里出来,你们是什么关系?他们又是什么关系?就像有刀在宋义的心尖上划了一下,血像沟渠里的水一样被阻塞。这一刻,宋义才是真正猪油蒙心了,仓促说:"孩子的舅。"

宋义完败。

11

快递公司的人敲门,端着一个方方正正的纸箱。家里没人网购,所以刘漓有点犹豫。仔细核对了投递地址和姓名,投递员把纸箱扔到了地上。刘漓喊:"爸,是不是有人给你寄东西?"刘柏顺从里间出来,蹲下身去,翻过来调过去地打量纸箱。投递员不耐烦了,说你们慢慢研究,我该下班了。

一家人围着纸箱坐着,谁也不动,也不说话。钟表滴滴答答地走,就像过去的一些反特老电影,总有定时炸弹的读秒声制造紧张气氛。刘柏顺和李桂红一起看刘漓。刘柏顺有些不安,问:"这里是啥?"刘漓拿来了剪刀,在中间一挑,把封口挑开了,里面是方方正正的红丝绒的盒子,一家人都看着面熟。刘漓把盒子打开,那件虎食人卣复杂的花纹和斑驳的锈色呈现了。刘漓惊讶地看了看父亲,不动,等着父亲上手。刘柏顺却似乎是早有预料,轻蔑地说:"假的。"刘漓说:"是咱家那一个。"刘柏顺:"不是假的就不会送回来。"刘漓高兴地说:"爸,你终于想通了?咱家那个就是假的啊!"刘柏顺坚定地说:"不,咱家那个是真的。尺寸都不一样,这个小了一号。"刘漓泄气地把虎食人卣又放回盒子里,李桂红赶紧抱过来端详,左看右看,小心地说,好像是小了点,不像原先那个……

刘漓说:"是你们的眼睛有毛病,我怎么看就是原先那个?青铜器的尺寸都是固定的,通高35.7厘米。重量5.05千克。我们量量。"说着起身去找尺子。

刘柏顺说:"量也没用。我做梦都梦见了,送回来的这只肯定是假的。"

刘漓还是把尺子找了来,往桌子上一戳,就知道自己干傻事了。虎食人卣根本不到规定的尺寸,还不到30厘米。

刘柏顺在鼻子里哼了一声。

刘漓无奈地说:"过去也没量过,这个原来这么小……既然这么小,更不可能是真的。这件事到此为止吧。爸,别折腾了。为了我,你就当咱家的吃人虎回来了,行不?"

刘柏顺回了房间。刘漓端着盒子跟了进去。墙上过去张贴的那些字画都不见了,空空荡荡,大白墙分外刺眼。刘漓有些奇怪,问:"那些画呢?"刘柏顺说:"撕了。"刘漓说:"撕了干啥,红红绿绿的多好看。"画案上铺着宣纸,宣纸上图着一团大黑疙瘩,就像一颗被烧灼的心,拧巴、纠结。刘漓努力用轻松的语调说:"您画的梅花好看,我从小就喜欢看您画的梅花。"

刘柏顺坐在椅子上,对女儿的马屁无动于衷。刘漓从来也不是一个喜欢文墨的孩子,小时候给她报过美术班,她拿回来的"作品"都是信手涂鸦。

刘漓把盒子放在画案上,站了会儿,无奈地说:"爸,别让吃人虎把自己吃了,不值得。"

刘柏顺落泪了:"还不是为了你。"

刘漓突然拥抱了一下父亲,脸颊贴着脸颊。刘漓感觉到了父亲松弛的皮肤凉而干燥,像长着无数根毛刺,能让人蹭痒痒。刘漓心疼地摇了摇父亲,说:"我会越来越好的。爸,不用担心我。"

刘漓用旧报纸把虎食人卣包好,放进了原来的抽屉里。拿着丝绒盒子扔到了远处的垃圾箱。刘漓希望生活回到旧有的轨道上,虎食人卣蹲回抽屉里,像过去一样。刘漓前脚刚走,刘柏顺后脚就把虎食人卣拿了出来,狠狠摔在了地上。

那虎在地上折了两个跟头,似乎是叫了一声。

12

宋义每走三步都要回一次头,他总疑心身后有人跟着自己。跟着自己的不是一双眼睛,而是一个镜头,能从近到远,或从远到近。宋义不摄影,可知道这个城市有蚂蚁似的一群发烧友,以拥有最高端的摄影器材为荣,那种镜头能把人拍得纤毫毕现。宋义想一想就觉得不寒而栗。那些照片像噩梦一样占领了他所有的神经,他无时无刻不在问自己,拍照片的人是谁?目的到底是什么?可惜没有答案,或者,有答案也是模棱两可。他一会儿相信是刘柏顺,他有动机。一会儿又觉得高抬了他。那些照片是专业水准。刘柏顺即便有这个心,也不见得有这个力量。也许有人在背后合谋,刘柏顺借助别人,或别人借助了刘柏顺的力量?宋义的焦灼还不止在这一方面,他有苦难言,只是不敢轻举妄动。

亿元大案的事连远在美国的女儿都听说了,她们高中同学有个微信群,上面总有杂七杂八的消息,同学们为家乡能出亿元大案高兴莫名。知道大案与父亲有关,女儿吓傻了。她把自己关在屋里,话一出口就哭了。宋义也眼泪汹涌,连声说没事没事。心底却惴惴,事儿就摆在那里,自己不过是人家网里的一条鱼,收不收网看时运,也看人家的心情。女儿去美国五年了,宋义从没有像现在这样软弱过。他说他想女儿,如果有可能,就回来吧。知道父亲没事,女儿很快转悲为喜,关心父母的身体,叮嘱要按时吃药,定期体检,听医生的话,别像年轻的时候那样逞强。宋义连声答应。衰老仿佛是一夜之间的事,就好像,昨天自己还身强力壮,一夜之间就需要别人关心了。

楼下的公共绿地被王芳辟出了一片菜园。她每天所有的时间几乎都交给了那里。开始种菜的时候业主和物业都有意见,堵到家门口来抗议。王芳的冠心病当场就犯了,120救护车叫着开到了小区里,吓坏了很多人。现在,王芳的菜园已经经营好几年了,楼上楼下的人早已看习惯了。宋义几乎不到这里来,他觉得丢人,那种占领不是他这种有身份的人干的事。他也清楚,若不是他有身份,那块菜地早让人毁了,哪会为你一家存续。

宋义连续几天没有去广场,他偷偷为自己准备了几件衣物。王芳在地里干活,他就在旁边蹲着。年轻的时候,王芳是一个有洁癖的人,一年四季戴口罩手套,吃馒头都要剥皮。眼下，她恨不得把自己扑进土里。土里有厚厚的一层肥料，是发酵好的鹿粪，宋义托人拉来了整整一车，全部铺到了地里，就像给菜地盖了厚厚的一层棉被。王芳一点也不嫌粪臭，用两只手翻腾土地，栗子大的坷垃也要用手捏碎，一双手粗糙得早已不成样子。当然，王芳的这个形象除了左邻右舍没人知道，宋义在外面提起她，永远是七分病八分养，娇且弱，甚至洗不了一件衬衫，连韩学影都这么认为。翻腾完了，王芳用抿铲把土地拍平展，像白面一样细。那种精耕细作的专注和投入让宋义觉得恍惚，他不知道王芳是什么时候变成这样的。有好几次他都想告诉王芳，如果自己被带走，你就好好过自己的日子，千万别犯病，等着女儿回来。预测、分析、推理、论证，宋义一直在考量李书记的话有没有变数。变是因为什么，不变又是因为什么。他很清楚，如果有变数，就不是打个电话让他去一趟那么简单。如果这样，他最好等在家里。他可不想在大庭广众之下发生这样的事。一段时间过去了，风平浪静，真的风平浪静。他的手机一天到晚没动静。外面却在传他人已经被双规了。即便是在小区里，有人看到他也会睁大眼睛，仿佛他没"进去"是件神奇的事。

没事，的确没事。宋义松下了那根弦，另一根弦马上又绷紧了。那天,在李书记的注视下,他把"孩子的舅"的照片揣进了怀里。李书记宽容地笑了下,世事洞明般的狡黠。男人骗男人不容易,尤其是两个在官场摸爬滚打了一辈子的男人,眼里都不揉沙子。人家不说穿,也许只是为了给你留面子。

这段时间,他一直没联系韩学影,韩学影也没联系他。过去的猜疑毋庸证明已经是事实了。整整两个月的时间,他不联系韩学影有正当理由,他一直在火钳上烧烤着,不联系是在给他们增加安全系数。可韩学影不联系他会因为什么?能因为什么?在这之前宋义一直觉得对不起韩学影,他对她的关照太少,甚至不能给她一个完整的夜晚。他就是一只偷腥的老猫,偶尔光顾就是为了吃一口鱼。至于那条鱼怎么样,老猫很少去想。那天他慌不择路跑到尚都小区,是听见韩学影起床的声音离开的。现在想,起床的也许另有其人?那张照片在怀里揣着,他一直没看,不敢看。短下去的半截眉梢让他看着眼熟,因为奎奎也是这样的眉毛。他曾经跟韩学影探讨过奎奎的眉毛问题,既不像他,又不像她。怎么会,自己照拂了十多年的孩子,不是自己的?

那种憋气谁都无法体会。有时宋义在房间里枯坐,一坐就是三四个小时。开始脑子里还能过电影，奎奎小时候第一次叫爸爸、第一天上幼儿园、第一天上小学，都是韩学影牵着他的手，宋义躲在暗处，看着那母子朝前走。奎奎知道他在暗处，扭着身子朝后瞧。后来那些记忆似乎都转向了，他会觉得叫韩学影的女人和她的儿子都很遥远，他们和他所有的关系其实就是没关系。有时候，看王芳不在家，他会冲着屋顶喊，恨不得把屋顶喊个窟窿。更多的时候，他则像一个哲学家，认真地研究他和韩学影的关系哪里有纰漏。他们不是一直很好吗？韩学影撒起娇来，会和奎奎一起喊他老爹。"老爹吃饭了！""老爹洗澡了！"洗完澡，韩学影会让他把自己背到床上。他们平心静气地探讨这边的事，那边的事。那边就是王芳那边。韩学影有时会炖了汤让宋义带给王芳，宋义就说是从饭店带回来的。韩学影还给王芳买过毛衣和大衣，宋义回家说是单位的人送的。王芳是真心不贪财，每次收了东西都要把宋义批评一顿。说大家工资都不高，别让人家破费。

他用假身份证跟韩学影登的记，是为了给奎奎一个合法的身份。这些年他努力用各种方式进行补偿，他跟韩学影有言在先，这种补偿止于他离岗离任。有数的几千块钱工资，他不能做得太过分。

最近一笔补偿是春天的那次给外墙刷浆，别人孝敬的三十万以及其他收入的十五万，他悉数打入了专业账户，这个账户是奎奎的成长基金。他跟韩学影说过，这是最后一次了，以后不会再有机会了。

韩学影一副知足的表情，连说够了够了，早就够了。

宋义喜欢看女人知足的样子，觉得是对自己的奖赏。

十几年的岁月就像做梦一样。宋义老来得子，知道时不我待。表面不动声色，其实为钱费尽机关。离职之前那次大规模的提拔干部，亦与此有关。只是他功课做得足，收礼收得声色不动，让送礼的人送得提心吊胆，唯恐他不收。

这一切难道都是笑话？

宋义怎么可能容许这是笑话！

宋义打开了柜子，衬衫、西装，一件一件披挂上身。镜子里的宋义重新提起了精气神，仿佛还是大权在握时的样子。他计划好了，找韩学影摊牌之前，先接上奎奎。从孩子嘴里容易掏出真话。他从车库里开出来一辆老别克，车是新的，但款型老，最老的那种。老的款型不惹眼，宋义把什么事情都想得很周全。宋义把车停在了榆树街上，自己走着去了一小门口。来接孩子的家长已经不少了。他们或是年轻,或是年老,都像鹅一样挺着脖子朝学校门里张望。为了万无一失,他说通了门卫,让他进了校园,找到了五年级(3)班,从教室的前门晃到后门,课堂里的那些小脑袋就坐不住了,有的甚至抬起屁股打量他。女教师很年轻,高高吊着一个马尾巴。此刻拉开房门出来了。"还没到放学时间,您找谁?"宋义说,家里有事,他来接宋奎奎。女教师说,宋奎奎同学已经转学走了。宋义不信,信口说,昨天还来上学哪。女教师说,那我就不知道了。宋义说,你知道我说的是哪个宋奎奎吗?女教师说,他妈是不是叫韩学影?宋义噎住了,赶忙问,他转哪去了?女教师没好气地说,我哪知道。

此刻宋义在路上飞驰,恨不得不等红灯,不避让行人。那种横冲直撞的冲动一直就在他的脚底下。他把车径直开到了尚都小区的楼道口,把电梯直接按到了十七层。用钥匙开门的时候他的手有些抖,但门锁"咔嗒"一声响,他吐出一口气,心安了。他让自己沉了沉,才拉开房门,信步往里走。他站在客厅里,那种沉寂像走进了千年洞窟一样,他的心又拧紧了。他脚下不动,目光却一寸一寸地打量,屋里有些变化,但变化不大。似乎少了什么,又似乎什么都没少。地上脚印凌乱,浮尘有铜钱厚,是久未打扫了。

身后事

宋义拉开了所有的门,没人,一个人也没有。梳妆台的抽屉空空如也,再拉开主卧的柜子,宋义才发现过去满满当当的衣橱就剩一套睡衣挂在那里,睡衣是他自己的。

这种鲜明的意味都不用解释,宋义看着手机里熟悉的号码,忽然连拨一下的勇气也没有。

他来到了奎奎的房间,床、书柜、衣橱都在,都在。但衣橱是空的,书柜也是空的。房间里已经没有了奎奎的气息。地上躺着一只袜子,带暗色条纹。宋义在床边坐下了,看着那只袜子,不知另一只袜子在哪儿。他突然好想哭。哭的滋味几十年没有了。可他不知道怎样才能哭出声。天地日月仿佛都不存在,就剩下巨大的悲怆像一个糜烂的疮口坐落在心窝里,用拳头一捣,脓血喷溅。

房门忽然开了,是外面的房门。一个女孩尖声说:"老公!我们终于有自己的家了!"

男的说:"没想到能拣这样大的便宜,我们真是太走运了。"

女的说:"这房子肯定是小三儿偷着卖的,瞧她那个紧张样,生怕我们变卦。给我们留下了这么多的东西,得省多少钱啊!"

男的说:"人家说了,是家里的老人病了,急等钱用。"

女的说:"呸!一听就是假话……"

宋义站起了身,搓了搓脸,整了整西服,一切都已了然于胸。了然,便不再猜度和揣摩。他很快平复了自己。不平复还能怎样。回想当年,韩学影曾经是一个巨大的麻烦,他从没想把这团麻烦揽过来,成为自己生活的一部分。是这团麻烦抛不掉、甩不出。如今这团麻烦自行离去,他突然觉得自己应该轻松了,这样想,果然如释重负。她从不牵绊他、要求他,宋义一直以为韩学影懂事,原来韩学影一直在演戏。"演技不错。"宋义嘟囔了一声,步出了房间。把客厅里的女人吓得一声大叫,躲进了男人的怀里。男人抖着声音问:"你是谁?你怎么在我们家?"

宋义沉稳地说:"我也来看看房子,这房子没上锁。"

说完,宋义从房间里走了出来。

13

局里的人事关系变动,陈英文下到乡镇任职,办公室主任顶了他的缺。欢送他那天,陈英文掉了眼泪。他说在机关待了二十年,从办事员,一步一步走到了领导岗位,

身后事

是几任局领导栽培的结果。尤其是跟宋义局长搭班子那几年，工作顺风顺水，学到了不少东西。跟杨局长搭班子只半年，彼此知心知性，像自家兄弟一样。眼下就要去基层了，那个地方偏远，以后少不得麻烦大家，还望大家像过去一样支持我的工作。说完，站起来给大家深鞠一躬。杨局长主持会议，说陈局长这次下乡是提正职，所谓人往高处走，这也是组织上的关心和爱护。以后欢迎随时回来看看，只要我在这里，这里就永远是你的家。话说得都很有感情，但下面一点声息也没有。陈英文这段时间没有处理好与杨局长的关系，俩人总别着劲儿。陈英文的力量都使在了前任局长身上，没修成正果，心劲儿一下子没了。

说是提职，若是调往各大局，当然求之不得。但到偏远乡镇，非陈英文所愿。下乡的目的在年轻人是镀金，为以后有更好的发展空间。陈英文已经不年轻了，这次下乡，用他自己的话说，如果不出意外，多半会老死他乡。

别人在台上表演的时候，刘漓的眼球一个劲儿转来转去。她耳朵听着那些人说话，心里却在揣摩他们的心里都在想些什么。不管想些什么，肯定不是说出来的那些内容。杨局长与陈英文几近白热化，这大半年，陈英文等于是被晾了起来，所有的工作杨局长都不交给他。单位来客人，过去陈英文喝酒是主力,现在却连边儿都摸不着,杨局长根本不告诉他。两位领导斗狠,旁的人只有看着的份儿。比如小侯,眼下就是一张轻松的脸,谁说话就眼神专注地盯着谁,唯恐落下一个字。作为专职司机,他眼下等于又有了新的机会,他一定在设想着自己被重新安排的种种可能。无论怎样安排,都不会比现在的位置更差。

办公室主任顶了副局长的缺。中央的八项规定出台,杨局长带头贯彻落实,从大办公室搬了出来。机关的车辆整合,小侯不当司机了,正经到办公室报到。主任的位置空下来,谁都以为下一步是小侯就职。小侯过去当过几天办公室副主任,虽然是局内委任,也让人当主任叫过。没想到民主测评的意向是刘漓。刘漓波澜不惊。眼前的局面很清楚,宋义提拔起来的人都被杨局长退回了原位。也就是说,处重新变成了科,科变成了副科,副科又变成了员。没有提拔的只有刘漓一个人。刘漓一个早晨都在用细砂打磨指甲,白色的指甲屑像灰尘一样纷纷扬扬。原本乌涂的指甲,呈淡粉色,像涂了油一样。打扫卫生的事儿小侯都包圆了。他说以后只要有他小侯在,啥事都不用刘漓动手。刘漓说,我怎么感谢你?小侯说,多在局长面前美言几句,我还指望刘姐提携呢。

这是小侯第一次管刘漓叫刘姐，刘漓听得很舒服。刘漓有意无意地提起宋义，说前段传得可真邪性，又是亿元大案，又是双规。事实证明小道消息都是谣言。小侯吭哧吭哧擦地，一看就知道手生，拖把在手里用力气，似乎要把地捅出个坑来。刘漓察言观色，说小侯你知道是怎么回事吗？小侯憋一下，说，那个吃人虎我见过。刘漓说，快说说，在哪见过？小侯说，有一天单位有客人，在食堂就餐。陪客的只有宋局长一个人。我负责给他们倒酒。那天都没少喝，喝完酒又到宋局长的办公室喝茶，有人在宋局长的抽屉里翻出了吃人虎，说这个玩意儿看着像工艺品，其实应该是文物吧？宋局长说，啥文物，不值几个钱，您喜欢就送给您吧……小侯突然涨红了脸，意识到自己说错了话，他不该说虎食人卣不值几个钱。机关里的人都知道，吃人虎是刘漓的父亲刘柏顺送的，因为上门讨要，被宋义摔了茶杯。机关里的人都说，那只茶杯就是冲刘柏顺的脑袋砸过去的，只是脑袋一偏，茶杯砸到了墙上。

刘漓继续磨指甲，一块小毛巾垫在膝盖上。毛巾毛茸茸的，藏多少指甲屑也不会显出来。刘漓淡着语气问："真送人了？"

小侯有些支吾："我没看清。"

刘漓说:"照你看,那东西是值钱还是不值钱?"

小侯说:"我不知道。"

刘漓说:"送给谁了?"

小侯不想说,看了刘漓一眼。刘漓喝了一声:"问你话呢!"

小侯一激灵,说送覃县长了。

刘漓回家就找快递员送来的那个方方正正的盒子,盒子被李桂红压扁了,跟一些废旧报纸捆在一起,等候收破烂的人。刘漓把绳子解开,把纸箱抽了出来。纸箱似乎像军用的,有五角星,有军需压缩罐头字样。刘漓重点看发货单,在发货人一栏,是一串谁也无法解读的字码,一看就是随意写而又不想让人辨认的。刘漓蹲在那里发呆,她觉得事情越来越复杂了。一直以为这个纸箱是宋义寄过来的,现在看来也许不是。

刘漓去了父亲的屋里。屋里黑洞洞的,大白天也拉着窗帘。刘柏顺戴着老花镜坐在画案前看那本《古玩鉴赏》,他每天都坐在那里看,其实神魂都不在这本书里。他的心,跟着那件虎食人卣走了。看见刘漓进来,他抻过来一张草纸,把书盖上了。

刘漓佯装没看见,走过去拉开了窗帘。太阳明晃晃地照射进来,让刘柏顺睁不开眼睛。他用手挡住光线,问刘漓干啥。刘漓抻开抽屉,虎食人卣在那里蹲着,但裹在身上的报纸不见了。刘漓拿出来放到了桌子上,说:"爸,你一定以为它是宋义快递过来的吧?"

刘柏顺用两只手掐着头:"别跟我说这事儿,我不关心了。"

刘漓掰开父亲的两只手:"您好好看看这只吃人虎,是不是咱家那一只。我告诉您,这只虎宋义送人了,而且送的不是一个普通人。如今它物归原主,至少说明了两点:一,在吃人虎的问题上,宋义虽然说了假话,但这种假话不是您以为的那样,是您一直在多心。二,很多关于宋义的传言与吃人虎有直接关系。这只虎归来就是个证明,那意思是告诉您,别闹了,再闹会出人命的。"

刘柏顺说:"我没闹。"

刘漓说:"您这样整天闷在屋里,也是一种闹。"

刘柏顺眨巴着眼看着女儿,像是听不明白女儿说的话。

刘漓解释说:"前段总传宋义涉亿元大案,不知是谁造谣,总之是与这只虎有关。多凶险啊,若是有人利用这件事整宋义,宋义也许命都保不住。您愿意?"

刘柏顺吧唧吧唧嘴,叹了口气。

父亲的脖颈里有根头发,刘漓扒开衣领给他拣了出来。刘漓说:"现在一切都明白了,吃人虎也回来了。咱家没有损失啥,您就别跟自己过不去了,听到没有?"

刘柏顺说:"我没跟自己过不去。"

刘漓抻开桌上的草纸,露出了下面的那本《古玩鉴赏》。果不其然,摊开的那一页,还是虎食人卣。刘漓把书合起来,背到了身后,书像砖头一样沉。刘漓说:"以后不许再看了,我宣布,这本书没收。"

刘柏顺嘴唇呼扇了一下,却没有话说出来。

一个午后,杨局长找刘漓谈话。刘漓坐在局长办公桌对面的沙发上,从来没有过的笃实和淡定。杨局长说,你二十七了吧?刘漓说,虚岁快二十八了。刘漓自嘲地笑了笑,说一晃就是老姑娘了。杨局长说,如果我给你保个大媒,你意下如何?刘漓高兴地说,那感情好,我就等着局长保媒呢。杨局长说,我来的时间不长,对你不够了解,但从大家的反应看,都认同你。纪委李书记见了你一面,也非常欣赏。刘漓脑子转了一下,上次谈话的领导是纪委李书记,当时不知道。杨局长又说,李书记家的公子叫李煜,在开发区工作,和你年貌相当,你如果有兴趣,喊他过来见一面？刘漓问，我有个同学叫李煜……他是哪毕业的？杨局长说，他没有参加高考，是自学的电大文凭。刘漓说，如果是我的同学我就不见了。杨局长问为什么。刘漓说，他上高中时是中途辍学的，因为神经不太好。刘漓详细说了李煜当时的状况，撕碎了所有的书本，有一天跑到了六楼的楼顶，非要从上面跳下去。杨局长"哦"了声。其实李煜的健康状况，杨局长有耳闻。李书记的爱人是老师，从小管孩子管得死，孩子读高中的时候得过抑郁症。虽然参加了工作，也不怎么爱说话。杨局长问刘漓怎么回复人家，刘漓说，您就说我有朋友了，正在单位跟小侯谈恋爱呢。

杨局长难得笑一笑，说这主意听着倒不错。也许这个李煜不是你的同学呢？刘漓说，十有八九是的。我同学的父亲就在纪委工作。您不说我都忘了。

杨局长说："李书记家的条件应该是没说的，错过也很可惜。一般人家的孩子他们还看不上。"

刘漓说："他们也不一定看上我。"

杨局长说："就是因为看上了你，才托我当这个媒人。"

刘漓沉思了一下，说："我父母都是下岗工人。我要找的人父母不下岗就成。"

杨局长听出了弦外之音，说现在的年轻人，有你这样想法的还真少见。

转天早晨,刘漓又变卦了。这一夜,她拼命去想高中时代的李煜,只记得他的国字脸和敦实的身材。他们几乎没怎么说过话。他脸上总是孤傲的神情。干部家庭的孩子,就那样。父母是公仆,为人民服务,可他们就是觉得自己比人民的孩子高出一等。那种神情刘漓一直记忆犹新。她敲开杨局长的门,话说得有点语无伦次:"我想见见李煜,看他的病好到了什么程度。"

杨局长呆了片刻,说:"也好。"

14

宋义再出现在广场,所有的人都很吃惊。知道他过去染头发,可染了的头发似乎也变白了。那种突然之间霜雪满天的感觉,让人特别不适应。他脸颊也陷了下去,衣服像是挂在肩膀上,走起路来直兜风。过去他站在哪里,哪里就是中心,总有人自动往他身边聚拢。他爱说笑话,说起话来响声大气,特别有感染力。他也知道自己的长处,只要周围的人是平级或者下级,他咳嗽两声,轻易就能拿来话语权。可现在,他属黄花鱼了,溜边儿。他避着所有的人走,有人主动跟他打招呼,他像是见不得人似的扭过脸去。宋义这是怎么了?几个老友都很纳闷。他们想截住他问问根由,可宋义从他们中间冲撞过去,头也不回。

那天,刘柏顺提着桶拿着地书笔刚一出现在广场,宋义就大呼小叫着张开双臂跑了过去,仿佛刘柏顺是多年未见或失而复得的什么宝贝,让广场的人看着稀奇。刘柏顺的头发有点长,有一缕耷拉下来遮住了眉梢。看见宋义跑过来,起初他有些呆,怔了片刻,也迎了上去。一只手在桶里掏啊掏,大家都很奇怪,桶里不是水吗?可他掏出来的是个铜疙瘩。那个铜疙瘩似乎是潜在水里的,浑身湿淋淋。周围的人更吃惊了,"哗"地一下拥了过来,想看看传说中的铜疙瘩是什么模样,宋义却赶忙用身体挡住了。随后,两人行为诡秘地彼此抻扯着迅速离开了广场。

那时太阳还没出来,广场是一种青湛的颜色。谁都没想到这是宋义和刘柏顺留给他们的最后影像,他们往广场北边走,通过过街天桥,进入了另一个广场。那个广场氤氲着一层雾气,那层雾气与北面的山峦连在了一起。那个早晨之后,他们双双从这个世界消失了。

作为传说,他们在这座小城被议论了很久。

15

刘漓与李煜结婚了,买了辆三十万的车做陪嫁。说是陪嫁,钱其实也是男方出的,算彩礼。婚房离单位很近,走着去也就二十分钟。可刘漓喜欢栖身在车里的那种感觉,莫名其妙的,就觉得像小时候偎在父亲怀里。刘漓的车停在院子里,是所有的车中最好的。从三楼的窗口往下看,在阳光的直射下,一片车顶像一片海洋。刘漓的那辆土豪金雍容气派,真像砂里的金子一样。刘漓喜欢倚着窗口朝下望,望着望着就会想起父亲,就会想到这辆车其实是跟父亲有关联的,虽然这其中拐了不知多少道弯。刘漓对婚后的生活很满意。虽然李煜还是不爱说话,刘漓会叹息着想,他要是爱说话,就不会看上我了。

刘漓自己的房子很大,可很多时候,她愿意住在娘家。自从刘柏顺离家出走,李桂红的身体就每况愈下。刘柏顺出走的时候是夏末,那时她们在家里等,觉得刘柏顺会回来。后来是出去找,在周围的地区,张贴了许多寻人启事。失踪的是两个人,可寻人启事上只有刘柏顺一个人的头像。

她们觉得没有义务寻找另一个人。而另一个人家里也确实没有动静,仿佛失踪是一件天经地义的事。刘漓发动亲朋好友去北部的山地寻找,多高的山都攀上去过,所有的山洞都打着火把进去过。人没有踪影,各种消息却从来不断,那些消息诡秘、血腥、恐怖、神怪、穿越,集古今中外童话神话之大全。

有一天,李桂红做了一个梦,梦见刘柏顺抱着那只吃人虎,浑身是血。醒来她对刘漓说,你爸死了,我去给他烧纸。刘漓说,再等等,过了秋天再说吧。

与你有关或无关

1

谢五常中午赌气没吃饭,儿媳陶月英和女儿谢小蓝都没当回事。顾嫂做的红烧牛尾味道不错,就是有些淡,俩人边吃得热火朝天边品头论足。谢五常起初是在沙发角上坐着,后来就架着拐躺回了卧室的床上。顾嫂端着一碗牛尾汤追了过来,哄孩子一样细声细气说,你不是吵着要喝牛尾汤吗?给你做了你又不喝,是不是成心难为人?顾嫂端着碗,用汤勺小心地搅和了一下,舀上小半勺,放到唇边吹,然后又往谢五常的嘴边送。谢五常紧闭着眼,把唇抿成了一条线。那意思仿佛与牛尾汤势不两立。顾嫂用胳膊肘捅了捅他,谢五常动也没动。顾嫂叹了口气,朝外喊:

月英、小蓝,我可是没辙了,还是你们劝劝他吧。

陶月英喝了一点红酒,此刻脸颊像擦了胭脂一样,她给谢小蓝递了个眼色,朗声说,顾嫂你吃你的饭,等我吃完了再说,我今天是真饿了。谢小蓝也说,谁不吃谁不饿呗,强迫人家吃饭也是侵犯人权。姑嫂咧着满是牛油的嘴吃吃地笑,谢小蓝又说了句:爸,我们把红烧牛尾都吃完了,汤你要是不喝,我全喝了。

谢五常突然咆哮了句:都给我滚!

2

下午四点,家里只剩下顾嫂和谢五常两个人了。暴烈的阳光逐渐减弱了,连槐树上的蝉都唱疲乏了。天气越热它们唱得越有劲道,生怕下辈子没机会唱歌了似的。谢五常烦躁的时候会嫌蝉唱得凶,"妈了个巴子"之类骂人的话不离口。他还用拐杖去敲那棵老槐树,让老大拿斧子来,把树砍了!老大顺从地把斧子拿来,递给他。谢五常却不接,他的胳膊杆儿只剩下骨头了,比斧头柄细不少。接过来他也拿不住,他有这个自知之明。他点着手让老大操作，说你把它砍了，你把它砍了。口气柔和地似是求着别人。老大却抱着膀子无动于衷，用嘴努向树上挂着的牌子，讥讽说，这是文保，砍了是要坐牢的。你不是想让我去坐牢吧？

谢五常仰头望着儿子，眼神一片迷茫。他有些听不懂儿子的话，生病这几年，很多词汇都从他的记忆中抹去了。有时很平常的一句话，都会让他想老半天。他不甘心就这样被那些词汇抛弃，会较劲般地用力想，就像眼下这样。他小心地问，啥叫……文保？

儿子却不认为这问题值得回答。他看了老子一眼，拎着斧头回家了。

谢五常在树下发了会儿呆，落寞地一步一步往家走。他还在想那个叫"文保"的词，生得让他摸不着头脑。那些蝉在老大和父亲对话时停顿了大约几秒钟，此刻又整齐划一地嘶鸣起来，像普天下所有的胜利者那样，叫得趾高气扬。蝉的叫声搅乱了谢五常的思绪，他烦躁地止住了脚步，扭身去瞪那棵树，似乎是想把那些蝉看怕了。

可谁又在乎一个又老又病的人的眼神呢。

谢五常心情好的时候，会坐在床边半天半天地听蝉鸣。头歪着，耳朵支棱着，像听戏一样入瘾。顾嫂看他有趣，问他听出什么没有。谢五常盯着顾嫂看,指点着其中的一只蝉说,这个,你听这个,嗓门多敞亮,一听就是个王。顾嫂抿着嘴笑,说蝉嘛,都是两只翅膀一个脑袋,哪里有什么王不王的。谢五常抬杠:人都是两条腿顶一个脑袋,人与人一样吗?顾嫂赶紧说,不一样,不一样,当年您就是差一点做了王的。谢五常"哼"一声,对顾嫂的话表示不屑,那意思仿佛是在说:这话不用你说。但谢五常的神情顾嫂看得懂,是很受用的样子。他还情不自禁地移动一下屁股,仿佛是代表嘴巴在发表意见。

顾嫂说的王,是指当年谢五常差一点当了县长,可选举让有心人操纵了一下,没选上。谢五常也就是从那年开始身体出了偏差,先是血压高得跑出血压表,后来又多少有些帕金森,两年前又被血栓了一下,身体就彻底不行了。老伴走得比他早,纯属是让他欺负走的。他一肚子的邪火没处撒,整天找老伴的麻烦,老伴不跟他一般见识,先撒手人寰了。

顾嫂的话,一句顶一万句,因为顾嫂顺着他说。顾嫂来谢家两年了,摸得着谢五常的脉。顾嫂把谢五常搀到餐桌前,谢五常就知道要吃饭了。他顺从地把两只拐叠起来,靠到沙发上,自己找了毛巾围在下颌底下,然后两手放到膝盖上，乖得像幼儿园的娃娃。顾嫂从厨房一道一道地往外端汤菜，抹布垫到盘碗底下，还被烫得吸溜吸溜的。顾嫂每端上来一道，谢五常都伸着脖子看，吸一下鼻子，赞一声：香！顾嫂打趣说，好听的话咋不跟闺女媳妇说呢？人家好心好意地来，你却叫人家滚。谢五常说，叫她们滚就是好听的，我还不知道，两窝白眼狼。

谢五常喜欢吃热饭，天气热，饭菜也热，可他的脸始终是青灰的颜色，连个汗珠都看不见。顾嫂拿了毛巾给他擦脸，是当有汗的情况擦的。谢五常把脸伸出去，让顾嫂擦，嘴里还说，你也擦擦，你的脸都成河了。因为谢五常不喜欢空调，所以天气再热，顾嫂都得忍着。可谢五常的儿子媳妇闺女姑爷都忍不了，他们说，要热死人了，有空调不开热死人，天底下都没有这个理。哪样的理，顾嫂不知道，她只知道她是来伺候谢五常的，一切就要以谢五常的需要为轴心。有一天，谢小蓝点着她爸的脑门说："爸，我们都出汗，你连汗都不会出了。"谢五常一个拐杖打过去，差一点打断谢小蓝的腿骨。谢小蓝鬼哭狼嚎地在那里叫，谢五常在一旁幸灾乐祸地笑，边笑边说活该。顾嫂问谢五常为啥下那样的狠手，谢五常说，他们都盼着我早死呢，你没看出来？

顾嫂说，没人盼着你早死，是你多心了。

谢五常得意地说，我一点没多心，他们心里想的啥，我都看得清清楚楚。

顾嫂抿着嘴笑。这个时候的谢五常哪里像个病人，脑袋聪明得像大学教授。

吃完饭，顾嫂收拾碗筷，谢五常把一只拐夹在腋下，抢着帮忙往外端盘子。吓得顾嫂一迭声地说，我来我来。谢五常看着顾嫂把盘子接过去，脸上是邀功一样的笑。那情景就像小孩子做了什么好事情一样。顾嫂看得懂谢五常脸上的表情，说这点儿活哪里用得着你干，哪天去北山搬石头，你多干些就行了。

这样的话，他们一个说得无心，一个听得有意。谢五常的脸上会焕发出神采，就像下一刻他真就能去北山搬石头一样。

顾嫂收拾完，先给谢小蓝打电话，告诉她谢五常汤也喝了，牛肉也吃了，让她别惦记。在顾嫂的眼里，谢小蓝就是个未成年的孩子，虽然也结婚五六年了，但心气儿和想法，很多都是小姑娘的。谢小蓝还经常与父亲拌嘴，看得顾嫂起急。但拌嘴归拌嘴，倒是不隔心，这一点是与儿媳妇差着行市的。在谢家两年，顾嫂什么都能看得明白。

看得明白，却什么也不说，顾嫂时刻提醒自己嘴巴要有封条。谢小蓝果然很高兴，夸还是顾嫂有办法，并当即给嫂子陶月英打电话，重复顾嫂的话，说爸汤也喝了肉也吃了。谢小蓝说得喜气洋洋，不料陶月英"哼"了声，说如果当时有你哥在场，你看他还敢不吃饭？

谢小蓝有些不明白嫂子的话。虽然她知道父亲有些怕哥哥，但肯定也不会怕到敢或不敢吃一顿饭。她觉得嫂子是有些误会，赶忙解释说，爸不是那个意思，他这是嫌我不孝顺。你来家里这么多年，爸待你就像待亲闺女一样。

陶月英又"哼"了声，说小蓝你还是不明白，你哥三天没上家，他这是扯人疯呢。他也就欺负我能耐，如果有你哥在场，他还敢骂人？屁都不会放一个。

谢小蓝哑了音，她没想到大嫂因为父亲的一句话记仇，说出这么难听的话。她没说什么就把电话放下了。陶月英当年是乡下妹子，户口和工作都是公爹搞定的。婚后的许多年，她在公爹跟前就像女仆一样。现在她这样说话，显见得是忘本了。

谢小蓝郁闷了老半天，有些缓不上这口气。嫂子比她能干会说，谢小蓝一直都很依赖她，当她是亲姐姐。甚至在父亲面前，她自觉不自觉地和陶月英结成统一战线。

今天谢小蓝觉出了不是滋味。

3

老大在下面的乡镇做一方诸侯,隔三岔五到爹这里瞅瞅。他一般都是中午来,哪顿饭局不甚紧要,他把该喝的酒喝了,便说回家看爹。大家都知道老大孝顺,都抢着替他喝酒,催他快走,瞅爹的事,是天底下最大的事,耽搁不得。这天老大刚端起酒杯,陶月英就把电话打了来,连哭带号说,你爹又扯人疯,把一盘菜都扣我身上了!我不活了!老大皱了皱眉,说我知道了,这件事回头再说吧。口气很淡定,很公事公办。陶月英就知道老大的饭局重要,一下子就噤了声。老大这天是请主管领导吃饭,地点在一家很隐蔽的餐厅。虽说有八项规定,但总有解决问题的办法。这种局面一般都不会很快散场,假如领导兴致正好,连着晚饭都是说不定的事。好在下午四点领导有急事被人找走了,老大才匆忙回了家。谢五常首先告状,说陶月英嫌弃他,把他的裤子丢进了垃圾箱里。死人的衣服才往那里丢!她咋不丢她爹的呢?谢五常气咻咻地说。陶月英尖声叫，你把一火车粪都拉在了裤子里，还好意思说。那裤子还有法要吗？谢五常说，你不会洗洗？陶月英说，怎么洗？洗得干净吗？老大沉着脸喊了一声顾嫂，顾嫂正在屋里拖地板，此刻拿着拖把出来了。老大不说话，听顾嫂解释。顾嫂看一眼老大的脸，先就紧张了。她说谢五常大概有些闹肚子，没来得及蹲厕所，就顺着腿根流了下来。按照她的想法，她也想把那条裤子放到水龙头底下冲一冲，那是条名牌裤子，花好几百买的，还八成新呢……老大使劲嗅了嗅鼻子，顾嫂赶紧说，老爷子洗过澡了，里外都是新换的。老大这才问谢五常为啥把菜往儿媳妇身上扣，谢五常不屑地说，她丢我的裤子，我把菜扣她身上是看得起她。

老大情不自禁笑了笑，对这样一个老子，神仙都拿他没办法。他对陶月英说，你听见了吧？是你不对。

陶月英此刻穿了谢小蓝的衣服，下午连班都没去上。她的火都顶在了喉咙口，张嘴就能吐出火舌来。她一点也听不得丈夫开这种玩笑，一甩脸子出去了。出门之前狠狠瞪了谢五常一眼，谢五常示威样地顿了顿手里的拐杖。

屋里已经点了熏香，淡蓝色的烟雾若有所思地扶摇直上，散发着一股艾蒿的气味。老大问谢五常肚子痛吗，还想拉吗，谢五常斜倚在沙发上，把拐抱在怀里，微微喘了一口气。他说老大。老大应了一声。谢五常说,我想跟你商量个事儿。老大说,还商量个啥?你说。谢五常说,我夜里离不了人了。我闭上眼睛小鬼儿就在我身边转,我害怕。老大搔了搔头皮,这是个让他头疼的话题。他说小蓝不就住在对面屋里吗,再说哪有什么小鬼儿,你不要自己吓唬自己。谢五常说,那不一样,他们住在这里跟没住在这里区别不大,一天到晚就知道看电视。这样的抱怨谢五常经常有,所以老大并不以为意。谢五常飞快地溜了儿子一眼,儿子在往外掏手机。谢五常顶怕儿子打电话,讲起来就没完没了,还非常有可能一边讲电话一边往外走。他知道这是儿子的策略,然后就是几天连踪影都看不见。他赶紧说,我也不要你们住过来,我知道你和小蓝都不愿意在我这里住。老大掏手机的动作停止了,被父亲点到穴位,他多少有些不好意思。老大说,不是我不愿意过来住,我每天走得早,回来得晚……谢五常摆了摆手,说我想让顾嫂住进来,每月多给她一千块钱——不用你们破费,从我工资里出。

这些话在谢五常的心里憋了好久了,他一直都想跟儿子说,但一直苦于找不着机会。他这几天心情不好,就是让这几句话憋的。他的血栓病控制了左半边身子,可他的大脑似乎比没发病之前还好使。他知道这话只能对儿子说，只有儿子通过了，才有可能实施。他不能擅自主张，这个家早已权力移交，他是没有决定权的。这些他都明白。所以这几天他都在筹谋如何对儿子开口，今天他其实完全有能力不拉在裤子里，可等一天老大不来，又等一天老大还不来，他就只能出此下策。这样一闹，老大不就来了？

顾嫂来家里两年了，除了做饭，主要就是照顾谢五常起居。谢五常对顾嫂的依赖就是在这两年中一点一点地加深的。每晚顾嫂回家，谢五常都失魂落魄。小蓝跟姑爷汪普在对面屋里看电视，谢五常报复似的把能做不能做的事情都自己做——他见不得他们把电视看得津津有味。他甚至还想蹬着椅子去扫房顶上的蜘蛛网，正好让小蓝撞见，小蓝哭叫着说自己不活了，知道的说是老爷子逞能，不知道的还以为自己要谋害亲爹呢。可跟顾嫂在一起谢五常恰好相反，能做的事他也情愿让顾嫂伺候，那种心态，有点像撒娇的小孩子。他还总想偷偷给顾嫂些钱，顾嫂没要。

谢五常的话把老大逗笑了，他知道老爷子又犯了异想天开的毛病。就像那天要用斧头去砍老槐树一样，如果不是病着，那种想法不会有。做了一辈子官的人，不会那样不知道深浅。老大用了些力气，才把脸上的笑控制在皮肤里,他腮上的肉用力抖了几下,像弹面一样上下窜动。他说,人家顾嫂会同意吗?谢五常信心十足地说,她同意。老大说,你凭什么这样肯定?谢五常说,凭她对我好。老大这回终于笑出了声,说你以为她是谁啊,她不过是个保姆。谢五常说,我当然知道她是个保姆,可她是个好保姆。老大故意说,她对你再好,如果不给她钱,她还会来吗?

谢五常激动了,提高声音说,她工作了你凭什么不给她钱?你违反了……

谢五常想了半天,突然蹦出三个字:《劳动法》!

老大想起那天砍槐树的事,揶揄说,你不知道文保倒知道《劳动法》。

谢五常勾着头不言声了。可他用眼角的余光注视着老大,像偷儿一样心里七上八下的。

稍稍一转念,老大就觉得父亲的想法其实不错。他们兄妹四个,因为另两个都在外地工作,看护老人的事,实际就落在了老妹子谢小蓝身上。他是没空给父亲值班的,他不来,陶月英也不愿意来。陶月英每天中午下班过来,明着是来照看老爷子,实质上有蹭饭吃的嫌疑,这里离她的单位近。女人的那点心眼儿,别人也许看不出,做丈夫的可是一清二楚。老爷子工资高,不咬一口就觉得亏得慌。

谢小蓝也经常抱怨，说四个人的爹，倒像是给她一个人伺候的。妹夫汪普不言不语，可老大知道，他也是不情愿住在丈人家的，小蓝要照顾爹，他是耐不得家里的冷清。

顾嫂出来是赚钱的，每个月三千元钱，由老大老二均摊。假如真的能来陪夜，就把小蓝和汪普腾出来了。这样一想，老大简直觉得谢五常是个天才的脑血栓患者，连这样好的办法都能想得出。要知道，顾嫂如果能解决24小时的陪护问题，他和小蓝那得多轻松！

谢五常眼巴巴地看着儿子，生怕儿子把自己的提议一口拒绝。他甚至想自己说害怕小鬼儿的理由可能不成立，他也知道这个世界上是没有什么小鬼儿的。儿子一旦回绝，他还要寻找新的理由。谢五常的神经处于高度紧张状态，眼球往鼻梁中间挤，一层血色慢慢洇上面颊，鼻头红得似乎要滴出血来。老大看出了父亲的紧张，赶忙说，只要顾嫂同意，我没意见。多出来的工资还是由我和老二分担，不论多少，都不要你管。谢五常呼出一口长气，不满地说，我又不是没有工资，要你们管啥？

4

顾嫂满脸喜气地把陪夜的事对丈夫老耿说了。老耿在印刷厂上班,还是国营老字号,每天起早贪黑地忙,工资却是一个不好意思说出口的数字。顾嫂说,陪夜其实也没啥,谢老的房间敞亮,有二十多平方米。放一张大床和一张小床,中间还有三四步的距离。他不闹夜,就是觉少,有时要陪他说说话。他像个老小孩,但一点儿也不难伺候,知道心疼人。这是真事。顾嫂择菜的时候谢五常也要择菜,顾嫂洗衣服的时候他总想伸手帮个忙。那天38度高温,他居然让人送来了一箱子冰棍,过一会儿给顾嫂拿一根儿奶油的,过一会儿又给顾嫂拿一根儿巧克力的。顾嫂说,这样吃下去会把胃吃坏的。他就戴上老花镜翻自己的小药箱,顾嫂问他找什么,他说找胃药。

这样的事,顾嫂每天回家都对老耿说。儿子去年考上了大学,家里只剩下了他们夫妻俩。顾嫂每天回到家,无论多晚,老耿都等她一起吃饭。顾嫂有时就算在谢家吃过了,也要陪老耿稍微吃一点。吃了饭,老耿洗筷子洗碗。

他说顾嫂在谢家忙了一天了,不许她动手。

　　吃了饭,俩人会到附近的公园去转转。早一些公园像赶大集一样人满为患,等到他们出来,就十点多了。这个时候的公园已经安静了,人们都陆陆续续往家里走,连树上的叶子都昏昏欲睡了。老耿和顾嫂走在公园的林荫道上,偶尔会挽着手,谢家的事情,顾嫂都是在那种情况下说与老耿听的。顾嫂说,谢家都是好人,老人是好人,儿女也是好人。可看着他们总像隔着一层什么,不像一家人那样贴心贴肺。比如老大来看爹,从来都是"看"的,他甚至都不在沙发上坐,进来就在屋里转圈儿,随时准备走。媳妇陶月英和姑爷汪普就不用说了,两个外姓人,跟老人说话从来都是爱搭不理的,老人问三句,他们都不一定答一句。而答的那一句,也不是好腔调,一定是冲墙说的。谢小蓝也不怎么跟老人亲,比如昨天,谢老刚一提起年轻时候的事,谢小蓝就说,提那些陈芝麻烂谷子干啥,要说就说你咋样欺负我妈的。把谢老窝得半天抬不起头。要说谢小蓝他们住在这里是占了便宜的,一分钱都不用掏,水电气暖吃的用的都是老人花,可他们就是不知足,总觉得是老人拖累了他们。儿女照顾老人原本就是应当的,你又吃着老人的,住着老人的。这个账他们怎么就能算反了呢?

老耿不爱讲话,但他爱听顾嫂絮叨。顾嫂也说了那天谢老拉裤子的事,一个病老头,拉裤子多正常啊。况且又不是经常拉,陶月英有必要像杀人一样咋呼吗?其实她也没干多少事,洗澡,换衣服,都是我干的。可陶月英就是里外喊臭,那种嫌恶,仿佛谢老跟她没一点关系。她把谢老的裤子丢进了街上的垃圾箱。谢老喊她捡回来,陶月英不捡。谢老连着说了三遍,陶月英就是不捡。谢老一着急,就把菜盘子扣在了陶月英的身上。等到我去捡,裤子已经没有了。那真是一条好裤子,这么丢掉可惜了。

说到给谢五常洗澡,顾嫂坦然得像是在说自己的孩子。开始,谢五常是怕羞的,把她们都往外轰。陶月英坐在沙发上嗑瓜子,嚷一句"小心啊"就得了。谢小蓝也顺坡下驴,干脆跑回屋里看电视,可洗澡间的地板那么湿滑,顾嫂不放心。想也没想就进去了,衣服脱一次穿一次不容易,要洗得干干净净才行。头发要用洗发水,身上要抹沐浴液,顾嫂从脑袋给他洗到脚后跟,就像给自己家的老人洗澡一般。洗到私处,顾嫂会架着他的左胳膊,让他自己洗。谢五常面朝着墙,身体最大程度侧着。起初顾嫂也有点心理障碍,时间长了,那种感觉就淡了。那样一个老人,与男人的概念已经很远了。陶月英表面感谢顾嫂,话却说得别扭。她说老人的皮肤摸在手里就像长虫皮,问顾嫂怎么下得去手。

很多很多事,顾嫂说得漫不经心,老耿也听得漫不经心。他们习惯了这种漫不经心的交谈方式。老耿很少发表意见,顾嫂也没想着听老耿发表意见。说到底,谢家的事是人家的事,也就是个话题,不说这个,好像也没有别的可说的。

公园里的路边上有许多小石凳,老耿和顾嫂走累了,选一处有路灯的地方坐了下来。因为那多出的一千块钱,顾嫂一晚上都很兴奋,话比平时多了许多。她说老大跟她提起这件事时,是防着她不愿意的。老大平时贵人语话迟,说起这件事,却有些像连珠炮,一个劲儿地问她一千块钱行不行,或者如果有其他条件,让她尽管提。顾嫂什么其他条件也没有,她偷偷去算了三千加上一千,那已经是让她心动的数字了。那一千块钱正好是每月寄给儿子的生活费,解决了这一点,顾嫂的心已经很宽了。

顾嫂的心情老耿理解,他们都是找食儿吃的鸟,有食儿吃就是天地方圆,没有多少挑三拣四的余地。可有些问题顾嫂显然没想到。老耿忍了又忍,还是轻悄悄地问,你应了人家去护夜,什么时候回家呢?

顾嫂愣住了。当作抱歉,她情不自禁去摸了老耿的手。因为老大跟她谈话时没有涉及这个问题,顾嫂自己也忽略了。显而易见,她是应该回家的。两家离得并不远,骑车也就是十五分钟车程。可老大显然没有安排出顾嫂每天回家的时间,他只提到了谢小蓝夫妻有时住在这里有时也可能不住在这里,不管他们住不住在这里,陪夜的任务都由顾嫂来完成。老大这话说得不容置疑,他没提到什么时间是顾嫂可以随意支配的。

顾嫂朝空中吹了一口气,旁边是一棵巨大的梧桐树,枝叶繁茂得遮住了周围半亩大的地方。顾嫂吹气时,树上的叶子仿佛都在抖。顾嫂望那叶子瞅了半晌,自言自语说,我得找老大说说。

老耿说,可不得说说。你总不能一天一天地不着家门,要是离家远,咱也就不说什么了。

顾嫂犹疑说,谢老那里确实离不开人。

老耿说,可他自己有儿有女,你不去护夜的时候,他们不也能行?

5

谢五常一夜都没怎么睡，顾嫂陪夜的事，让他心里有了激动。天还没亮透，他就爬起了身，翻箱倒柜找那件小格子衬衫。那件衬衫是他当年带队去上海考察时买的，花了大价钱。那时谢五常管县里的招商引资，全国各地到处跑。名牌衣服也买了不少，但那件小格子衬衫是最贵的，纯正的法国货。买回家来，谢五常才发现衣服领子与自己的脖子不是一个型号。谢五常那时脖子像脑袋一样粗，衣领围上去像短了半截的腰带，怎样抻扯都系不上扣。但那件衬衫活在了谢五常的记忆里，时隔多年，他轻易就想起来了。

把衬衫穿到身上，谢五常好好照了照镜子，见那衬衫在身上已经显得宽松了，淡粉的颜色在清灰色的天光里分外柔和，谢五常的脸上露出了满意的微笑。顾嫂能来护夜，这是他期许了太久的事。他与老大说的有关小鬼儿的话，是骗人的，其实也是真的。有一种孤独能在长夜生出鬼来，那个鬼时刻提醒着你是个要死的人。

年轻的时候,谢五常是不怕死的。那时他强悍、强壮,自认为没有什么力量能够打倒他,包括死亡。与死亡有距离的人是可以藐视它的,当那距离越缩越短,恐惧才会真正来临。因为死亡变成了一件披风,如影相随了。

这个时候儿女、钱财都变得不重要了,重要的是心底依赖的那个人,她能给你一种支撑,让你走出无底深渊。或者,在黑暗来临时,紧紧抓住她的手,让对方的温暖化解自己的冰凉。这恰是死亡之前的那一根稻草,抓住了,也许就给了自己生命的最后那口喘息。那种渴望充斥了谢五常的每一根神经,他经常会做同一个梦,梦见自己睡在一口棺材里,四周逼仄得连呼吸一下都难。

衬衫其实只是一个道具,主演还是谢五常。他焦灼地巴望着天亮,今天与昨天不同。昨天顾嫂同意了来守夜,这让谢五常感受到了新生活的信息。他渴望顾嫂早一些出现在他面前,希望顾嫂第一眼看到他,就能感觉到他还是一个体面的人。

那种感觉当然隐秘,但他已经无法掩饰自己的隐秘了。

他拄着拐杖走出了房间,脚步与水泥地板摩擦的声音,两只拐拄在地上的顿挫声,都是一下轻一下重。汪普从睡梦中被惊醒,不满意地嘟囔,瞧你那个爹,他不睡觉以为别人也不睡。

谢小蓝爬起身来凑到窗玻璃前。谢五常平时是醒得早，但没这样早就折腾过。谢五常已经走到前门洞里。他把拐支到胳肢窝底下，两只手用力去拔门插销。谢小蓝拉开窗帘喊，爸，爸，这样早，干啥去？谢五常蹾着脚步转过身来，朝谢小蓝这里看，抬起胳膊朝外指了指，说到外面看看。谢小蓝没好气地说，外面有啥好看的……大热的天你怎么穿了长袖衣服，真是疯了。后半句话，谢小蓝是嘟囔出来的，没传出去，可汪普听得一清二楚。汪普接茬儿说，你刚知道他疯？

谢小蓝愣了片刻，消化了汪普的话。她叹息地说，我们也要有出头之日了，今天说不定就可以回家睡了。

汪普说，先把现在的觉睡好，困死了。

谢五常用胳膊肘倚住门，人先出去，再把拐小心地顺出去。槐树底下有一个石墩，是老大专门请人定做的，给谢五常当坐骑。坐骑大约有半米高，形状像鼓，谢五常与外部世界的唯一接触，就是坐在鼓上面，看路上的人来人往。

年轻时候的谢五常，是一个脑筋活络的人，想法出奇的多，点子出奇的多，也曾是这座城市的风云人物。如今已经变成石雕了。眼下这尊石雕就坐在那棵古老的槐树下，专注地望着前边的街口。身边不时有过往的行人，认识的不认识的，都没人和他打招呼。邻里都知道他病得有些糊涂，有一天，他跟人抬杠，愣说槐树是他栽的。

树是唐槐，跟这座城市的年纪相仿。人家打趣地问，知道啥是唐槐吗？谢五常倔倔地说，槐树姓谢，不姓唐。

人们才知道他脑子坏了。

陶月英看见谢五常气就不打一处来。她昨天那套衣裙是软缎的，被那盘菜整个油成了塑料雨衣，让她欲哭无泪。她能怎么办呢，她没办法，骂又骂不得，打又打不得。老大的心思不在家里，小姑子夫妇一对儿缺心少肺，这个家还得她支撑着。她从马路上拐过来，谢五常就一直盯着她看。陶月英没好气地说，看什么看，我又不是顾嫂。谢五常说，我没等顾嫂。陶月英说，穿得像个新郎官，你不等顾嫂等谁？谢五常有些羞涩地往怀里搂了搂拐，又把眼光放长了。陶月英往胡同走了两步，有些不甘，又转过身来说，顾嫂今天不来了，你等也是白等。

谢五常抿了抿嘴，不再说什么。他身形虽说像石雕，但一点也不影响他理解陶月英的话。他觉得陶月英这话目的阴险，所以他坚决不上当。

邻居张老太从家门口走出来，与陶月英打招呼，说老大家的今天怎么来这么早。

陶月英嘴巧地说，这边有点活儿，干完了好去上班。听完张老太夸她贤惠，她又对谢五常招了招手，温和地说，爸，咱们回家吧？

谢五常瞅也没瞅她。

张老太用手使劲点了点谢五常，嘴里嘟囔了些话，但没有发出声音。陶月英理解那些话都是指责谢五常的，张老太与谢五常年轻的时候就是对手，算是同朝为官的人。做了几十年邻居，两家人貌合神离。谢小蓝除了喊一声"张姨"从不肯多说一句话。陶月英则跟张老太好相处得多，她们有一个共同的话题：交流谢五常这些年的种种不是。

陶月英的高跟鞋吧嗒吧嗒拐走了。谢五常抱着拐调整了一下姿势，从鼻子里发出了一声"哼"，那意思仿佛是在说，骗我？

谢小蓝与汪普还没起床，说夜里被老爷子耽误了觉。陶月英说自己也一宿没怎么睡，让你哥气的。谢小蓝捅着嘴里的牙膏沫问为什么，陶月英说，顾嫂要来守夜的事你知道不?谢小蓝点了点头,含混地说,听哥说了。老大是当成好事对妹妹说的,说你们以后可以回家住了,只偶尔过来照顾就行。陶月英盯着谢小蓝问,你是怎么想的?谢小蓝奋力点着头说,是好事。陶月英原本倚着门框站着,听到这话气得一扭身去了厨房。谢小蓝不明就里,追了过去,陶月英没好气地说,我知道你做闺女的不应该守在这里,要不是你哥当着那个芝麻官,说啥也轮不到你。可凡事要往长远里考虑,爹是自己的,给别人就那么放心?

谢小蓝越听越迷糊,她把牙膏沫吐到了洗碗池里。着急地说,嫂子你这话是什么意思啊?什么叫爹给别人啊?

陶月英好好喘了几口气,才把心里的积郁说出来。昨晚她与老大发生争执也是因为这个,顾嫂要来守夜,老大也是当成好事告诉她的,她的第一反应是:顾嫂有男人啊!

老大说,顾嫂是保姆,你想哪去了。

陶月英说,是保姆她就不应该答应来守夜,老爷子都依赖她了,你不知道?

老大说,所以老爷子才想到让她来守夜啊。

陶月英说,那就不是来守夜,那是入洞房!

就这一句话,差点没把老大气死。老大说,你爹这个岁数还入洞房啊!陶月英说,我爹不雇保姆,雇了保姆也不会要求人家一起住。亏你爹当了那么多年领导干部，男女授受不亲他不知道？

老大说，他是个病人！你这个儿媳妇是怎么当的？居然这样揣测一个老人。你是什么心肝！

陶月英说，你还有心情来研究我？你怎么不研究顾嫂是什么心肝！她答应来守夜到底是什么居心，猪脑子都想得明白！

两个人就这样呛呛了半宿，气得老大想离家出走。老大其实差不多已经被陶月英说服了，他只是不好拐那个弯儿。让顾嫂来守夜毕竟是他亲口说的，夜还没来守，就先把人辞了，怎么都有点说不过去。可陶月英尖着声音吵嘴还不忘举例说明，那些例子都是保姆睡到了男主人的床上，最后落得个官司不断，家破人亡。老大也听得没了脾气，假如事情真的被陶月英言中，那种麻烦也是想一想就让人胆战心寒。

老大对陶月英说，我不管了，要说你去说。

谢小蓝垂手坐在沙发里，头没梳，脸没洗，整个人都还显得木呆呆。陶月英化了妆的一张脸油光水亮，汗珠都跑到油脂外面来了。汪普在院子里给花草浇水，偶尔在玻璃窗里打个晃，屋里人说的话，他都听得清楚。他很想与谢小蓝对一下眼神，但谢小蓝没朝他这里看。

他住在谢家，却从不掺和谢家的事。当年他跟谢小蓝搞对象一家子都往死里反对，他在心里始终解不开这个结。

谢小蓝拍了拍陶月英的膝头，让她消消气。说嫂子还是你把事情想歪了，你以为咱爸还是小伙子啊，就是白送他个人，他哪里要得。你那样说话大哥当然生气了，况且顾嫂也不是那样的人，她不过是跟爸投脾气。

下面的话，院子里的汪普就无法听到了。陶月英把头扎了过去，几乎是在跟谢小蓝咬耳朵。谢五常与顾嫂的种种，别人不知道，她们是看在眼里的，老爷子看顾嫂的时候，甚至眉目含情。至于他没有男性功能，陶月英说，男人身体不想，不代表心里不想，只要有一口气，他都不会断了那个念想。干那个不行，他可以贴一贴啊，蹭一蹭啊，摸一摸啊。那么多老年人再婚，你以为是为传宗接代啊。他肯定是看上顾嫂了，这点顾嫂比咱们清楚。这时顾嫂再答应来护夜，你想想，是护夜本身那样简单吗？

谢小蓝说，那她图什么？

陶月英气得打了谢小蓝一掌，说你们怎么都是木头脑袋啊。老爷子的存单折、工资折放你手里了吗？房本放你手里了吗？哪天俩人一登记，或者老爷子就弄个遗嘱公证，把财产都给别人，你哭都来不及。现在这样的事太多了，你怎么一点防人之心都没有呢！

谢小蓝让陶月英一番话说得直起鸡皮疙瘩，她情不自禁用一只手摩挲着另一条胳膊，那胳膊生出阴风来了，凉飕飕的。就在这个时候，谢五常回来了，他对汪普说花都要浇涝了。水是要花钱的。他抱怨说，都这样败家，日子哪能过得好。

汪普一声也没吭，把皮管子对准一株美人蕉猛劲儿灌，水都流到花坛外面来了。

那只石墩夏天也是阴凉阴凉的，到了正午才能被太阳暖透。顾嫂过了上班的时间仍没来，谢五常有些信了陶月英的话。他一早上的精心准备没有达到预期效果，他的荒凉没人能懂。

陶月英对谢小蓝挤了挤眼，迎到了屋外。说这个月的生活费又没了，该去支一些。爸，工资折呢？

谢五常挂着拐缓缓往屋里走，一脸的落寞和无奈。他说上次的五百块钱还花不到十天，吃钱都吃不了这么快。

6

顾嫂一早起来就接到了家里的电话,说老妈治关节痛的药没了,让她抽时间送去。娘家在深山区,离最近的镇医院也要十几里远。老妈腿不好,用的药都是顾嫂从城里买的。老妈不吃药腿就不得力,觉都睡不好,所以买药的事是大事。顾嫂放下家里的电话就给陶月英打电话,顾嫂是陶月英的同事介绍来的,她习惯有事就找陶月英。顾嫂说,她准备放下电话就去药店买药,然后直接去公共汽车站,在家吃完午饭,马上就能赶回来。每次遇到这样的事,陶月英都不会答应得很痛快。她在一家行政单位管后勤,平时事很少,想不上班就可以在家赖一天。但她反对顾嫂请假,理由不言自明。顾嫂每次请假,陶月英都要过来陪老爷子,这是件挺烦人的事。今天陶月英却告诉顾嫂不用急着回来,她正好有一天空,可以给老爷子值班。陶月英是什么人,顾嫂心里是有数的。所以陶月英的话让顾嫂沉吟了好一会儿,她觉出了陶月英的一反常态。

娘家在一面松树坡的坎下，右面是天然石头峭壁，是早年间开山开出来的。翻过一座山，山那边就是官厅水库，建于20世纪70年代。眼下这所宅院，就是当年从水库底下搬上来的。当时的放炮队削平了一座小山包，为顾家开辟了这所宅院。那时顾嫂顾红莲就已经是大姑娘了，也跟着放炮队做些下脚料的活。谢五常当时是所在公社的党委书记，经常披着一件军大衣来检查工作。公社所辖的十几个村庄都缺水，谢五常软磨硬泡，让当时的县革委出台了红头文件，举全县之力修建了这座水库。

多少年过去了，谢五常的名字山里的许多乡亲都还记得。

顾嫂回到家就脱鞋上炕，山里的闺女回娘家都这样，厨房里的事就包给了弟媳妇。她的主要任务，就是陪着老妈说话。老妈知道她在谢五常家里当差，就爱问些有关谢五常的事，也爱回忆谢五常当年的事。当年顾嫂的爹是修水库时被崩塌的石头砸死的，那些石头滚落下来，有半面山那么多。谢五常起初也想把人找出来，给顾家个囫囵尸首，结果扒了两天，那石头堆也不显少。后来顾家人要求不找尸首了，捐给水库了。当年谢五常规规矩矩给石头堆鞠了仨躬，并亲自给顾家选宅基，指挥修水库的人盖房子。

现在许多年过去了,房子还结实得像碉堡一样。

老人盘腿坐在炕上,不习惯叫女儿的名字红莲,而是叫她老大。说老大,你一定要对人家好,当年人家对咱有恩呢。老人的思维定式代表了整个山里人的,家人被石头砸死,那是给自己修水库。公家人给自己修房子,那就是有恩。滴水之恩涌泉相报。老人大字不识,但会说这句文绉绉的话。

在老妈面前,再大的女儿也是孩子。顾嫂的说话方式情不自禁就有了撒娇的成分。她说没有恩我就对人家不好吗,你大闺女是这样的人吗,老人抿着瘪瘪的嘴巴笑,自个儿的闺女自个儿当然清楚,红莲不是那样的人。明明知道不是,每次来还是要这样嘱咐几句,这是当妈的权力,要行使。她问谢书记好不好,算起来,他要比自个儿小六七岁呢,当年曾经叫她老嫂子。顾嫂便把谢五常要砍槐树的事,用拐杖打女儿腿骨的事,牛尾汤熬熟了却不喝的事,一宗一宗对老妈说,老妈听得咯咯咯地笑,说这个谢书记,当年就是爱喝个白棒子糁粥,那个尾巴汤,能当饭吃吗?

顾嫂说,不能当饭吃,却有营养。等秋凉了,我也买回来给你做。

老人赶忙说，那是贵人吃的东西，你可别买，买了我也不喝。我喝了还不得噎膈？

弟弟去山上给果树喷药了，回来时人就像是要蒸腾了，冒着一团一团的热气。看见弟弟回来，顾嫂赶紧去给他切西瓜，递毛巾。西瓜在城里不算什么，稀烂贱，连顾嫂和老耿都不怎么待见吃。但在山里却不一样，山里不长西瓜，看见个卖西瓜的都稀奇。西瓜曾待在顾嫂家的冰箱里，跟顾嫂一路颠簸着来到家里，又被放到了篮子中，沉到了深水井里。井水里的那种清凉与冰箱不同，弟弟吃得吸溜吸溜的，顾嫂看着牙根儿都是痒的。弟弟吃了一块又一块，不一会儿的工夫，脚底下就堆了很多西瓜皮。

吃饭的时候，顾嫂在饭桌上说到了自己要去守夜的事。弟弟问，加钱吗？顾嫂说，加。弟媳妇问加多少，不等顾嫂回答，老妈抢着说，不加钱也要好好对人家。顾嫂看了眼老人，见老人也盯着她看，顾嫂有些心虚地说，我知道。顾嫂的心虚，是因为她压根没想到谢家不加钱。假如谢家不提钱的事，顾嫂会答应去守夜吗？顾嫂的目光被老人的目光撞了一下，迅速收回来了。好在弟弟给解了围，弟弟说，人家有钱，不加白不加。老妈说，有钱是人家的，加了也白加。饭桌上的人都笑了，老太太这话说得孩子气，让人没法不笑。弟媳妇马上去算顾嫂这一个月能挣多少钱,"妈呀"一声叫,说这样不就和工人姐夫挣得一样多了吗?

顾嫂说,没你姐夫多,你姐夫还有保险,还有公积金呢。

弟弟连着咂了好几下舌头,说城里钱好赚,真好赚,比山里容易太多了。弟弟一直想到城里找个事做,也拜托过顾嫂,但顾嫂一直没敢应承。办这样的事,她和老耿都没办法。此刻弟弟的眼神又带了钩,那个钩连老妈都看出来了。老妈伸手打了弟弟一巴掌,说不许麻烦你姐。又扭头对顾嫂下命令,不许麻烦谢家。

顾嫂连忙说,我知道。

看了眼弟弟,顾嫂又说,谢家其实帮不了忙。

顾嫂解释说,老爷子退下来好些年了,如果有辙,早把女儿女婿的事办了。他们单位都不好,工资都不多。当年老爷子有权的时候,能办却不办,拖着,因为他看不上小姑爷。现在小姑爷虽说不言不语,但心里也不见得不嫉恨。老大虽说有实权,但离城市远,城市上的事说不上话。

弟媳妇先就不好意思了,憨憨地笑。弟弟抹了抹后脖颈,脸也红了。他说家里的果树也需要人,离城市又这样远,不会两头都顾得上。

老妈这个时候的神情显得特别得意,她说这样想就对了。只要别跟你姐比,咱就不显得没钱了。

顾嫂到谢家的时间比预计时间稍稍晚了些。她本来是想在家里多待些时辰,多陪陪老妈的。她难得回去,也难得陶月英给她一天假。可老妈人老了,性子却越来越急了,她一个劲儿地催促顾嫂快些回城里,她说既然给人家当着差,就要一扑心地做。顾嫂解释说,东家有话儿,她是可以歇一天的。老妈说,这是人家跟你客气,你哪能把客气话当真呢。话都唠完了,情也抒尽了,老妈又再三再四地催,顾嫂也真就觉得没有再待下去的必要了。回到自己的家,顾嫂这屋那屋来回转,也没找着事做。老耿是个细致人,除了挣钱不多,简直没有缺点。家里旮旮旯旯都被收拾得很干净,他总说顾嫂给人家干得辛苦,家里的事,尽量少让她干。

这个时候还不到下午四点,顾嫂在家待着也不安宁。她理解陶月英是不怎么待见公公的。话又说回来,这年头,哪个儿媳妇待见公公呢?公公也不待见她。当然这是现在的状况,倒退多少年前,情况肯定不是这个样子。他们之间的事,顾嫂听人说起过。谢五常在乡下的饭店吃饭,看上了端盘子的服务员,进而让她成了自己的儿媳妇。陶月英哄人行,不是多有耐心,值一天班的话,不定怎样捏着鼻子呢,这个时候,说不定已经够够的了。当初顾嫂来谢家干活,就没提到假期的事,所以顾嫂什么时候休半天假,心里都惴惴的,仿佛占了人家便宜。

应该说是占了陶月英的便宜。

顾嫂脱下了回娘家穿的衣服,换上平时干活的装束,来到了谢家。从心里说,她是惦念谢五常的。谢家人人都好,但若说有情谊,还是老人有情谊。虽说谢小蓝和陶月英也不拿她当外人,花插着送她个不流行的包,或者不时兴的衣服,但情感好像不是这样就能建立的。比如,哪天顾嫂把饭菜做得没合胃口,谢五常从不说什么,那姑嫂却会抱怨得无尽无休。顾嫂表面也应承人家说得对,但心里有时却想,谁没个手高手低呢,能填饱肚子就得了,值当得花说柳说吗?

顾嫂怎么也没想到,此时的谢家成了硝烟未散的战场。谢五常从屋里打到屋外,任什么东西都会给上一拐杖。一进到院子里,顾嫂就觉出了异样。一只塑料脸盆在花坛旁歪着,显见得是在这之前被人踢了一脚。拖把原本在墙角晾晒着,此刻飞到了大门洞子里,挡了顾嫂的路。顾嫂随手把拖把拾起来,放回到了原地,大声说,美人蕉碍着谁了,怎么就把花儿揪掉了?顾嫂把那几片大红的花瓣也拣了起来,放到手里吹了吹。顾嫂的声音惊动了屋里的人,屋里的吵闹声立时降了温。顾嫂有些不敢往屋里走,隔窗望去,客厅仿佛也是一片狼藉。陶月英掐腰站在沙发拐角的地方,虽说闭着嘴,但那侧着脸的形象,都似冒着怒气。

顾嫂悄没声地进了厨房。中午的碗筷都还没洗,几片瓜皮都丢到了垃圾桶外。她扎好围裙,细细看了看盘碗里的内容,有个凉菜,也有个热炒,但没有做汤。汤盆还是她走时摆放的样子。老人就爱喝一口汤,包括谢小蓝,却都不愿意多动手,嫌麻烦。老丫头都心眼少,娇气,难得为别人着想。顾嫂边洗碗边打开了冰箱的门,查看里面还有些什么。她晚上一定要给谢五常做个汤,哪怕就一个鸡蛋几片芹菜叶呢。

谢小蓝到厨房打了个晃,脸沉得水一样。顾嫂问,月英呢?谢小蓝说,走了。顾嫂问她晚饭吃什么,她说吃气,气都气饱了。顾嫂忽然想起还有几个虾仁,正好可以做碗虾球汤。她征求谢小蓝的意见,谢小蓝说,你去问我爸吧,别问我。

谢小蓝一转脸,谢五常就堵在门口站着,吓了她一跳。

顾嫂也同时看见了谢五常，穿一件小格子长袖衬衫，看着像新的，胸前却已经污渍斑斑。顾嫂很吃惊，一天不见，她觉得谢五常灰了不少，消瘦了不少。脸颊陷得深了，连头上有数的几根白头发，都根根直立了起来，看着像个年老的刺猬。

谢五常可怜巴巴地说，他们不要你了。

顾嫂没明白，不要……谁？

谢五常的喉头滚过一串声音，你，他们另找别人了。

顾嫂看了谢小蓝一眼，见谢小蓝在拼命给父亲打手势。父亲看见了，却如同没有看见。他不屈不挠地在那里站着，倔得像一只不知死活的山羊。

顾嫂忽然意识到了什么，腾地脸红了。缓了缓，顾嫂摘下了两只套袖，艰难地说，我是该走了。

7

这一天发生了什么事，顾嫂不知道，谢小蓝也不知道。谢小蓝比顾嫂早一点到家时，家里已经是一片狼藉了。上午，陶月英嗑着瓜子坐在沙发上看电视。谢五常挂着拐出出进进，经过陶月英面前，就要斜一下眼仁儿。说地该擦了，衣服该洗了，屋顶上的蜘蛛网该罩罩了。陶月英动也没动，只是把电视的声音调大了。谢五常在门口盯了陶月英几分钟，陶月英当然有感觉，但她假装不知道。

谢五常没有顾嫂的电话，否则他早就把电话打过去了，问问顾嫂为什么不来。太阳升高了，外面的蝉又没死没活地开始叫，谢五常烦躁地举头看天，恨不得把天戳个窟窿。谢五常的焦躁，哪里逃得了陶月英的眼睛。陶月英冷冷地说，顾嫂今天不来了，快把新衣服脱了吧。扭过脸去，陶月英小声说，穿那样好的衬衫，哪里配。谢五常像鱼一样张着嘴巴喘气，他听见了陶月英的话，可他对陶月英的话无动于衷。

顾嫂干啥去了？他问。

不来了。陶月英故意回答得节省。

她啥时来？谢五常的话说出来像沙子一样干涩。

陶月英说，啥时也不来了。

陶月英这话是随意说的，谢五常也听得随意。他缓慢地扭过身去，一顿一顿地朝外走。他还是不相信陶月英的话，他觉得顾嫂是有什么事情耽搁了。

谢五常对陶月英的不相信，从很早之前就开始了。那时他刚从岗位上退下来不久,一位酒厂的老朋友托陶月英给他捎来两瓶陈年佳酿,是窖藏三十年的稀罕物,整个酒厂也就那么几瓶,陶月英却在半路上把酒送给了自己的爹,对谢五常提也不提。那是谢五常与陶月英第一次翻脸,说她不值两瓶酒钱。陶月英说,我连一瓶酒钱也不值,当初你为什么非要看上我?

谢五常当年看上陶月英,除了她的模样可人,还有她1.70米的身高。谢家的人都是方肩膀,圆身子,身高都在1.65米左右,典型的冬瓜体形。要想改变家里的这种基因,唯一的希望就是儿媳妇要有足够的身高。事实证明,谢五常这一点是高瞻远瞩的,现在谢家的第三代已经明显改变了状况。只是他与陶月英的关系总是很难融合。外人看不出什么,如果有其他人在场,陶月英对谢五常有足够的客气。但如果是两个人单独面对面,陶月英就有点欺负人了。

陶月英接了同事的一个电话,是介绍顾嫂来的那个人,叫王芳。王芳问陶月英为什么没来上班,陶月英说顾嫂回娘家了。话说到这里,陶月英忽然变得吞吞吐吐,她说如果我们辞了顾嫂,你不会有意见吧。

王芳咯咯地笑,说我能有什么意见,跟我非亲非故的。我不是告诉过你吗,她只是给我家做过家政,我看她人还老实，就介绍给你了。

陶月英说，你能再介绍个保姆吗？

王芳说，没问题。我的一个邻居，最近刚从印花厂下岗，正托我找事做呢。人没说的，又干净又能干。只是……你为什么要辞了顾嫂呢？

陶月英伸着脖子朝屋子里看了看，谢五常像张弓一样在床上躺着，一动不动。等不来顾嫂，谢五常都有点虚脱了。陶月英自以为机密地说，老爷子看上她了，吵着要入洞房呢。我今天特意给她放了一天假，看老爷子怎么折腾。话音未落，"乓"的一声巨响，谢五常把床头柜上的一只花瓶打落到地上，瓷器碎片炸裂开来，甚至撞到玻璃窗上。陶月英的话像是给谢五常打了一针强心剂，一下子就把他的斗志激发出来了，他的身上陡然就有了精神。谢五常骂陶月英混蛋，说你不配糟蹋顾嫂！谢五常爬起身，疯了一样在屋里院里到处砸东西，把陶月英吓傻了，只得给谢小蓝打电话，让她快些回来。谢小蓝一看家里的样子急得呜呜直哭，因为谢五常从来也没有这样发疯过。无论谢小蓝说什么，谢五常也不为之所动，他越砸越有劲儿，越砸越上瘾，把砸东西当成了一种娱乐。

谢家召开了紧急会议，是老大主持的。中心议题就是讨论是否换保姆。老大平时也是主持惯了会议的人，各种问题想得面面俱到。他特意让谢小蓝给外面的哥哥姐姐打电话，征询他们的意见。谢小蓝还在气头上，话说得很不客气。说爸简直是疯了，为了保姆把家都砸了。外面的哥哥姐姐话说得都很客观，说爸没事吧。没事。没事就好。一个保姆，换就换呗，还商量啥。一家人在客厅开会，谢五常在床上躺着。没人邀请他开会，他也自觉不开，他知道自己差不多是这个家的编外人员，凡事没有插嘴的份儿。人没了斗志，就像散了架一样拾不起个儿。老大进来看了看他，没说什么，出去了。父子没有对眼神，但谢五常感觉到了后背让儿子盯出了洞，那洞有点火烧火燎。汪普也到屋里转了一圈，在谢五常的头前站了一会儿。他有点搞不懂这个老人，是因为他从来也没想搞懂过。

谢五常躺在床上，却尖着耳朵，外面每个人说的话他都能一字不落地听到。老大回来的时候，他就已经爬上床了。他不怕陶月英，但他有点怕老大。年轻的时候老大怕他，现在倒过来了。不知从什么时候起，他说话做事要看老大的脸色，就像小时候老大看他的脸色一样。老大现在是家长，家长都有家长的威仪。老大看到家里乱糟糟的样子,严厉地问,这到底是怎么回事?老大的问话,把谢五常吓得一激灵。陶月英说,有同事给她打电话,推荐新保姆,她只不过是问了问情况,就把老爷子惹翻了。大家看见了,他把家弄成这样,能说他对顾嫂没想法?大热的天他还穿了小粉格的高档衬衫,穿给谁看的,这还不是秃子脑袋上的虱子,明摆着?顾嫂明明知道老爷子对她有想法,还答应前来守夜,包子里是什么馅儿,还用得着别人说?

陶月英上嘴唇一碰下嘴唇,这些话就一串一串地往外涌。这些话,谢五常都听到了。他清楚,自己是对顾嫂有想法,只是这种想法不能由别人来说,这是他心中的隐秘,心中的隐秘是不能让人随便戳破的。既然戳破了,就有戳破的代价。他白天的那通砸,就是明证。可现在被陶月英在家人面前这样信口开河,他又无可奈何。他无法反驳她,又没有力量用身体去抗衡。他是一个人,而他们是一群人。他清楚自己不是他们的对手。他呼呼喘着粗气,喉咙里像拉风箱一样。他睁大眼睛望着屋顶,像一匹等待宰割的动物,心里充满了悲伤和绝望。

老大面无表情地看着陶月英,心里搅动着一种复杂的情绪。很多时候,他很不愿意听这个女人说话,像许多中年夫妻一样,连房事似乎都要 AA 制了。他更不愿意听这个女人讲父亲的是非,不愿意,但能听得进去。骨子里,他对父亲的感觉也有点特殊,小时候因为惧怕而没有存储对父亲的爱,如今,在诸种复杂的感觉中,有一种感觉他不能面对,那就是对父亲的冷漠。

他心底的冷漠只有自己能触摸得到。而在表面,他要硬着头皮装出热情。

陶月英又说这一天自己如何辛苦,不上班也要过来陪老人,最后却落得个里外不讨好。老大不耐烦地说,你别说没用的,不用顾嫂,能找到新的保姆吗?陶月英马上收住嘴,说一个从印花厂退下来的女工叫宋月仙,人家愿意到咱家来。老大看了汪普一眼,他还记着允诺他们回家去住的话。于是又问,能值夜吗?陶月英说,不能。老大语速很快地说,不能就不能,小蓝你们就别搬走了,在哪里住还不都是住。谢小蓝托着腮不言声。汪普坐在沙发扶手上一直在摆弄手机,突然插话说,在哪里住都是住,可在哪里住也不如在家住舒服。

汪普的话把大家吓了一跳。谈到家务事,他是从不插言的。

老大盯了他一眼,说,汪普你这话是什么意思?

汪普不安地看看这个看看那个,犹疑地说,我也就是说句实话。其实还有一句实话，顾嫂真的对老爷子别有用心吗？就算别有用心她就一定能得逞吗？

谢小蓝说，汪普，你听大哥的。

汪普执拗地说，大哥说的就一定都对吗？

老大的脸气得像铁一样黑。汪普的神情像孩子一样单纯，老大顶烦他这一点，不像个男人。老大从沙发上站了起来，果断地说，明天就让宋月仙来，把顾嫂的账结清，一分钱也别少她的。

老大去了屋里，对仍然躺着的谢五常说，从明天开始换保姆，有能耐您就把家再砸一遍。

说完，老大裹着风声走了。那些话像鞭子一样抽在谢五常的身上，谢五常蜷曲了一下身子，情不自禁地用双手抱住了肩膀。

8

从谢家出来，顾嫂心里很不痛快。不止不痛快，甚或还有点尴尬和难堪。昨晚还跟老耿热烈讨论守夜的事呢，今天就被人家辞了，这个弯子，不是那么好转的。

顾嫂心情不好，晚饭也没怎么吃，拿着小本本开始打电话。顾嫂先给王芳打，顾嫂是王芳介绍去的，理应给人家通个消息，顺便再拜托她，有合适的机会再介绍一下。不料王芳张口就说，谢家的老爷子看上你了？顾嫂恼道，你这话是听谁说的？王芳说陶月英亲口告诉她的，不会有错。顾嫂闭紧嘴巴，半天才缓过来一口气说，谢老不过是对人好，她怎么能这样编排一个病人呢？

顾嫂在那里拨电话，老耿戴着老花镜看报纸。家里订了一份晚报，老耿每天都要从报头看到报尾，不那样看，就觉得对不起自己花的报钱。可今天老耿总是很难集中精力，顾嫂每个电话拨通了，他都要侧着耳朵听一听。顾嫂心里急，他的心里一点也不轻松。顾嫂的收入是家里资金链的一个重要环节，顾嫂那里断掉了，就意味着家里的经济增长将变成负数。

王芳的话，让顾嫂发了脾气。当然不是对着王芳发的，是放下电话以后发的。顾嫂把手里的小本子摔到了桌子上，本子蹦了一下，翻到了地上。顾嫂冲着老耿说，她们真是不怕丑，居然跟外人编排自己的老人。世界上怎么会有这样的儿女！

老耿也无可奈何。管不了外边的事，老耿只能安慰顾嫂，说反正咱也不在谢家做了，她爱说什么由她说去。顾嫂说，做官人家的人可是跟咱们不一样，咱就是想把活儿干好了。老耿说，她们都是闲的，不愁吃喝，也不愁钱花，可不就得琢磨点闲情闲事。老耿把小本子从地上捡起来，递到了顾嫂的手里，又拍拍她的肩膀，让她消消气。顾嫂端起水杯咕咚咕咚喝了半杯子水，用手背摩挲了一下嘴角，开始继续打电话。顾嫂拨通了两家家政公司的电话，结果人家都没有人值晚班。又打给一些工友，问她们在做什么，需要不需要人手。电话打了一圈，也没个结果。顾嫂坐在床边生闷气，老耿放下了手里的晚报，说咱先出去遛遛弯，这也不是着急的事，明天去劳务市场转转，兴许就有机会了。

从外面散步回来，老耿开门的时候就听见家里的电话铃响起来没完。顾嫂抢着去接，果然是过去一起打工的姐妹打来的，说给一家商厦去擦玻璃，问顾嫂去不去。顾嫂喜出望外，什么都没问，就一个字：去！

宋月仙只来了三天，就再也不来了。谢五常总在身后盯着她，说她偷了这个偷了那个。那天宋月仙拎着包出去，谢五常愣说她把半瓶香油藏在了里面。宋月仙赌气把包拉开，把里面的东西全都倒在了地上。宋月仙问，看清楚了，有你家的香油吗？谢五常什么也没说，拄着拐回了屋里。宋月仙不依不饶说，要不是看你有病，我就到公安局告你诬陷！谢五常在屋里"哼"了一声，冲着玻璃窗说，你今天没拿就是昨天拿了，反正半瓶香油没有了。把宋月仙气得在院子里蹦高。她对谢小蓝说，你就是一个月给我一万块钱，我也不伺候了。他不是有病，他这是成心找碴儿。

谢家一连换了三个保姆，哪个也不能坚持做一周。谢五常的那种挑剔，不是一般的挑剔，饭菜不是咸了就是淡了，不是凉了就是热了，动不动就去搜人家的身。陶月英再也不来这里蹭饭了，什么时候被老大逼急了，才过来点个卯。年轻的时候，陶月英把老大拿捏得分分毫毫，人到中年，老大事业有成，情景才有了颠倒。陶月英偶尔也撒泼，但会在老大能够容忍的限度内。稍一出圈儿，陶月英会自己回来。

谢家的保姆，每天必须做的一件事，就是洗那件粉格子衬衫。除了那天穿过一天，谢五常再也没穿过，不穿，还要洗，每天都要洗，这不是有病了吗？衬衫的前襟有一块油斑，是怎么洗都洗不掉的。谢五常今天看见今天骂一通，明天看见明天骂一通。几个保姆都是这样给骂跑的。

谢五常说人家的手是猪爪子，连个衣服都洗不干净。他盯着人家洗，还盯着人家晾晒，衣服撑到衣架上，连个褶皱都不能有。保姆都说，谢家的活儿好干，谢家的人难缠，简直比鬼子都会折磨人。干活儿还要被折磨，天底下都没有这样的理。

内蒙古小姑娘素素在某一天的早晨走进了谢家，她是继顾嫂走了以后的第四个保姆。素素是一个乖巧的女孩，叫谢五常爷爷。素素刚来三天，就知道了谢五常当年差点当了县长的事，是谢五常告诉她的。谢五常让素素洗那件小格子衬衫，素素很爽快地答应了，素素说，爷爷的衬衫一看就很高档，只有县长才穿得起。谢五常便得意地说，当年他差点当了县长。素素便开始叫他县长爷爷，谢五常脸上笑开了花，但还是有些紧张地说，你别这样叫，让人听见不好。

素素聪明地说，有人的地方我不叫。

有一天，谢五常主动对素素说，那件衬衫别洗了，又没穿，费那力气干啥呢？谢五常用的是抱怨的语气，仿佛以前所有洗衬衫的日子都是别人自作多情。素素很高兴，连忙给谢小蓝打电话，说爷爷不让洗衬衫了！谢小蓝赶忙跟外地的姐姐汇报，说天爷啊，老爹的魔怔可是过去了，这都多久了啊！姐妹俩抱着电话煲粥，把家里的所有成员都论说了一遍，说到嫂子陶月英，谢小蓝说，多亏是她心眼多，我跟爸整天住在一个屋檐下，也没想到他对人家保姆动心思，人家有丈夫。

姐姐说，没丈夫也不行，爸都多大年纪了，哪能这样折腾。

趁着高兴，谢小蓝又给汪普打电话，汪普对这件事有想法，光哼哼不说话。谢小蓝不满地说，你怎么这样，对我爸漠不关心。汪普带着情绪说，谢家又不是没儿子，凭什么我们要全天候伺候？谢小蓝说，大哥不是工作忙吗？汪普说，他也就饭局忙。我工作就清闲？一天到晚累个臭死。汪普的身后就是隆隆的机器声，汪普的话，都是喊出来的。谢小蓝有些气，说你跟大哥比啥，你又没吃亏。汪普理解谢小蓝指的是什么，因为陶月英说过这样的话：你们住在这里，吃饭不要饭钱，住店不要店钱。谢小蓝不以为意，可汪普能听出弦外之音，仿佛他们住这里是来占便宜的。每天面对一个病歪歪的老人，这种便宜她怎么不占呢！只是这样的道理谢小蓝听不懂，在这种人情世故面前，她就是个糊涂虫。汪普怒气冲冲地说，从今天开始，我不回去了，你爱住哪住哪！

说完，就把电话挂了。

谢小蓝气得给汪普发短信，说有本事你永远别回来！谢小蓝等了半天也不见汪普回音，再打电话过去，汪普却关机了。

谢小蓝回到家，见谢五常在床上躺着，素素坐在客厅的沙发上，一只包袱儿在肩上挂着，腿边是一个鼓鼓囊囊的编织袋。谢小蓝上一眼下一眼地看，问素素怎么回事。素素说，爷爷不用我了，让我现在就走。谢小蓝刚要去里间，素素又说，我也不愿意在这里干了，姑姑你给我结工钱吧。

谢小蓝头都大了，问到底是怎么回事。

素素像讲故事一样把事情说得清清楚楚。

原来，下午四点多，谢五常去外面的石凳上坐着，过了伏天，天气明显凉爽了，那些蝉一夜之间都销声匿迹了。谢五常惦记它们，举着脑袋找，一个也看不到。他让素素去家里拿竹竿，敲打一下槐树，看那些蝉是不是睡着了。素素知道这有点搞笑，可还是乖乖地去拿了。她把竹竿举过头顶，用力地一下一下敲打老槐树。素素的用力，有点虚张声势，是表现给谢五常看的。没发现蝉，只把一些树叶子敲飞了。谢五常很高兴,他喜欢看素素敲打槐树的样子,为他敲打。这个时候他已经把蝉忘了,满心眼儿的喜悦,都是因为素素。心底的柔情像水波一样有了涟漪,他忽然发现自己舍不得离开这个女孩了。他哆哆嗦嗦地从裤腰里摸出钱包,拿出200元钱,一脸神秘地说,素素,素素。

素素丢下竹竿跑了过来,伸手去接钱。她说,谢谢县长爷爷。她以为谢五常要犒劳她。

谢五常却把伸出去的手缩了回来。他仰头望着素素,认真地说,你陪我睡觉,这钱就给你。

素素打了个愣,说爷爷你这话是什么意思。

谢五常并不解释这话是什么意思,他的思维有点回不过弯儿,只是机械地重复了句,你陪我睡觉,这钱就给你。

素素与谢五常狠狠地吵了一架。素素对谢小蓝说,他都多大年纪了,怎么能说这样的话呢!我是好人家的女孩,凭力气吃饭,你们不能这样欺负人!

谢小蓝听了事情的原委,立时没了分寸。她见不得素素站在这里,甩出几张纸币,让她快走。谢小蓝闯进了里间,谢五常却睡着了。听见谢小蓝诈尸一样地叫,谢五常懵懂地侧过身来,眼睛红得像只年老的兔子。他说我做梦呢,你说话不能小点声?

谢小蓝啊啊啊地语不成调，说些了什么，谢五常一句也没有听清楚。谢五常朝她摆了摆手，说你别烦我，我好不容易才睡着。

谢小蓝又提高分贝地发出了一声叫喊，自己先把耳朵捂住了。

这天夜里，谢五常起身去洗手间时，一头栽向了墙角的暖气管子，在地板上躺了三个多小时。额头磕开的三角口子，被一早起来的谢小蓝发现时，血渍都成了僵死的蚯蚓。等到急救车赶来，谢五常的脉搏已经很微弱了。

谢小蓝那天晚上一直失眠，连最喜欢看的韩剧也很难看下去。汪普除了一条短信就再也没有消息了，这种赌气方式让谢小蓝觉得非常不习惯。凌晨两三点钟，她刚蒙蒙眬眬睡着，就听见洗手间的方向咕咚响了一声，可她没想到是谢五常栽倒了，如果早知道事情是这样，她多困也会爬起来去看一看。

谢小蓝几乎要崩溃了，给外地的哥哥姐姐通报消息时，都是痛哭失声，害得哥哥姐姐以为回来就是要奔丧了。心疼父母的人，都是不能守在父母身边的人。哥哥姐姐下了车都直接奔了医院，他们一个人拉着父亲的一只手，许久都没有松开。医生说，谢五常是血管病变导致脑出血。栽得这样重,人即使能救回来,家属也要做准备了。

9

谢五常一周以后才苏醒过来。

医院的护工是四十多岁的壮年汉子,每天负责给谢五常翻身洗澡接大小便。可人家只负责值夜里,白天的许多事,都要家属亲自打理。前几周还好说,谢家这四个儿女轮流值班,老大如果不来,会派个单位的小青年。小青年把老人照顾得无微不至,比最尽心的儿女都不知道要尽心多少倍。那种状况看上去,多少让人感到有些悲凉,同病房的人都以为小青年是谢五常的孙子。因为小青年尽心,陶月英就可以名正言顺地不尽心。上午打一晃,下午打一晃,一天的值班就算结束了。相比之下,其他三兄妹却是苦不堪言。老二的老婆是高中毕业班的班主任,飞过来看一眼公爹,又急急地飞走了。谢小蓝的姐姐叫谢小青,在南方一家企业做业务主管,手机如果能消停十分钟,就阿弥陀佛了。谢五常发病的转天汪普才知道信儿,匆匆放下手头的工作赶了过来,却遭了谢小蓝一通骂。谢小蓝的那通骂是含了委屈的,她怪汪普在那样紧要的关头不在家,让她独自面对躺倒在洗手间头脸成了血葫芦的父亲,那种惊吓差点导致谢小蓝昏厥。没人同情汪普,甚至都隐隐对他生出怨恨,倘若他在家,谢五常也许就能被及时送到医院,状况说不定会好得多。那种敌意让汪普如芒刺背。汪普不管不顾地说,老爷子就应该有人值夜,要是顾嫂不走,这一切说不定都不会发生。汪普的话,含了多层意思。他觉得假如顾嫂不走,谢五常这次就不会发病。

没人愿意听汪普的话,都觉得他这是在推卸责任。陶月英回头把这话学给老大听时,老大差点气炸肺。老大觉得汪普不只是在推卸责任,而且是直接把责任推向了自己。他当即给汪普打电话,把他骂得狗血喷头。老大说汪普别的没学会,却学会了嚼舌头。汪普三十多岁的人,被骂得眼泪汪汪。对这位大舅哥,他向来是畏惧的。过去他追谢小蓝追得辛苦,然而在谢家生活的这几年,他觉得比当初还要辛苦。

谢五常出院以后,家里就开始闹人荒了。医院的护工来谢家做了几天就走了。人家喜欢在医院做,不但赚钱多,还每天面对不同的面孔,有新鲜感。谢小蓝强留都留不下,也只得给钱让人离开。老二和谢小青也前后脚走了,他们各自都有一摊子工作，都不是别人能够代替的。他们临走都给小蓝撂了些钱，让她再请个保姆，千万别累着自己。话是这样说，谢小蓝明白，她是逃不掉了。每天守着病人，请多少个保姆，说不累那都是假的。老二甚至单独请汪普吃了一顿饭，喝了点小酒。老二是同情汪普的，知道这些年他在这个家生活得不容易。早先是父亲看不上他，后来是大哥看不上他。他是为了小蓝才在这个家忍气吞声。父兄都是混在官场的人，看人的视角与老二不一样。老二在大学做副教授，教心理学。老二握着汪普的手说，兄弟，二哥是分身乏术，就拜托你替我尽份孝心了。汪普掉了眼泪，结婚这些年，谢家从没人对他说句体贴的话。老二的这份拜托，在他看来比山都重。

汪普在谢五常的屋里住了几天，就有点顶不住了。工厂的活计一个萝卜一个坑，汪普一人看两台机器，一丁点儿都分不得神。谢五常的觉却越来越少，夜里经常冷不丁坐起来，摸索着下床。他的半边身子很难协调，如果不是汪普身手矫健，他准会栽个大跟头。汪普问他下床干什么，他说回家。汪普告诉他这里就是家。谢五常脑袋摇得像拨浪鼓，说蔡小个子呢？刘大手呢？顾长风呢？汪普不知道这些人是谁，谢小蓝也不知道。谢小蓝不认识父亲认识的那些人，而父亲不认识她。她问谢五常自己是谁，问十遍谢五常答十遍，却没有哪次回答的与上一次相同。

老大要带队到南方去考察。临行前的一个晚上，夫妇俩来看谢五常。虽说不出门时老大也没时间为父亲做些什么，可把父亲就这样扔给妹妹，老大多少有点愧疚。他对谢小蓝说，这次考察任务很紧要，自己又是带队的人，实在不能不去。陶月英也在一旁帮腔，说官身不由己，你哥也是没办法。不过还有我呢，我会经常过来照看的。经过这些日子的折腾，谢小蓝脸都瘦了一圈，走路脚底下也有点打晃。她从小就没为什么事情操过心，肩上突然有了这样沉重的一副担子，谢小蓝总觉得自己要被压趴下了。陶月英话没说完，谢小蓝的眼泪就下来了。她的眼睛原本就是通红的，掉下来的眼泪，也像红色的玻璃珠子一样。

谢小蓝知道，嫂子也就是在哥哥面前嘴巴好使。可她又不好意思把矛头直接对准嫂子。你们都走吧，大不了我辞职。谢小蓝赌气地说。

陶月英搭了老大一眼，那意思是，瞧你这个妹妹。

谢小蓝的一句话，让老大心里仅有的一点愧疚顿时没了踪影。老大一向觉得谢小蓝不懂事，这时越发觉得她不知轻重。他习惯性地咬了咬嘴唇,沉默了一会儿,才说,小蓝你不用这样讲话,你真辞了职,我发你一份工资。

谢小蓝噗,你能养我一辈子吗!

老大沉稳地说,你还真别小瞧我,你那几个工资我还真是拿得起!

汪普息事宁人,说还是抓紧时间请保姆吧。嫂子多留些心。

陶月英还对汪普耿耿于怀,说两条腿的保姆天底下到处都是,一划拉就是一火车。

谢小蓝马上变得怒气冲冲,说明天你就给我拉一火车来,让我瞧瞧!

谢小蓝把同学朋友的电话都打遍了,拜托他们留意有没有合适的保姆。可几天过去了,连个回话的也没有。谢小蓝心急如焚。汪普提起顾嫂,说谢家对不起人家,人家尽心尽力在这里做,还被讲是非。谢小蓝问,你觉得她没有是非?汪普说,有是非的是老爷子,他想亲近顾嫂。谢小蓝说,不管谁是谁非,扼杀在萌芽状态总是好的。汪普"哧"的一声笑了,说还扼杀呢,你倒说得有趣,你以为那种感情还能在枯木上发出芽来?老爷子的亲近,也不过是雾里看花罢了。

这话点醒了谢小蓝。谢小蓝自言自语说,汪普,你说得对,这道理我怎么就想不到呢?

正在上班的老耿被告知有人找。他出来一看,见谢小蓝在门口站着,旁边停着一辆电动自行车。谢小蓝与老耿握了握手,这让老耿觉得有些突兀。老耿说,是找我家里的吧?谢小蓝问顾嫂好不好,最近在忙些什么,刚才去家里敲门了,顾嫂好像不在家。老耿摩挲着手说,她一直在打零工,这几天回娘家了。梨熟了,黄冠、脆皮、雪花,都要下树了,家里人忙不过来。老耿小心地问,你找她,有事?谢小蓝点了点头。老耿说,她娘家装了电话。谢小蓝说,你还是告诉我地址吧,我去一趟。

谢小蓝打车顺顺当当找到了那个叫官厅的山村。进了村才发现,她还是有麻烦。她只知道顾嫂的姓,却不知道顾嫂叫什么,也不知道顾嫂的家人叫什么。她在山脚下遇到了一个放羊人,比画着说了半天,在城里住,丈夫是工人,姓耿。放羊人说,这个村在城里住的多着呢,语气颇自豪。谢小蓝灵机一动,说那家经营着梨园呢,眼下正在摘梨。放羊人笑得咯咯的,说眼下就是梨下树的季节,家家都摘梨,谁知道你说的是哪一家。谢小蓝一筹莫展,忽然想起顾嫂说过的话，娘家的房子站得高看得远，前面就是山，翻过山去就是官厅水库。放羊人把鞭子往身后一背，朝司机挥了挥手，说，跟我走。

再也没想到，谢小蓝见了顾嫂会搂着她哭。顾嫂没想到，谢小蓝也没想到。顾嫂拍着谢小蓝的肩，等着她自己把哭声停下来。顾嫂猜到了肯定是谢老出了问题，但她没有问。离开谢家，谢家的人和事就与她没有关系了。她对老耿和娘家人都是这样说的，不是她做得不好，是谢家人误解她。陶月英经常对谢小蓝挤眉弄眼，顾嫂离开了谢家，才逐步回过味来。

顾嫂对家里人介绍说，这是谢书记的女儿。老太太一听这话就慌了，攥着谢小蓝的手左看右看，嘴里咂着舌头说，像，像。把谢小蓝搞得莫名其妙。顾嫂解释说，当年谢老在这里当过公社书记，前面的水库就是他修的，这里的人都念着他的好。谢小蓝惊讶地问，怎么没听你说起过？顾嫂比谢小蓝更吃惊，怎么，你没听谢老说过？

顾家的热情让谢小蓝无言以对。倭瓜子是新炒的，摸到手里是烫的。刚下树的苹果和梨又新鲜又水灵。去年留下来的松子和榛子，都只有小小的一把，但谢小蓝知道，这是招待贵客的。谢小蓝坐在炕头上，反攥住老太太的手，打听当年父亲修水库的事,老太太瘪着嘴巴,说得滔滔不绝。谢小蓝感到很震撼,那座水库比自己的年龄还大,这样久远的往事,老太太竟如数家珍。

谢小蓝眼泪汪汪说起父亲的病,现在已经不认得人了,连女儿都不认得了。正是需要人的时候,找个保姆却比登天都难。老太太看了看谢小蓝,又看了看顾嫂,悄悄抻了抻顾嫂的衣袖。顾嫂把衣袖朝上挽了挽,故意没理会母亲。谢小蓝在顾家一出现,顾嫂就猜到了她是为什么来的。她生谢家人的气,立志不再登谢家的门。老太太知道女儿是怎么想的,她出溜下炕,去掀栗子皮颜色的柜盖,拎出一个包裹。老太太说,我七十六了,我去伺候谢书记几年。

谢小蓝上前抱住老太太,"哇"的一声哭了。

10

谢五常每天要问几十遍这是哪,你是谁,顾嫂不回答自己是谁,只说自己的家在官厅水库边上,中间隔着一座山。翻过那道山梁,就是那一大片平平展展的蓝镜子。你还记得官厅水库吗?

谢五常什么都不记得了。他丧失了记忆，成了一个活在平面的人。顾嫂给他擦身体的时候，给他的身体做按摩的时候，他的眼神会随着顾嫂转来转去，然后问上一句，这是哪？你是谁？

　　顾嫂问，你是谁？

　　谢五常收回目光，垂下头认真地想，一只手抬起来，对准自己的太阳穴，像钻头一样拧上几拧，似乎要钻到深处去。他不知道自己是谁，他很苦恼。

　　顾嫂说，你姓谢，当年差一点当上县长呢。

　　顾嫂非常想把当年的事情说详细一些，说不定就能唤起谢五常些什么。顾嫂说，县长是很大的官，能管着那么多人吃喝拉撒。你若当了县长，那该多风光啊！

　　顾嫂知道，有关县长的记忆，曾经是谢五常的伤痛，但也是谢五常的荣耀。时间久了，伤痛逐渐消失了，差一点当了县长之类的话，成了比荣耀更尊贵的资本。邻家张老太曾与谢五常是平起平坐的官，见面就打趣地喊他谢县长，谢五常很恼火，背后骂张老太想当个候选人也没当上，纯粹就个是狐狸精。谢小蓝没心没肺地问，有那样老的狐狸精吗？

　　当年谢五常被差额差下来的事，曾掀起轩然大波，被人津津乐道了好几年。可那些事,作为局外人的顾嫂不知道。平头百姓只关心油盐酱醋,官场离他们十万八千里。顾嫂两年前走进谢家,才知道谢五常是当年自己见过的谢书记。顾嫂说起往事时,谢五常并没有对官厅水库表示出多么感兴趣,只是轻描淡写地问了问情况。他为官多年,没有哪些事情是特别能够记住的,除了那次选举失利。顾嫂想,当年人家就是大书记,不会记得小老百姓当回事的事。

谢五常的嘴唇总干得起皮,顾嫂每天要喂他无数次的水。顾嫂一手拿水杯,一手拿调羹,问谢五常是谁,谢五常说,我是谢县长?顾嫂咯咯地笑,说你不是谢县长,你没当上。谢五常自己揪了揪耳朵,表现得毫无概念。顾嫂问我是谁,谢五常的眼睛会在顾嫂的脸上扫半天,说你是端水的大嫂。

顾嫂说,对,我就是端水的大嫂。

顾嫂问谢五常当初为什么没当上县长,谢五常很茫然。他用懵懂的眼神看顾嫂,特别想回答顾嫂的话,却像回答问题的小学生不知道答案。关于那件事,顾嫂稍稍留了下心,就从张老太的嘴里套出了一些情况。当年谢五常其实是被人栽赃了,人代会在宾馆召开,报到那天,就有小道消息在与会代表之间流传。说谢五常的候选人身份是花银子买来的。当时谢五常正经手县里的重点工程，手里有大笔资金周转。这条消息很阴险，选举在即，代表们既不能放任一个腐化分子坐上县长的宝座，又没有时间和机会让候选人洗清冤枉。结果那次选举谢五常连三分之一的选票都没有拿到。张老太说，谢五常吃亏就吃在了直肠子，他总以为把工作干好就一了百了了，却不知道别人的心思都用在了"琢磨"上。谢五常就吃了不"琢磨"的亏。当时选举结果出来，谢五常是被救护车拉走的。随即就又有人放出风来，说谢五常连一点领导干部的修养都没有，能上不能下，这样的人，还能当县长？

张老太还说，从那以后谢五常就开始泡病号，烦了就拿老婆孩子出气。他老婆的身体原本好着呢，谢五常三天一小吵，五天一大吵，愣是把人吵成了秋后下架的黄瓜，整天连一点精神头也没有。前几年孩子们都不愿意理他，后来他也病了，孩子们和他的关系才稍微有了改善。谢五常人老了，心却不老。身体病了，心劲儿却不减。还为当年没当成县长耿耿于怀呢。

张老太问，他是不是愿意别人叫他谢县长？

顾嫂摇了摇头，说不知道。其实这一点她是知道的，可她既不愿意欺骗张老太,又不愿意把谢五常的隐私暴露出来。所以顾嫂只能说不知道。

张老太朝她挤了挤眼,说你回去叫他一句谢县长,看他答不答应。

他不答应。顾嫂干脆地说。

进了十月,槐树的叶子黄了。秋风在瓦垄上打滚的时候,谢五常总算从床上爬了起来,虽然架着双拐还要走一步退两步,但对于他这种危重病人来说,已经是奇迹了。顾嫂给他穿上那件小格子衬衫,谢五常觉得很新奇,对着镜子左看右看,突然喊了声,顾嫂!

顾嫂吃惊地看着镜子里的自己,有些不知所措。自己是顾嫂吗?自己是谢五常记忆中的那个顾嫂吗?

顾嫂说,你喊我?

谢五常笑眯眯地说,收拾东西,咱们回家。

顾嫂问谢五常回哪里的家。谢五常望着屋顶想了半晌,说咱们去找蔡小个子,去找刘大手,去找顾长风。

顾嫂问蔡小个子是谁,刘大手又是谁。谢五常茫然地看着顾嫂,回答不上来。顾嫂又问顾长风是谁,话刚一出口,顾嫂突然像是被马蜂蜇了一下,难以置信地问,你说去找顾长风?

谢五常说,顾长风在山上搬石头呢。

顾嫂激动得慌里慌张给兄弟打电话,说谢书记连儿女都不认识,却记得咱爸。蔡小个子是不是蔡庄的老书记?还有那个叫刘大手的,是不是刘庄的谁谁他爸?

兄弟说,当年咱这三个村子都是从水库底下搬出来的,刘大手几年前死了,但也在刘庄当了一辈子书记。他们三个都是豁出性命修水库的人,只有咱爸牺牲了。

"牺牲"这个词,还是谢五常当时给定的性,说顾长风同志死得其所,虽然不能追认为烈士,但像烈士一样光荣。

顾嫂放下电话高兴得不知怎么才好,她对谢五常说,顾长风是在山上搬石头呢,知道搬石头为了啥吧?

就像被一缕灵光洞穿了黑暗的心房,那些漫山遍野的石头吸附着岁月悠悠地在远处打晃。谢五常犹疑地说,是……修水库吧?

顾嫂说,是修水库!那水库叫啥名儿?

谢五常又用一根指头去拧太阳穴,拧了半晌才犹疑地说,是官厅吧?

谢小蓝下班回家,顾嫂让谢五常喊谢小蓝的名字。谢小蓝一溜小跑跑了进来,说,爸爸认识我了?谢五常凑近了看她,说你是小青还是小蓝,谢小蓝说,我有姐姐那样老吗?谢五常想了想,肯定地说,你是小蓝,你姐姐是短头发。谢小蓝比画着说,"咔嚓",我也把头发剪短了,我是谁?谢五常笑眯眯地说,甭骗我,你是老丫头,谢小蓝!

谢小蓝指着顾嫂问,她是谁?

谢五常盯着顾嫂看,脸上的笑容慢慢消失了。谢小蓝说,她是顾嫂,你不记得顾嫂了?谢五常的眼角淌出一滴浑浊的泪,他嘟囔了句,顾嫂让你们赶跑了。

老大外出一周,陶月英一周没有露面,她跟谢小蓝在电话里闹翻了。陶月英责怪谢小蓝不该再请回顾嫂,即便请她回来,也应该先跟自己打个招呼。谢小蓝跟嫂子说了她去顾家的事,只换来了陶月英的一声冷笑,那意思仿佛在说谢小蓝是在编故事。谢小蓝也是个拧脾气,开始把话说得很刻薄,说你那一火车保姆都拉哪儿去了,是不是全都拉给大哥相看去了。

陶月英自知有些理亏,心里有气也强忍着。她好言好语说,知道你心情不好,我不跟你一般见识,谁让我是你嫂子呢。不过还是应该把丑话说在前头,防人之心不可无,你记住我的话。

谢小蓝说,我心情很好,就是不会防人。嫂子要不你来替我算了，我担心会把房子给你看丢了！

话不投机，陶月英"啪"地把电话挂掉了。

11

顾嫂在院子朝阳的地方放了躺椅，上面铺上厚棉垫儿，谢五常躺了上去，心情总是没来由的好，一张脸笑眯眯地跟着太阳转来转去，就像株年老的向日葵。顾嫂在一旁或择菜，或洗衣服，或晾晒谢五常的被褥，不论手头干着什么，总不忘记跟谢五常拉家常。顾嫂总是把洗衣洗菜的水留起来，冲厕所用。谢小蓝和汪普都不以为然，说水不值几个钱，不用那样费事扒拉地节省。顾嫂说，自己节省水，好像还不是因为钱，而是从小在山里养成的习惯。

顾嫂自然而然跟谢五常谈到了山里的水，天旱的年月，全村的人担着水桶翻山越岭去找山泉。大人担大水桶，孩子担小水桶。山里的水总是比油还金贵。古语说山多高水多高，哪里泉眼旺盛，乡亲们是知道的，可总有些特殊的年景，该旺的泉不旺，该有水的地方没水。不止官厅一个村这样，周围的十几个村庄都这样。

很多山外的人都奇怪,大山深处怎么会有官厅这样的村名。村里人会告诉你,村北的整个山场在早些时候都是皇家禁地,与清东陵一脉相承。专门为看林人修的衙门就坐落在村中央的位置,山里人都叫衙门官厅,叫看林人大老爷。人家享受的是七品待遇,跟城里的县太爷称兄道弟。逃荒落难的人路过这里,看见官家的房子,就觉得有了依仗,也就留下了脚步,借块风水宝地栖身,这样就有了官厅村,又有了后来的官厅水库。顾嫂问,你记得第一次去官厅是哪年哪月吗?谢五常眯缝着眼,看上去是在回想,可坚硬的石壁堵塞了它回想的路,他的思维只好停留在石壁的表面,无论怎么努力,都不能把石壁洞穿。他看着顾嫂,目光有水的清澈,有阳光的温度,有大山一样瓷实的信赖。忙完了手里的活计,顾嫂搬了板凳坐在谢五常的面前。那簇美人蕉的影子投射过来,正好打在谢五常的脸上。顾嫂发现了,先移动躺椅,再移动板凳。顾嫂回望一眼,见再没有什么影子能过来打扰,才拍了拍谢五常的膝盖,说记着,是一九七二年八月十三号!

你不信?那日子在石头上刻着呢!

……自行车扔在了山脚下,谢五常带领公社秘书踏上了通往官厅的路。小路在大山间穿行,很多地方窄得甚至搁不下一只脚，穿着四十码绿胶鞋的谢五常总要小心地把脚偏到稍稍平坦些的石缝中间。他到这个公社当书记三个月了，下决心要走遍所辖的二十几个村庄。官厅是离公社所在地最远的地方，再往北就是广袤的原始次生林。谢五常那年三十四岁，是县里最年轻的公社党委书记，以敢想敢干著称。老秘书五十几岁了，在公社工作了十几年，都没去过官厅。他嘟囔，历任公社书记谁都没去过那个兔子都不拉屎的地方，那里的人早起都不洗脸，多俊的闺女也没法儿瞅。

那一年整个华北地区都干旱，可干旱跟干旱不同，县里的口号是抗旱保种。可具体到深山区，喝口水都成问题，哪里有种可保。

谢五常走了半天的山路才来到了村里，见村头的崖壁上挂着浅浅一道湿痕，有露珠一样的水滴顺着崖壁往下淌，下面有水桶承接。而水桶后面，是长长的水桶和扁担阵，排得歪歪扭扭，但紧密得无懈可击。谢五常在那个水桶旁站了半天，见那水滴像眼泪一样少，谢五常便也想把自己的眼泪滴落在水桶里。如果能源源不断地淌出泪水，谢五常甚至想把两只眼球留在那座山上。

一座闹水荒的村庄到处静悄悄的，连狗吠声都显得有气无力。山上也有不怕旱的植物,叶子是不褪色的颜色。但那样的植物很少,连半尺粗的松树针子都成了铁锈的颜色,山顶被日光直射,都要冒出烟来了。山里人的焦渴也反映在头发上,谢五常发现,有些孩子的头发都成了红颜色,从远处看,就像腾挪的火苗一样。

谢五常在大队书记家吃了一碗小米倭瓜饭,书记叫顾长风,家有一儿一女。饭后书记的女人像捧什么圣物似的捧过来一碗水,谢五常没喝,递给了这家的女儿,女儿却端给了自己的弟弟。弟弟端起那碗水就不知去向。谢五常是第一次见到顾长风,公社开会,通知不到这里。他问顾长风怎么才能解决山里的水荒问题,顾长风瓮声瓮气地说,修水库。

谢五常让他仔细说说想法。

顾长风说,山里不是缺水,流经村边的一条河每到夏天甚至能形成洪峰,把峡谷两边的石头冲得七零八落。久了,水道便被乱石堵塞了,水流湍急时,水在上游就开始四溢而去。从官厅一直往北数,形成的大大小小的湖泊有几十个,大些的像一块场院,小些的像一只簸箕。只是这些水都很难存住,经过一两个月的蒸发,就见不到踪影了。可怜的是赶上这样的大旱之年,泉水不旺,又没雨水,河水断流，百姓就只能渴着了。若是在前面的峡谷处修一座水库，把多余的水储存起来，老百姓就不愁没水喝了。

谢五常想都没有多想，豪气地挥着手说，修！

谢五常从屋里出来，才发现顾家的院子里跪了许多人。从当年看官厅的大老爷走，村里就没来过比谢五常更大的官。村里的人都低着头，谁都不说什么。谢五常慌得不知该扶哪一个好，一个劲儿地说，我还会再来的，我会再来的。

谢五常来的这个日子，被顾书记刻在了石头上。这块石头，既是念想，也是盼望。那位顾书记，就是顾嫂的父亲。转年的这个季节在水库工地被石头砸死了。

那块刻着文字的石头，后来成了顾长风的衣冠冢。

记忆就在这个时候像泉水一样咕嘟咕嘟冒了出来。谢五常仰着头望天，天很蓝，不时有鸟儿的身影在院子上空掠过。谢五常的眼神逐渐有了内容，他问顾嫂认不认识张明同志。顾嫂小心地问张明同志是谁，谢五常拧过身子看顾嫂，抱怨说，你咋能不知道张明同志呢？当年他是县里最大的官，他不点头，水库就修不成。顾嫂抿着嘴笑，说即使我认识他，他也不认识我。

谢五常的记忆陷在了官厅水库里。每天的大部分时间，他都在回忆当年的事。他说，开始他跟县革命委员会汇报修水库的事，挨了张明同志一顿剋。张明同志说，小谢同志，现在全县上下都在开展批判《"571工程"纪要》，你不好好搞"批林整风"，走的啥子道路！

谢五常说，自己一点儿也不怕那个"老川儿"。张明同志是四川人，他们背后都不叫他的官职，而是叫他的外号。当初谢五常去那个山区公社任职也是老川儿点的将，老川儿在全县三级干部大会上说，谢五常最年轻，最年轻的干部就应该到最艰苦的地方去。谢五常，你敢不敢去？

自从有了修水库的想法，谢五常就泡在县革委机关不走了。每天张明同志一上班，谢五常的山区缺水课就开始上。谢五常把那十几个山村都走遍了，数据、资料、状况和人员分布，各种情况都摸得一清二楚。张明同志上厕所，谢五常都在他的身后跟着。换了别人，张明同志早就烦了。可他拿谢五常没辙。谢五常年纪小，在他面前就像个小孩子。

张明同志一伸手，水杯就递到了他的手里。谢五常还不忘记说一句话，山区人们还渴着呢。

张明同志屋里有一盆花，平时都是办公室的同志负责浇水。谢五常告诉那些管浇水的人别浇了，他让张明同志看效果。一盆植物，是怎样因为缺水而死的。

这样过去了一段时间，那盆植物就蔫了叶子。刚长出的花蕾也迅速枯掉了。谢五常每天都把花盆摆到张明同志办公桌上最显眼的地方，张明同志坐在椅子上时，花盆就正好对着他的鼻子尖。终于有一天，张明同志拍了桌子，说既然修水库，就修一座全县最大的！

谢五常把张明同志抱了起来，抡了好几个圈儿。把他放下时，张明同志晕得险些摔倒。

谢五常还说起了他与蔡小个子、刘大手和顾长风之间的许多事。寒冬腊月的天气，他们就着野兔子肉在石头窝棚里喝烧酒。远处还有狼嚎，狼的眼睛像绿色的手电珠一样。但狼始终也没敢走过来，水库工地到处弥漫着硝烟味儿，狼胆子再大，也是怕人的。

尽管说得磕磕巴巴，但谢五常能把事情说完整。不完整的地方，有时顾嫂还能补充。谢五常不知道顾长风与眼前的顾嫂有关系。谢五常想不起问，顾嫂也不愿意说。顾嫂问谢五常为什么会记得顾长风这个人，谢五常敲着椅子扶手说，他是为我出了力的。水库竣工，我一不让放鞭炮，二不让敲锣鼓家伙，而是号召所有的人，对着水库为顾长风三鞠躬。顾嫂说，山里的人到现在也没忘记当年的谢书记，都当你是恩人。谢五常得意地说，那是，做一辈子官都不如修一座水库，那是让多少辈子的人都受益的大事。

顾嫂故意说，修水库不如当县长。

这话让谢五常很不以为然。谢五常提高声音说，十个县长都不如修一座水库。你去问问，山区人们是记得那时的县长还是记得我谢五常！

12

见到老大，谢五常的失忆症状加重了。他从上到下打量老大，问他是谁。老大把脸凑过去，说我是你的大儿子。认得不？谢五常摇摇头，说老大长得比你白。老大笑着说，我这不是刚从南方回来吗，晒黑了。

谢五常摇头说，你不是我儿子。

老大问，那我是谁的儿子？

谢五常茫然地注视着酷似自己的那张脸，却什么也看不出。

顾嫂在一旁说，你跟他说官厅水库，他记着官厅水库。

老大不喜欢顾嫂在一旁插话，不耐烦地说，说什么官厅水库！

觉得自己实在有些过分，老大扭过头来问了句，你是官厅的？

顾嫂简直要欢欣了，她希望老大知道她是官厅的人，知道她之所以又一次到谢家来，不是为了挣谢家的钱，是因为谢五常修了一座官厅水库。钱在哪里都能挣，她真的不是为了钱才来到谢家的。只有老大明白了这一点，顾嫂待在谢家才不尴尬。

老大的眼睛拐了个弯儿，目光打到别处去了。对于父亲与官厅水库的关系，他比谢家的任何一个人都清楚，但也比谢家的任何一个人想法复杂。时下的人都爱钻窟窿倒洞贴关系，他虽说做一方诸侯，但那是个偏僻的小乡镇，这种贴关系的事他没少干。眼下，他不愿意跟这个保姆有任何牵扯。单是保姆这第二次上门儿，就让他看扁了。是让陶月英看扁了。应该说那天他出差回来，陶月英第一句话就说，那个保姆回来了，因为保姆的事我跟小蓝闹翻了。

即便没有这一层，他也不会给保姆这种攀附的机会。

顾嫂的欢欣也很快打了折扣，她看出老大的神情中写满了冷落。

老大清淡地说，老爷子在你们那里当过书记。

顾嫂说，是个好书记。乡亲们都念他的好。

他掂量地看了看顾嫂，声色不动地说，可他现在不是书记了，他现在只是个病人。你别有事没事提什么官厅水库，这对他没有好处。

顾嫂噎了一下，心里说，怎么没好处呢？好处已经看到了呢。可顾嫂没有勇气把心底的话说出来，她还是怕着老大。

顾嫂给老大泡了杯茶，老大却嫌茶没有洗干净，训斥说连杯茶都泡不好，你还能干好什么！顾嫂含着眼泪躲到了院子里，对着天上的星星自言自语：我这是图的什么呢！可谢五常一喊顾嫂，顾嫂就把所有的不愉快都丢下了。顾嫂跑进屋里，问谢五常有什么事。谢五常说他要上厕所。老大想去搀扶他，谢五常挡了他一下，说让顾嫂来。

老大发出了一声冷笑，说你真不知道自己是谁了。

这话让顾嫂激灵了一下，顾嫂问，你说谁？

老大拿起自己的东西，头也不回地走了。

谢五常的状况一天比一天好，栽的那个跟头，似乎把他哪里栽开了窍，他好像比以前还聪明了。老大给父亲买来了轮椅，谢五常却说什么也不坐。他说坐上去就再也下不来了。除非你把我的两条腿锯掉，否则打死我也不坐。谢五常指挥谢小蓝把轮椅收起来，他说他不想看到这个鬼东西，看到它心里不太平。谢小蓝很听话，用个纸箱子把轮椅整个盖了起来。经过这段时间的波折，她似乎长大了。

谢五常对顾嫂的依赖却越来越严重。走路爱牵着她的手。坐下来顾嫂要在他的视线以内，一秒钟看不到，就一声一声喊个不停。天气都凉了，他还是坚持穿那件小格子衬衫，连件外套也不加。顾嫂问他为什么不穿外套，谢五常抻扯着衣襟说，穿上外套你就看不到这个了。在谢五常的意识里，还是觉得这件小格子衬衫好看，而好看是为了让顾嫂看。想明白了这一点，顾嫂又好气又好笑。顾嫂说，你这件衣服一点也不好看，皱巴得像茄子一样。谢五常将信将疑地看着顾嫂，犹豫了半天，最后还是把这件衬衫脱了下来。顾嫂表扬说，这样就对了，到什么季节穿什么衣服才叫好看。谢五常仰头看着顾嫂，想了好久才说，我听你的。

屋里并行放着一张大床和一张小床，两张床之间是一米宽的过道儿。每天都是谢五常睡了以后顾嫂才上那张小床。谢五常起夜的尿盆就放在了床边的一条方凳上，上面盖着一块圆圆的硬纸片，是装牛奶的纸箱子剪成的。每一次小便,都是顾嫂在背后扶起他,让谢五常自行解决。顾嫂上了床以后就一声不吭,谢五常有点不甘心,在夜色中朝顾嫂这里望,有事没事地假装咳嗽两声,想引起顾嫂的注意。顾嫂摸准了谢五常的脾气,并不搭理他,谢五常轻轻叹口气,不一会儿,就发出了鼾声。

这个晚上有些特殊。谢五常翻来覆去睡不着,十几分钟就起来小解一次,每一次都尿出那么几滴。谢五常又一次爬起来,说自己还想尿尿。顾嫂闭着眼睛没动,说你刚尿完,哪里还会有尿,你就是折磨人。谢五常没有言语,又躺下了。似梦非梦中,顾嫂感觉到谢五常在窸窸窣窣地动,他捻亮了台灯,对着顾嫂照了照。看到顾嫂没动静,他做贼一样轻轻地把茶杯里的水倒进了尿盆。为防止水发出声音,他让杯子离尿盆很近。因为太近,"咚"地发出了一声碰撞。谢五常紧张地往顾嫂这里看,见顾嫂没有动静,他轻轻地把水杯放回原处,拉灭了台灯。

转天一早,谢五常对顾嫂说,我不是折磨你,我是真有尿。

他把尿盆端起来给顾嫂看,说都是我尿的,这么多。

他还把谢小蓝喊了进来,把尿拿给她看,强调说,这是我自己尿的。把谢小蓝气得哭笑不得,说我知道了,这是你尿的。会尿尿也成英雄了。

顾嫂吃惊极了。谢五常夜里捣鼓的事,她是知道的。她看到他探下身子时一只手抓紧了床护栏,所以她没动。

顾嫂再也没想到,谢五常还有这样的用心。

13

去顾嫂娘家的事,谢小蓝在电话里对姐姐说了。父亲在山里当过书记,修了一座水库。一个七十六岁的老太太至今不忘记他的恩情,都想来伺候他几年。谢小蓝酝酿了半天情绪,还是没挡住堵鼻子,说起那一幕她就泪水涟涟。谢小蓝是一个爱动感情的人。自从父亲病倒,她这一阶段是最放松的,不但能按时上下班,偶尔能回家住,晚上还能跟汪普出去散步。多亏顾嫂答应了来守夜,把父亲交给顾嫂,她是一百个放心的。

谢小青在南方待了八年,有点刀枪不入了。她在洗手间里耐着性子听完了小妹囔着鼻子的声音,不等小蓝把话说完,她就急着说,你千万不要感情用事,这年头最不可信的就是人,好人不是没有,但不一定让你遇见。或者,人好一时是可能的,但好几时就不容易了。所以你还是不要掉以轻心,否则将来出了什么麻烦,后悔的还是你自己。

姐姐的话让谢小蓝听得很郁闷。她赌气地问,将来能出什么麻烦?

谢小青开始现身说法。她的一个邻居,儿女都在国外。请了一个保姆,善良得不得了,每天给老人端屎端尿。老人的儿女为了感谢她,从国外给她寄名牌衣物。可谁想得到呢?三年后保姆失踪了,还带着一大笔现款。原来她把房子偷偷给卖了。小青总结说,保姆肯定是个好人,因为从一开始她不会有卖房子的想法。但好人不一定能做得长久,这年头,最大的诱惑就是有无数个做坏人的机会,很多时候,做坏人是一件快乐的事。

能与谢小蓝沟通想法的只剩下了汪普一个人,谢小蓝觉得很孤单。哥嫂是那个样子,姐姐又是这样看问题,他们怎么就不能相信顾嫂呢?汪普给出的解释说,他们都不属于顾嫂那个阶层,所以无法理解顾嫂的感情。谢小蓝吃惊地说,你的意思,我们沦落到跟保姆一个阶层了?

有一天,谢五常小便的时候突然勃起了。起初顾嫂没有注意。像往常一样,顾嫂从后面扶住他,让他自己端着尿盆。可谢五常攥紧顾嫂的手在身上蹭，顾嫂的手背突然触到了冰凉坚挺的一个物件儿，吓了一跳，后背立时有冷汗下来了。但顾嫂没有声张，她抽回了自己的手，把尿盆接过来倒进了洗手间，又在洗手池里洗了半天手，才回到了屋里。谢五常哼哼着说肚子不舒服，顾嫂看透了他的心思，把谢小蓝喊了过来，说谢老不舒服，不行就到医院瞅瞅？谢小蓝正在看韩剧，人过来了脑袋却留在了剧情里。她问谢五常怎么了，问了两声，谢五常却装着睡着了。谢小蓝前脚刚走，谢五常又开始哼哼，说自己要死了，肚子痛得厉害，咋就没人给揉揉肚子呢？

这次顾嫂没有过去，任凭谢五常在那里哼哼。谢五常哼哼得非常艺术，顾嫂能听见，对面住着的女儿和女婿绝对听不见。顾嫂的那块手背上似乎长了癣，总是痒的感觉。她这才意识她自己可能遇到麻烦了，她从没想到谢五常还是个男人，他首先是一个老人，其次还是个病人。他怎么可能是个男人呢？

这一宿，谢五常的哼哼时断时续。他只要醒着，哼哼声就没停过。什么时候断了，就一定是有了呼噜声。可呼噜声还没打上几下，他又开始了哼哼。顾嫂一夜没有睡着，早上起来，小蓝吃惊地说，顾嫂，你变成熊猫了！

顾嫂留了个心眼，不再让谢五常碰她的手，她也尽可能地不碰谢五常的身体。衣服穿得厚了，她只是在需要的时候拎着他的衣服保护他。谢五常感觉到了这种距离，有时候会故意往顾嫂的怀里靠，或者出其不意地捏一下顾嫂的脸。直到有一天，顾嫂睡着的时候感觉到有一只手探到了她的衣服里，顾嫂的一声惊叫被活活咽了下去，她睁开眼睛，看到的是谢五常的背影，他没事人儿一样，踱着步坐到了自己的床边。

趁着谢五常午睡时，顾嫂把丈夫老耿叫了来。他们眼下变成牛郎织女了，见个面居然需要鹊桥了。老耿吃惊地发现，几天没见面顾嫂就变得憔悴了，人整个瘦下去一圈。老耿问顾嫂怎么了，顾嫂强忍着眼泪说，这两天有点睡不好觉，老爷子夜里总闹。顾嫂话到了嘴边，还是没有把谢五常的另一面说出来。就这样老耿也立马着急了，说这样下去不是事儿，铁打的人也顶不住这样熬，跟他们说，你不守夜了！顾嫂小声说，我有点说不出口，当初是我自己答应人家的。老耿提高声音说，守不了就是守不了，这么啰唆干啥！难道你非要一条命搭进去？原本你就不应该答应这个差事！顾嫂说，你小声点，这不是想跟你商量吗？我跟人家怎么说？老耿说，这还能怎么说，实话实说！谁守得了让谁来守,你今晚就给我回家!

老耿原本坐在客厅的沙发上,忽然就发现一根木拐抡了过来,一下子跳到了屋外。谢五常把一只拐支在腋下,两只手舞动着另一只拐,追着打老耿。同时嘴里也不闲着,骂老耿哪里来的王八蛋,敢到我的家里撒野,也不撒泡尿照照自己,是个什么东西!老耿来的时候谢五常就已经醒了。他不傻,知道老耿是谁。就是因为知道老耿是谁,他才有了醋坛子心理。老耿以为谢五常不认识自己,赶忙解释说,他跟顾嫂是一家的。谢五常却听不得这话,抡起拐杖又要往外砸,被顾嫂拦下了。谢五常不依不饶说,你还敢说一家的,我打死你个一家的!顾嫂看情形不对,让老耿快走。老耿却不动。说我走可以,你也得跟我一起走,他要打你怎么办呢?顾嫂说,他不会打我的。你别犯糊涂了,我哪里是说走就能走的,你快走吧!老耿要走,谢五常却堵住了通往门口的路,谢五常可着嗓子嚷,快打110,家里来强盗了!顾嫂急了,上前去拉谢五常,老耿才从谢五常的身后钻了出去。

顾嫂生气地说,他是我男人,怎么就成强盗了?

谢五常说,他就是强盗!

顾嫂说,你咋这么说人家,强盗还能让你打?

谢五常梗着脖子说，他就是强盗！

顾嫂说，你咋还红口白牙乱说！我跟你说了，他是我男人！

谢五常斜着眼仁儿看了顾嫂一眼，没再说什么。他缓步走向客厅的沙发上坐下，突然可怜巴巴地对顾嫂说，你别走，我舍不得你。

顾嫂说，我是保姆，不是你们家的人。

谢五常说，你别走，就是我们家的人了。

他翻自己的衣兜，拿出了红的黄的好几本存折，拍在了桌子上，说这些都给你，你就留下来吧。

他张开双臂，意思是想拥抱顾嫂，仿佛顾嫂已经是他的人了。顾嫂别过脸去，突然觉得很难过。她没想到谢五常会动这样的念头。过去谢五常种种亲近的举动，并没有让顾嫂产生类似的联想，她始终把他当成一个老人，还有，当成一个病人。

顾嫂在一瞬间做出了决定。她说，谢老，水库不是给我们家修的，我也只能做这么多了。

顾嫂起身去收拾自己的东西，她意识到自己不能再留下了。再留下，不定会有什么意外事情生出来。身后谢五常影子一样亦步亦趋地跟着她，说你想干什么。

顾嫂想了想，没有回答他。

没到下班时间，老大两口子和谢小蓝一起回来了。起初是张老太打电话给陶月英，说保姆两口子收拾老爷子呢。老耿跟谢五常吵嘴时，张老太就在门口儿听声儿。谢五常喊打110，张老太就急忙跑回了家，给陶月英拨通了电话。陶月英这段来得少了，但她让张老太留神一下隔壁的动静，有什么风吹草动赶紧告诉她，单位、家里、移动电话陶月英都写在了一张纸上。张老太很用心，经常搬着凳子做隔墙的那只耳朵。放下张老太的电话，陶月英就打谢小蓝的手机，说你请回来的那个保姆，知道她背着我们都干些什么吗。谢小蓝阴阳怪气地说，只要把爸照顾得好，她爱干什么就干什么。陶月英一点也不计较谢小蓝的态度，说刚才张老太打来电话，他们两口子合伙跟爸干架呢。你知道她丈夫到咱家去干什么吗，谢小蓝说可能有什么事吧。陶月英说，有事用得着跟老人吵架？你也动动脑子。谢小蓝问，那你说因为什么。陶月英故意卖关子，说我也不知道。但又很快拾起话题，说还能有什么事，他们那种人，熬不住呗。谢小蓝没听明白，什么熬不住？陶月英边说边发挥想象，那方面熬不住，在咱家做那种事，臭不要脸。谢小蓝"腾"地脸红了，她想到了他们也许是在自己的床上。

陶月英继续说，我猜肯定是他们做丑事让爸看到了，爸受不了他们那样，所以才会吵起架来。吵起来他们还动手，爸才喊打110。多亏隔壁的张姨听到了，通知了我。

谢小蓝说，你说的不像真的。

陶月英说，是不是真的你回家一问就清楚。

谢小蓝满脑子疑惑回了家，见了顾嫂，还是忍不住发了火。她质问顾嫂是怎么回事，为什么两口子欺负我爸一个人。一看谢家人的这三张脸，顾嫂就明白了八九分。在谢家这两年，里外的环境都熟悉得差不多，顾嫂大致能明白是怎么回事，她想到了张老太这个老电报车，经常在墙头上探头探脑。顾嫂说，你去问谢老吧，他知道是怎么回事。三个人都去了屋里，陶月英贴着顾嫂走了过去，狠狠剜了她一眼。谢五常侧着身子朝里躺着，几个人一起喊爸，问他有没有被打坏，哪里疼。谢五常自从感觉出顾嫂的冷淡，一下子没了心气儿。他有气无力地躺在床上，显出了疲惫和委顿。此刻他怏怏地说，没有人打我。陶月英说，你都喊打110了。谢五常说，没有人打我。谢小蓝从屋里走了出来，扯着顾嫂去了自己的房间，说你和老耿都干了些什么，你给我说实话！顾嫂说，我不能在这里干了，我把老耿找来，是想商量一下怎么对你们说。顾嫂话没说完，谢小蓝就"啊"地叫了声。她没想到顾嫂说出这样的话，愣了愣，马上变得惊慌失措，说你不在这里干了，为什么啊？

顾嫂没法跟谢小蓝讲实话，脸憋得通红，她说不出口。她说今天大家都来了，就把事情说清楚吧，我不能在这里干了，你们另找别人吧。谢小蓝跑进了另一间屋子，把顾嫂要走的事刚说出口，谢五常像个孩子似的先哭出了声。老大一向沉稳，此刻也有些慌了神儿。老大慌神儿不是因为父亲哭，他们本来是为了父亲要打110的事情回来的，突然面对顾嫂要走的局面，重心在顷刻间发生了偏移，他们都感到了一座山朝自己压来。

14

老大翻着白眼对陶月英说，你来值夜？

老大说这话是有目的的。陶月英一直反对顾嫂来家里，现在顾嫂要走，老大是想报复她。

陶月英溜了谢小蓝一眼，说还是女儿贴心。

谢小蓝双手插在兜里，哼了一声。她现在反而坦然了，父亲不是她一个人的父亲，她不准备再大包大揽了，有哥嫂在场，难题是他们的。谢小蓝说，我们单位正搞竞争上岗……我要是在嫂子那个岁数，提前退了都行。

陶月英说，你以为事业单位跟你们的小厂子一样，说退就能退？

老大从谢五常的屋子里走了出来，站在客厅抽了一根烟。爹是亲人，这个谁都懂。可这个亲人是个巨大的累赘，谁都这样感觉，可谁都不能说。烟抽到一半，他在花盆里摁灭了。短短的几分钟，老大思索了很多问题，又把很多问题理出了头绪。他断定此刻谢家离不开顾嫂，既然离不了，留下顾嫂就是比父亲拨打110更重大的事。他果断地叫了一声顾嫂，顾嫂从谢小蓝的屋子里出来了。她不敢看老大的眼睛，平时她也没有跟他对视的习惯。老大让她坐，顾嫂移了一下脚步，没有坐。老大是一家之长，顾嫂觉得有些话应该跟他说。

东西我都收拾好了，我不在这里做了。今天就走。

老大笑着点了点头，不经意地说，我听小蓝说了。

顿了顿，老大用随意的口吻问，你是官厅的？那里的乡亲还好吧？

机智中，老大抻起了官厅水库这个话题。因为此刻在他和顾嫂之间，能成为话题的也就是那座水库了。那一片山区的人祖祖辈辈喝不上水。为了修水库,谢五常差点丢了官。差点丢官的事你知道吗?老大的口吻都有些像玩笑了。顾嫂说不知道。她确实不知道。她的家乡跟县上山重水复,上面的事她一个小老百姓哪里会知道。老大又问,小刘庄的寡妇吊死的事你总知道吧?顾嫂想了想,恍惚记得有这样一个人。老大说,她就是因为谢五常死的。谢五常一直住在小寡妇家,小寡妇为了勾引他,一双一双给他绣鞋垫,那些鞋垫摆满了整个窗台,一辈子都用不完。眼看水库就要修完了,小寡妇开始上吊抹脖子地闹,非让谢五常带她去城里。谢五常没答应,她就真的一根绳子吊死了。

这件事一直被捅到了县里,专门上了常委会。有关处分也很快下来了,看在谢五常修水库的份儿上(县里也是为了大事化小),保留了他的官职,但之后的许多年,谢五常都受了这件事情的牵连,许多次提职的机会都与他擦肩而过。他目前的这个样子,往远处追究,也还属于水库后遗症。

老大的声音很柔和,是拉家常的口吻,在顾嫂听来,甚至有了天籁的味道。顾嫂呆呆地看着老大胸前的一颗纽扣,满心眼里都是感动。老大是领导,老大从没用这种语气与她说过话，虽然老大说的话不符合顾嫂心中的真实，但顾嫂想不起来反驳他。在老大的叙述中，顾嫂想起了那个小寡妇，是山外人，会做一种葱油饼。当年谢书记就是因为爱吃葱油饼才住进了她的家。孤男寡女住在一起，合适吗？山里人说，没什么不合适，谢书记说合适就合适。只要能把水库修好，他就是想住嫦娥的家，山里人都会给他想办法。小寡妇模样好，心灵手巧。山里人都很尊重她，说亏得她留住了谢书记，谢书记才能一门心思修水库，她这也是为山里人造福呢。那时的山里人，都以为水库修完了谢书记会带她走，像古时候的皇上微服私访一样，把在民间看上的丫头带进宫，当妃子。小寡妇虽然当不了妃子，但让谢书记赏口城里的饭吃应该是不难的，在山里人的眼中，谢书记手中的权力就跟古时候的皇帝一样大。谁也没想到结局会是那样。谢书记走了，小寡妇上吊了。谢书记走的那天，山里人跑了几十里山路披红戴花送他出山。小寡妇死了，山里人厚葬了她，给她堆了山那样大的一座坟包，把她绣的鞋垫都和她葬在了一起。大家都说她是个有骨气的女子，为修水库做出了牺牲，死得像顾长风一样光荣。

只是老大不会知道这些。要不要告诉他呢？顾嫂犹疑着。

老大突然问,顾长风是你父亲?

顾嫂激动得要战栗了。她没想到老大也知道自己的父亲。她一直以为老大不知道,以为谢小蓝没有告诉他。可老大说,他对修水库时的一切情况了如指掌,他不但知道顾长风,甚至还知道顾红莲,知道顾红莲家那幢碉堡一样的石头房子,因为他曾经去过两次。

顾嫂吃惊地说,你说的顾红莲……是我?

老大说,你来谢家那天我就知道了你是谁,我在官厅你的家里的相框上,见到过你的照片。

顾嫂当然想不到,老大自从步入官场,一直就在研究官场学问。他研究官场无非就是一个目的,怎样规避父亲走过的路,不重蹈父亲的覆辙。父亲不是一个成功的从政者,即使现在那座水库成了山里的一颗明珠。在老大看来,那不过是对父亲的讽刺,因为许多并不拥有"明珠"的人都在官职上走到了父亲的前面,父亲是一个失败的官员。

老大把父亲作为一个个案研究,把父亲工作和生活的地方都走遍了。他走进那座石头房子就是两年前的事,顾嫂放大了的虚光照片摆放在了显眼的地方,那张脸上的两个高颧骨,被老大一眼就记住了。

顾嫂被老大说得入了迷,她不由得就去捕捉老大的眼神。他们的目光在空中的某一个地方遭遇了,老大轻声说,顾嫂,留下来吧,就算我求你了。

顾嫂心里一热,她还能说什么呢!

顾嫂起身去了厨房,让眼泪欢快地流了个痛快。顾嫂的眼泪是有一点欢欣性质的。假如说,她过去留在谢家是因为谢五常的话,那么从现在开始,顾嫂留下来是为了老大。

为了老大的感觉也很好。

顾嫂从厨房出来,围裙套袖之类的都戴好了。她用一把刷子刷着一只小油罐,招呼老大说,你们都别回去吃饭了,正好冰箱里还有牛骨头,我给你们烧汤喝。

老大说,外面有山珍海味我也不去吃了,就喝顾嫂烧的牛骨头汤。

陶月英给他丢眼色,说爸要打110的事还没问清楚呢。

老大低声骂了她一句,猪。

15

谢五常睁大一双失神的眼睛望着屋顶。顾嫂留下了,却不是为他留下来的。他老得像倭瓜瓢子的大脑转悠的尽是这些念头,这些念头让他觉得委屈。晚饭他只是喝了很少一点汤,顾嫂端过来,想喂他,被他挥了一下手,碰洒了。老大马上又盛过来一碗,从顾嫂手里接过了调羹,不由分说,把汤喂到了谢五常的嘴里。谢五常不情愿地张了几下嘴,就又躺下了。老大对顾嫂说,老人也不用太惯着,毛病都是惯出来的。他朝顾嫂挤了挤眼,顾嫂就知道怎么回答了。顾嫂响亮地说,老大,我知道了!

谢五常一个晚上没有与顾嫂讲话,他就那样躺着,有时候需要小便,他用膀子晃开顾嫂,不让她扶。顾嫂只得在身后盯紧他,两只手虚张着,时刻做着准备。每晚谢五常都要泡泡脚,今天顾嫂把水端了来,谢五常却理也不理。顾嫂动手给他脱袜子,被谢五常踹了一脚,正好蹬到了顾嫂的小腹上。谢五常的那条没有毛病的腿,还是很有些力道。顾嫂龇牙咧嘴了半天,才忍过疼痛。顾嫂兀自喘了几口气，把水端走了。回到屋里，见谢五常跷着二郎腿戴着老花镜在摆弄那几本存折，边摆弄边用眼睛的余光打量顾嫂，既是赌气，又是炫耀。顾嫂没在屋里停留，她轻轻掩上了房门，来到了院子里。

她给老耿打了个电话，说自己跟东家说好了，暂时先不回去了。老耿关心她夜里睡觉的事，顾嫂小声说，你这一来，谢老老实多了。这不，还没到睡觉的时辰，就自己先爬上床去了。老耿长叹了一口气，说钱难挣，屎难吃。侍候人的事，哪里是好干的。你自己千万要多加小心。顾嫂说，你放心吧。这家的老大留我，我才不好意思走的。老耿不相信地问，老大留你了？顾嫂跟老耿说过谢家老大的事，老耿对他有看法。顾嫂使劲点着头说，是老大留我的，他不留我我一准走。老耿又叹了一口气，说也都怪我没本事，才让你到外面受委屈。顾嫂说，你有本事我就不受委屈了？说不定委屈受得更多呢。

顾嫂回到房间，谢五常已经睡着了。顾嫂暗自庆幸有这样一场波折，既让谢五常死了心，又能让自己留在谢家。从心里说，顾嫂是不情愿走的。现在找份儿工是越来越难了，打零工的日子没有保证，很多工作还是在室外进行的，有风险不说，还能累死个人。就像上次跟人去擦玻璃，站在几十米高的窗台上，朝下看一眼，人就像要飘起来一样。再把玻璃擦干净，得有神仙的本领才行。顾嫂那天返了两次工，才把一天的工钱领到手。

顾嫂没有脱外套就躺下了。她决定以后睡觉再不脱外套了。她临睡之前看了看谢五常，给他掖了掖被子。给水杯里倒上水，把尿盆放到那只木凳上，用硬纸片盖上，就熄了灯。顾嫂很快就进入了梦乡，连续几天没睡好觉，瞌睡都追到眼皮子底下了。

顾嫂能听到自己的呼噜声，甚至能听到老耿的呼噜声。老耿是一个打呼噜很有水平的人，能让楼下失眠的人睡不好觉。医生说这是一种病，建议老耿做手术。可手术是那样容易做的？医院就差吃人了！再加上顾嫂已经听习惯了，老耿的呼噜就这样与日月同在了。长长的呼噜像蝌蚪一样挂着小尾巴，有时候会憋住一口气，半天喘不上来，人就像要断气一样。顾嫂担心地起身看着老耿，直到老耿千回百转地把那口气吐出来。

顾嫂梦见老耿的时候，谢五常从床上爬了起来。他觉得有些闷，是因为心里的一口气总也不能吐顺畅。他不埋顾嫂，不是真的不理，而是有一点赌气的成分。眼下顾嫂香甜的鼾声，成了一种诱惑，他非常想在这个时候仔细看看顾嫂,摸摸她的脸。这个想法很强烈,甚至让他有了一种烧灼的感觉。谢五常扯掉了上衣,在黑暗中去摸拐杖。谢五常觉得自己的腿脚都有些轻飘了,像年轻的小伙子一样。

老耿打呼噜的间隙,顾嫂看见一只黑色的大鸟朝她扑来。那只鸟长着硕大的翅膀,裸着胸膛,骨骼和苍白的皮肤清晰可见。大鸟像磨盘一样朝她压来,顾嫂觉得都要窒息了。顾嫂发出了一声尖叫,使出全身的力气把那只鸟朝外推去。鸟跌落的一刹那,顾嫂猛然清醒了,两只木拐叮当甩了出去,砸倒了一只花架和花架上的一盆花。

顾嫂作为过失杀人犯的生活从这里拉开了帷幕。

后记

朱千叶及其他

如果把记忆都挂在一棵榆树上,那棵榆树会长成什么样?

那是我大概八岁的时候冒出来的想法。那一年很特别,我觉得自己已经很大了。榆树是我所能认识的最好的树种,不单长榆钱,榆树皮还能做糙面的黏合剂,能让杂面条变得滑溜溜的。记忆都挂在榆树上的局面我想过很多次,像青虫,吐一种银色透明的玻璃丝。它长长短短在榆树上越挂越多,什么时候挂满了,人大概就成熟了。

至于成熟了以后如何,我从来没想过。

上小学遇到了一位非常严厉的孟淑兰老师。那时小学校址在一所大庙，廊上有大红的柱子和花岗岩石阶，可我们用的课桌，是用砖头垒砌的，大家上课都坐小板凳。因为隔一段就有场运动，所以我认真地在日记本上记下了运动的内容。诸如学习无产阶级专政理论、反潮流和反击右倾翻案风之类。就是在这种情形下，这位孟淑兰老师教我们写生字，记日记，三天一小考五天一大考，让我们把那些生字记得牢而又牢。写的日记大家轮流朗诵，我只写了三行字，居然成了范本。似乎是参加劳动的心得体会，还记得有"满头大汗"四个字。四五年级的时候，有位大杨老师叫杨德海的当我们班主任，那是个宽和善良的人，课堂纪律一乱，他就给我们讲"一车高粱米换三十三个伪军"，同学们立刻像猫一样老实。内容我已经忘了。有个叫张玉宝的同学欺负我，说我哭是无能的表现，大杨老师斥责他说："就你有能！"

五年小学发生过不幸的事，让我曾经深深地忧伤。考珠算时往本子上记数，被同学告发是在验算，被老师提拎到了办公室。就是被那位孟老师冤枉，所以我发誓不上学，是母亲举着棍子把我赶到了学校。我总是有一种感觉叫绝望，无路可走了，又无路可走了。体育课跑不快，跳房子跳不过人家。我从小就泪腺发达，眼泪比林黛玉都多。

后记

十一二岁的时候拿到了一本没有封面和目录的《红楼梦》,我每天放羊的时候就看这本书,只记下了"尤二姐吞生金自逝",讲给无数个小伙伴听。我能囫囵个儿地看书,大约得益于那位孟老师反复让我练习生字。

大杨老师很早就去世了。他成分不好,很多年抬不起头来。我现在都还记得他清瘦的红脸膛,穿中山装,戴蓝布帽。不知为什么有一口侉侉的外地口音。

读初中时的记忆就明亮了。因为不单可以写长篇作文,还可以毫无挂碍地看书。公社广播站跟中学隔道墙,我是广播站的三个学生通讯员之一。当时的班主任叫杨泽清,也是个严格要求的人,他讲课的时候习惯把右手的食指横起来,在鼻子底下搓一下。我们初中三班是模范班,所有的荣誉都能争取来。我第一篇广播稿写的就是他,题目是《榜样的力量是无穷的》。文章有小标题,好多字。因为一个广播时段就播这一篇稿子。这篇稿子还被推荐到县广播站,在那里播。后来我又当县广播站的通讯员,获奖得了个压力热水壶。杨老师教数学,还有一位王福珍老师是知青,教语文兼音乐,长得非常秀气。我喜欢语文也与喜欢她有关。

村庄离学校三里地,我们在田地中踩出一条对角线,节约了三分之一的路程。上学放学，我身边总有固定的小伙伴听我讲故事。那些故事有的是我从书中看来的，有的是我编的。初中上了两年，毕业时我读过的书已经有一百四十八本。那些书名都被我记在了小本子上。哥哥从厂里的图书馆借来书，上半夜姐姐看，下半夜我看，早上哥哥又拿去上班了。记得有一本很厚的书叫《沸腾的群山》，也不知半宿是怎么翻完的。看书成痴成迷，也没觉得有多少教益，只是多了谈资。溽热的午后睡不着，我背诵《金光大道》的篇目，第一章：小苗绿油油，第十二章：节外生枝，或者背短篇小说集《喜鹊登枝》的内容。因为知道浩然是故乡人，对他的作品格外青睐。后来他当《北京文学》主编，邀我在潭柘寺参加过一次笔会。为这次会议他还专门给我写了封长信，那是我第一次见到他，尽显一位长辈的殷切之情。

　　三年高中读完，觉得心里有些底数了，我开始往外寄稿子。稿子寄出去三天，我就有意无意地等在邮递员容易出没的地方，假装干别的，却支棱起耳朵听他喊我的名字。那些年退稿真是如洪水般凶猛，让我觉得非常没面子。母亲不识字，可她能准确地把我的退稿信拿回来。有一天，母亲在炕上做棉被，看我进来，随手关上了收音机。我问

后记

她听的什么,她说是杨朔的《荔枝蜜》。我的眼泪都要出来了,对,她还说,那是篇散文。

拒绝高考(学文考理),我美其名曰想深入生活。当了半年小社员后生产队解体,我来到了村办服装厂,每天干十五个小时的活。家中那些写写画画的纸堆得到处都是。只要是有字的纸,母亲从来不动。她觉得我写几个字太不容易了。老五叔只是同姓五叔,戴瓶子底厚的眼镜,说话慢吞吞的。有一次他在薄暮中立在稍门门口,说,吃了吗?哦,是电线杆啊。这是真事儿,我亲眼见的。我最早发的豆腐块,《唐伯虎与祝枝山的和诗趣谈》,就是他提供的素材。拿了几块钱稿费,我给他买了两斤绿豆糕。后来我几篇小说里都有他的影子,生活中你记忆深刻的人,你会喜欢多角度诠释他的内心。

一九八八年,我终于正儿八经发表了小说处女作,《盛夏》发在第四期《上海文学》,《独身女子宣言》发在第十期《天津文学》。转年九月,天津作家协会给我开了研讨会。再转年,我成了正式的国家干部。等于是用十年的劳动换得了别人两年中专或三年大学的资历。然后是一段漫长的写写顿顿的旅程,其实每年都能发两三个中篇,可稿子总是误打误撞。参加过一次职称评定,可因为狼多肉少,发誓再也不评了。不评工资就受损失。于是写散文、做专栏，到年底坚持发一个中篇，有两千七八的稿费，用这笔稿费交取暖费，我坚持了好几年。

跟别人不一样。创作与生活发生关联，这样才能跌跌撞撞地往前走。我觉得，我是个有烟火气的人，从没有大的野心。转眼到了二〇一三年夏天，我在市委党校学习。偌大的院落里经常形单影只走着我一个。别的学员都回家了，只有我离家远，一周回去一次。来到了陌生的环境，有一种莫名的感伤。写了一个短篇，改了一个中篇，就是首次发在《收获》上的《玲珑塔》，是一家省级刊物约的女作家专号的稿子，写完了终审却没通过（现在想一想，我多么感谢他们退稿啊，所以有时候退稿不完全是坏事，意味着你会有更好的选择和机会）。闲着没事把稿子翻出来重新看了看，觉得人物、故事、语言都出挑，于是给了《收获》，于是在几天以后接到了编辑长长的修改稿子的电话，然后是长长的等待。我对自己说，这个稿子如果能过审，我就继续写。如果过不了，我就换种生活。实在是被文字牵扯得太久太久，有种说不出的灰心和疲倦。

两个月的学习很快结束了。夏天过去了，秋风打着呼哨来了。我表面心静如水，内心却有种若隐若现的煎熬。

后记

说有期待也可,说没期待也行。什么结果对我都是好的。我对自己说,你生活安逸,工作稳定,还有什么可奢望的?十一月,有了终审的消息,就像哗啦打开了一扇窗,原来我还那么想写,想那么投入地写。于是接连写了《李海叔叔》和《士别十年》等多部中篇,前者名列首届《收获》排行榜榜首,并拿了《北京文学·中篇小说月报》优秀作品奖。后者拿了《小说月报》百花奖。如果有人问我感受是什么,我会说,过去经常有种游离感,是种习焉不察的状态。那些感觉好的岁月脑子里都是文字,可是也荒废了很多年。

过去退稿能退到心惊胆战。而现在,有一两家退稿甚至很侥幸。我有一种奇怪的心理,稿子发了,就属于别人的了。没发的稿子才属于自己。有一个中篇被许多家退,可我就是觉得它写得好,旅行了很多年。人旅行都不是坏事,何况一篇稿子。所以我有句话常说,我好好做人做事,就不信命运不给机会。

小说写人是不错的。那些人物一定在你的视线之内。所以我特别感谢给我提供了生活原型的人。就像这部《天堂向左》,如果没有朱丫叶,一切都无从谈起。